今夕何夕

方鸣 著

人民东方出版传媒
东方出版社

图书在版编目（CIP）数据

今夕何夕 / 方鸣 著 . —北京：东方出版社，2024.5
ISBN 978－7－5207－3753－1

I. ①今… II. ①方… III. ①散文集－中国－当代 IV. ① I267

中国国家版本馆 CIP 数据核字（2023）第 217783 号

今夕何夕
（JINXI HEXI）

作　　者：方　鸣
责任编辑：王　委　马嘉璐
出　　版：东方出版社
发　　行：人民东方出版传媒有限公司
地　　址：北京市东城区朝阳门内大街 166 号
邮政编码：100010
印　　刷：廊坊市印艺阁数字科技有限公司
版　　次：2024 年 5 月第 1 版
印　　次：2024 年 5 月北京第 1 次印刷
开　　本：710 毫米 × 1000 毫米 1/16
印　　张：26.5
字　　数：319 千字
书　　号：ISBN 978－7－5207－3753－1
定　　价：128.00 元
发行电话：（010）85924663　85924644　85924641

版权所有，违者必究
如有印装质量问题，请我社负责调换，请拨打电话：（010）85924725

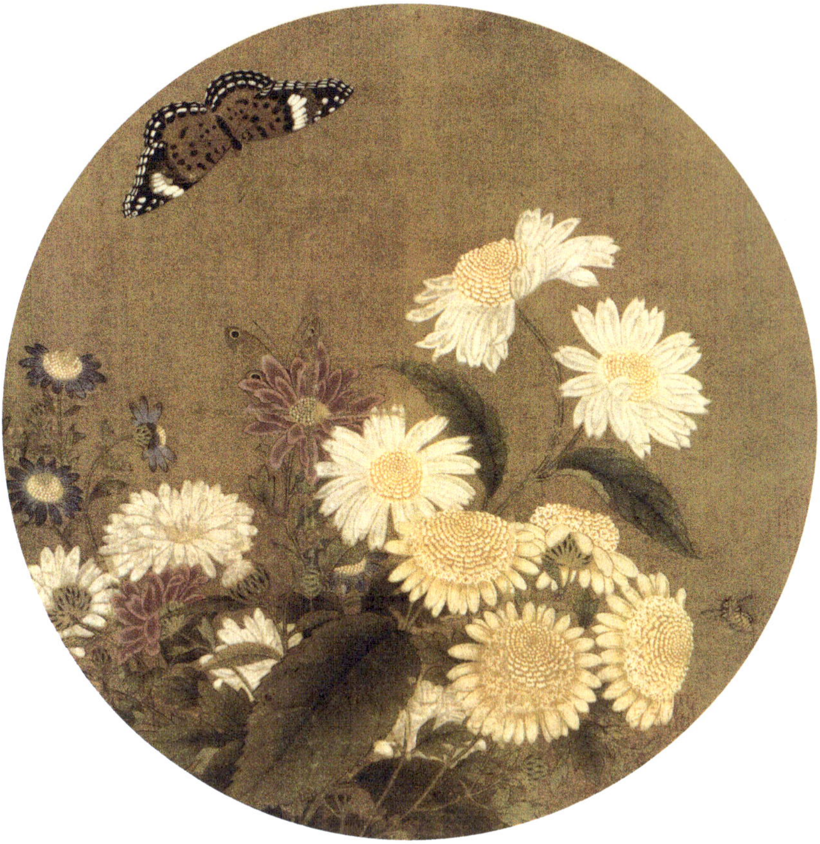

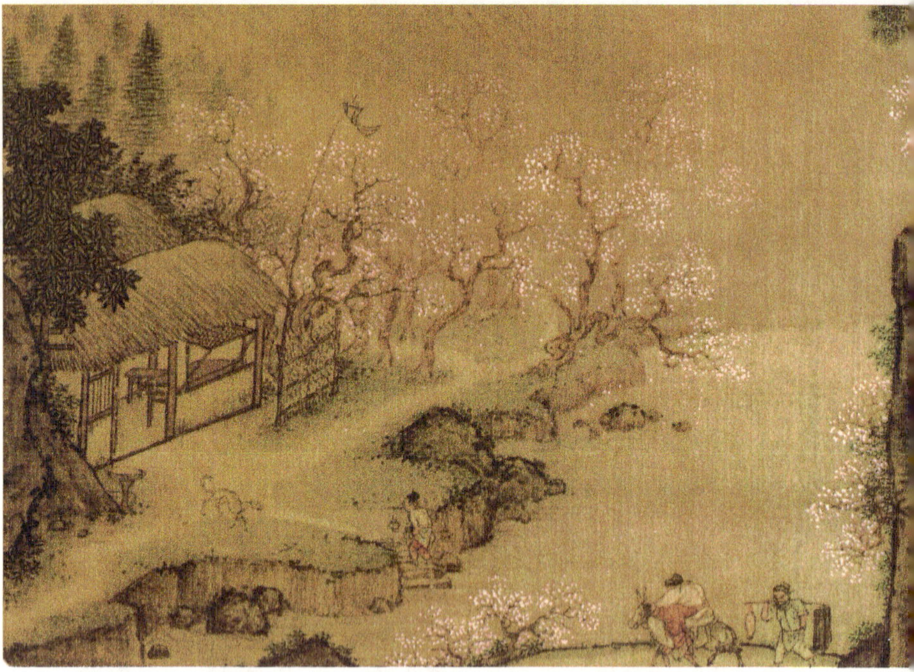

作者自述

幼承家学，传继文脉；
文学少年，哲学青年；
今以文字为生涯，惟以心灵为归依。

清水浮院，不媚时人；
风雨屏门，静读春秋；
数点寒香本无迹，天闲万马是吾师。

题记

尽挹西江,细斟北斗,万象为宾客。扣舷独啸,不知今夕何夕。

——(南宋)张孝祥

代序

文字的艺术家

冰凌

我认识方鸣君已经多年了,知道他是大陆侨界的一位大文人。他早年写诗,上大学时曾把一组抒情诗拿给艾青看,艾青阅后只说了两句话:诗写得很好,诗人很会写诗。大学毕业后,方鸣研习西方哲学,写康德、狄尔泰和雅斯贝尔斯,又成为一位很有才华的诗人哲学家。

方鸣先在人民出版社和人民日报社任职了二十多年,是一位知名的文化学者,后来又步入侨界,到中国侨联的出版社担任了十几年的社长兼总编辑,把华侨出版做得风生水起,好书累累,在侨界和华文传媒领域影响广泛,是一位优秀的侨联人和杰出的职业出版家。我在海外做了二十年的职业出版,作为同行,我对方鸣社长尤为敬佩!

我不知道方鸣何时又华丽转身,成为一位中国古典艺术的鉴藏家,还担任了中国人民大学博物馆馆长。其实,读了他的这本大书便可知晓,他原本就有着极其深厚的家学渊源,又有着天生而为鉴藏家的特殊禀赋。因而,他一路走来,纯情诗歌,西方哲学,出版文化,艺术鉴藏,都是他的人生中不同层面的原色,本色,基色,底色,诸色叠合,相映成辉,愈见其生命之纯色的天成自然。

不仅如此，这么多年，我还竟然不知方鸣其实是一位极其出色的散文大家。他惯用手机写作，前些年用老式手机把文思裁成一条条短信发给若干文友，再由文友在电脑上联缀成篇。到了智能手机时代，他就在备忘录里写作，然后再用微信发布。然而，他并不入流文学圈，始终游离在文学界的边缘。不过，很多年来他还是一直坚持订阅《中国现代文学研究丛刊》，可见他是一个沉潜的文学理论研究者，并且是一个执着的非典型散文家。他只想做一个自己的作者，他只想写属于自己的文字。他没有微博，写好的文字就堆在手机的备忘录里，给自己和朋友看。他说自己是一个孤独的写作者，又是一个自私的写作者，只为自己写作，享受孤独的快乐。我却不这么看。世上有许许多多孤独的人，孤独的人就要看孤独的文字，看孤独的文字就是享受孤独的快乐，如此便是吾道不孤。德不孤，必有邻。

我时时欣赏方鸣的文化大散文，一系列美篇华章，让我沉醉不已。但随之而来的却是欣赏之后的惊诧和沉醉之后的赞叹——

我惊诧他何以能有如此沉静的心绪和淡泊的心性。方鸣在大陆侨界身居高位，公务繁忙，但写下的文字却是超然出尘，心静如水。他到各地参加会议，也许随时便会掏出手机进入写作状态。他去台北看望朋友，会在街头突然停下脚步，进入到文字的世界里。大疫之年关门避疫，不到半年时间，他居然连写了六篇散文，包括两万字长文《庚子年的夏天》，完全是物我两忘，了无纷扰，躲进小楼成一统，一片冰心在玉壶。如此的清心显然与他常年精研哲学、宗教和艺术有关，让人不能不佩服他内心的定力和修炼。读他的文字，你能从宁静中感受到一种哲学的思辨、宗教的氛围和艺术的气息，他的文字都是在屏心之中和静心之下落笔成章的。

我惊诧他何以能有如此纯净的诗心和清越的诗音。方鸣的文字非常干净，纤尘不染，像一个初世的少年，尽管风雨如晦，他却永远面向着诗和远方。他喜欢宋词，那是他永远的文字天堂。他还喜欢西方古典音乐，他的文字滚动着音律，像咏叹调，像音乐诗。他对音乐非常敏感，巴赫的赋格就常常萦绕在他的脑际，在他的笔下生成为文字，又羽化为诗。文字是有生命的，他发表文章绝不允许编辑擅自改动一字，因为，那样会破坏了文字内在的活性、结构、气场和节律，那便不再是他的生命本身。他的文字永远是明亮的，尽管他的心情可能是阴郁的；他的文字永远是抒情的，尽管他的心绪可能是压抑的。他的文字只要写出来，便一如处子般的真纯和洁净。

我惊诧他何以能有如此宽阔的视野和渊博的才识。在中国古典艺术的鉴藏领域，他的涉猎极其广泛，精通古代陶瓷、古代书画、印章、砚石等各个门类。你看，他写康熙瓷器，写得精彩纷呈，气象万千，专业性、知识性和可读性俱佳；他写司马光的独乐园，纵横千古，才情喷涌，令人不由得不一气读完却又读之不尽，需细细品味，反复咀嚼。他写《致歙砚》，半年内四次进出歙州，和当地的砚人们都交了朋友，而且专去采写那些普通的年轻砚雕师，因为他们才是歙砚业的现实与未来。然而，与其说方鸣写出了无数的知识点和闪光点，不如说他写的是一种文化的宏景，他创造了一种文化的磁场、文化的语境，以一种文化的视角、文化的方式、文化的张力、文化的笔墨，去书写一种独具魅力的文化大散文。

我惊诧他何以能有如此精致的文辞和写作的功力。方鸣的文字立意高古，温文尔雅，善于运用排比、对仗甚至骈俪文，刻意求工，精于雕琢，堪称文字雕刻大师。他一生钟情文字，继承中国古代文赋、诗词、散文的文学传统，又汲取西方的人文内涵，注重文章的宏大架构和宏大叙事，又精于一字一词的简洁、明快、准确、文雅、蕴含、润泽、关联、布局，表现了文字的尊贵、华美、优雅、清丽，试图创造文字的美之极致！他以古人为师，撷取先哲的文字精华，他的《纸上的花园》和《庚子年的夏天》使用了那么多寻常不见的古雅美辞，字字珠玑，其实在古书中处处有典，皆为缀英。

于是，我读方鸣的文字，便由欣赏而惊诧，又由惊诧而惊艳。我相信，方鸣创造了一种新的美文体，一种人文的、艺术的、超验的、自然的、哲学的、诗意的、乐感的、博古的文化大散文。他尽可去写哈尔滨中央大街的路石，胡同人家的三瓦小日光灯，后海的铃兰小店，内务部街27号院的老树，0.6元一本的俄文版精装《高尔基全集》，西沙群岛的南海观音；也尽可去写压在箱底的哥窑梅瓶，尘埃中的乾隆的冰箱，英和的砚铭，似假还真的田黄，李成的《寒林图》，杨沂孙的印章……这一切，一切，在他刻刀般的笔下，都被雕琢成了一颗颗、一串串、一片片璀璨的晶玉文字，闪烁着唯美的艺术之光。他真是一位文字的艺术家，他的文字，就是他的生命艺术！

方鸣的文字，全然突破了当代文学的散文范式，在中国散文文学史上，具有里程碑式的标志性意义，在我们这个时代，是一个非常重要的文学景观，也是一个不可磨灭的文学记忆。尽管方鸣绝非看重浮名，他只是想让自己的世界沉静一些，再沉静一些；他只为收藏岁月，雕刻文字；他远离世俗百物，无关风花雪月；他仅仅是专注于中国传统的文人生活和人文精神，让中国传统文化的远流涌入他的笔端，潺潺而出，淌进眼前的这一本文学新集，汇成那一片美丽的文字之海。

作为一个老朋友，我理解方鸣把这一本美文新集取名《今夕何夕》的心思。他是多么希望能够永远在文字中行走，回到他所向往的文化时空中去啊！他邀我写一篇前言，我答应了，只为和他在这条精神之路上，一同前行。

（冰凌：旅美华人作家，全美中国作家联谊会会长）

8

自序
漂来的文字

这本文集,收录了我自 2010 年以来的十余年间写作的 30 余篇长短散文,主要落笔于古典文化和人文艺术,也免不了吟风弄月,花间问道。

但是,我必须尽可能保持对专业领域的关注、学术层面的研究和文化意义的思考,同时还要写出具有个人价值的纯文学。

这就要求我要有足够的耐心和耐力,既要加强学术和专业的修炼,又要提高艺术和文字的修养,还要等候内心澄明,灵感来袭。

因此我写得很慢,又写得很仔细,不放过每一个文字,反复雕琢。花开花落终有时,前后延续了十余年,相当于走过一个宣德王朝。

所谓前后,是十余年间的前两年和后两年。中间若干年,似乎没写什么,大脑一片空白。算是明代陶瓷史上,正景天三朝的空白期吧。

人生有时需要空白,只要不是全部空白就好。即使全部空白了,空白也是一种存在,佛言道:色不异空,空不异色。

在文章中，我不去刻意叙写知识，因为知识不是我自己的，我也不会授业；我只要写下我的个人感受，因为感受是我自己的，我需要自我表白。

所以，我是一个自私的作者，自说自话，自言自语，只为自己写作。这正好，也许你也是一个自私的读者，自由自在，自得其乐，只为自己阅读。

所以，这些篇章，与其说是大众的，不如说是小众的，甚至是个人的；这些文字，与其说是理性的，不如说是感性的，甚至是随性的。

读了，你就会明白，你是不是喜欢。

不管你喜欢，或是不喜欢，文字就在那里，不湮不灭，默默地，又会去守望另外一双凝视的眼睛。

书中各篇写了古书画、古陶瓷、印石、砚台、人物、风景、历史、诗词，等等，篇幅长短不一，让我一时不知如何编集是好。

无奈，我决定采用最简单的方式，按照篇幅长短把全书裁为短篇散文、中篇散文、长篇散文三编。

以小令词牌《梧桐影》统编短篇散文，以中调词牌《御街行》统编中篇散文，以长调词牌《锦堂春》统编长篇散文。

之所以用唐宋词的三个词牌来统编全书，正是因为，在我看来，唐宋词是文字的极致。而这本书，就是我的文字空间，我愿意用唐宋词作为装饰。

我平生喜欢文字，我以为，世上最优美的东西，除了自然，除了时间，就是文字，而且，是行走中的文字——在自然中行走，在时间中行走。

在行走中，我只想追寻文字之美，不管真理终在哪里；我只想珍享文字之美，不管真理有多高贵。真理在天上我看不到的遥远，文字却就在笔下，我眼前和经过的地方。

我要说，我爱真理，但我更爱文字！

我喜欢漂浮在文字上面，文字便是我的精神之桴，桴浮于海，四海为家。而我文字里的那些心爱的宝物，也就随我一起漂流沉浮。

漂呀漂呀，懵懵懂懂，不知春去几多时，就漂到了一本书里，却是晨夕暮旦，今古不辨。于是，我的这本文集，书名就叫《今夕何夕》。

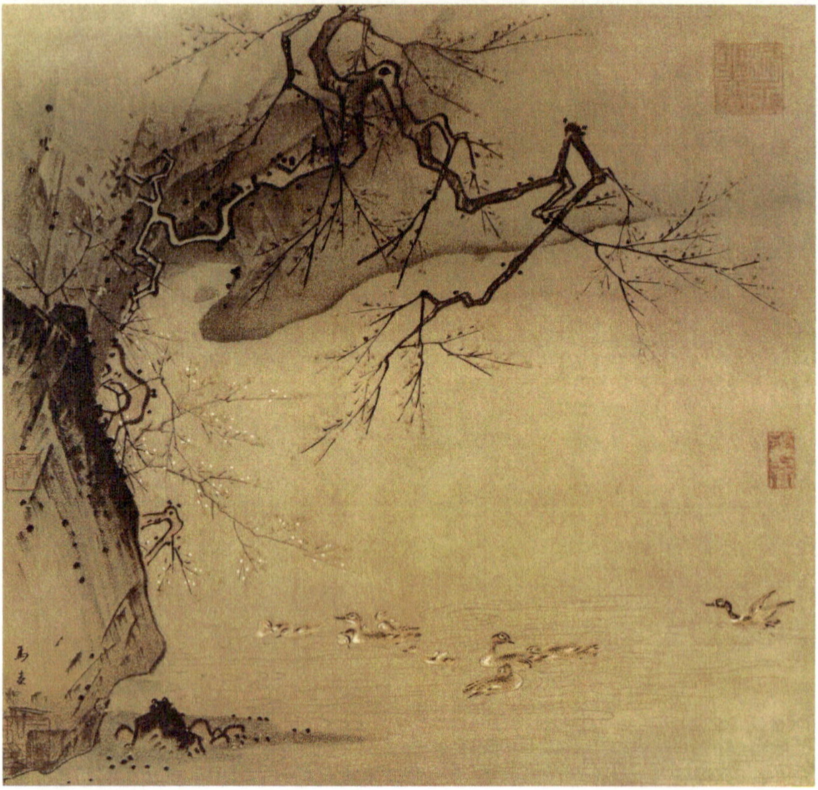

目录

梧桐影　短篇散文

清夜（清字文）	3
花间词	5
一个人的圆明园	7
小日光灯	9
内务部街 27 号院	11
乾隆的冰箱	13
马师傅的中国书店	15
巴林石忆	18
杨沂孙的白芙蓉	20
父亲的无题诗	23
读伟浓的诗	26

御街行　中篇散文

天之青，汝之玄　　　　　　33
哥窑，哲学印象　　　　　　40
双砚赋　　　　　　　　　　47
龟甲砚纪事　　　　　　　　52
梅枝砚断想　　　　　　　　55
一束光，一束光　　　　　　59
京城寺庙一日游　　　　　　67
林元珠的坑头田　　　　　　71

锦堂春　长篇散文

纸上的花园　　　　　　　　81
明四家的月光　　　　　　　111
庚子年的夏天　　　　　　　130
畅春园里的守望人　　　　　170
梁园的六月雪　　　　　　　221
辛丑年的夏天　　　　　　　275
云中君　　　　　　　　　　327

致歙砚	336
绿田黄之谜	350
观台赋	362
永乐的水，宣德的沙	372
康熙红和康熙窑	383
后记	394

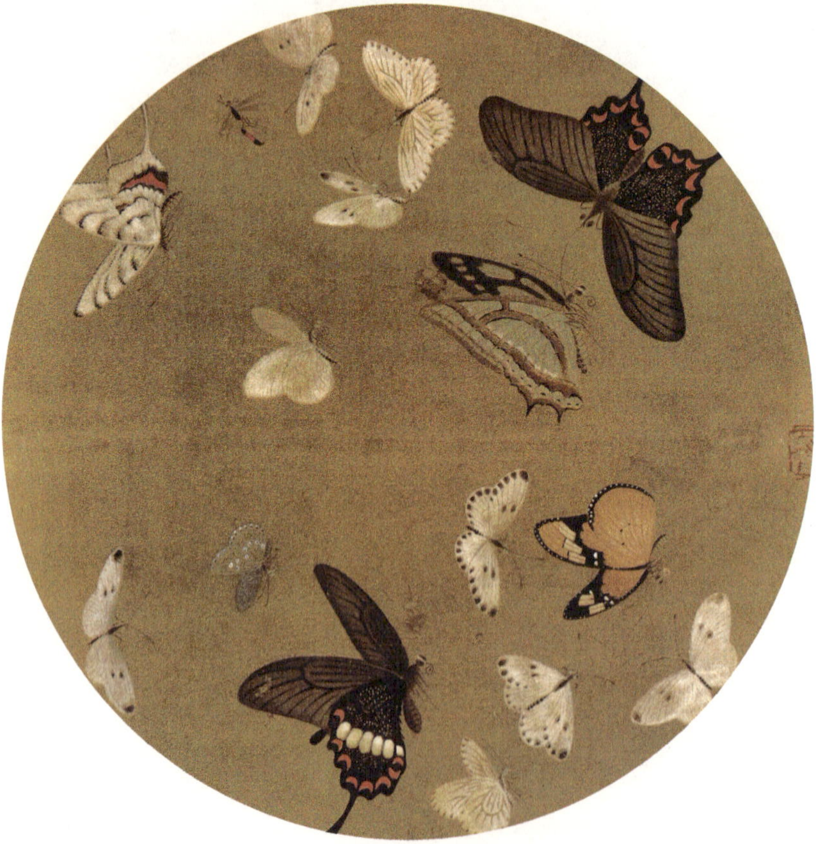

梧桐影

短篇散文

落日斜，秋风冷。今夜故人来不来，教人立尽梧桐影。

（唐）吕岩《梧桐影·落日斜》

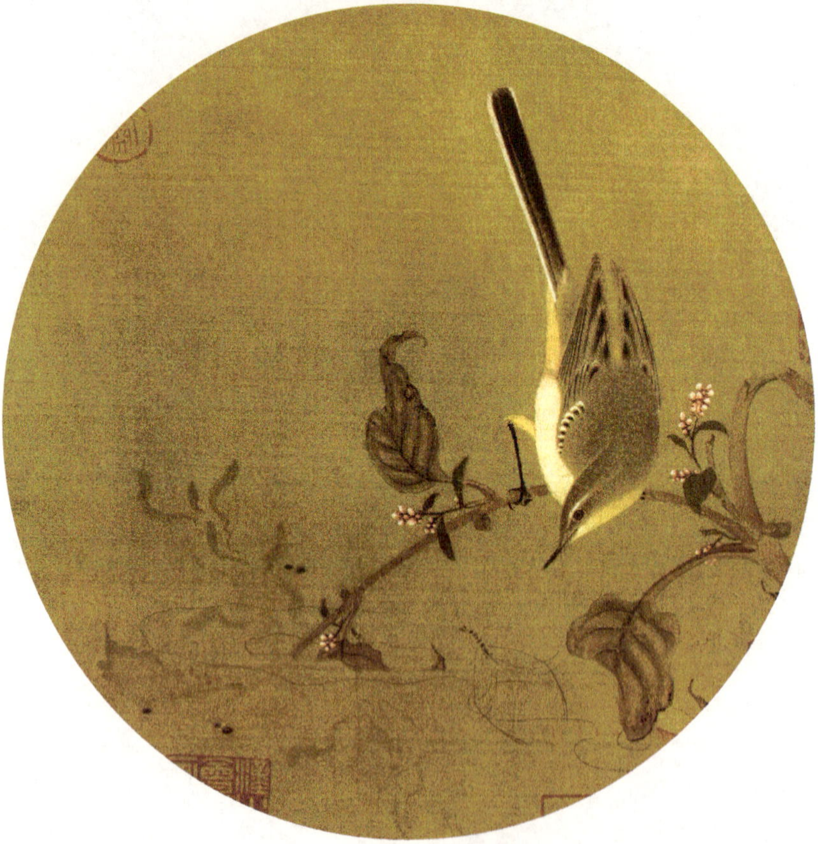

清夜（清字文）

徜徉在哈尔滨的中央大街，那近乎堆叠在一起的俄式街景的无尽华彩和炫影，其实是勾勒在一条清阔而漫长的百年砖石甬道之上的。

卸去了白天的浓妆艳抹，在这个清静的夜晚，那些沉穆的砖石呀，清幽，清寂，清冷，清远，仿佛是大地舒展出她诗一样的清怀，又好似城市迷幻着她梦一般的清想。

清弦高悬，清水泻地；丝竹清婉，风影清逸。

静世清脱，人也清奇；岁月清欢，诗亦清丽。

那一排排清净的砖石啊，分明是一排排清琴的键盘，让夜游者的碎步敲击出远远近近的清音。

清凉的夜风吹来，熄掉了霓虹的清景却更加清旷，纷乱的心境会突然变得无比清朗，真如坠入清澄的清界，却又不禁莫名地品尝出几丝淡淡的清苦。

难道这清秋的清风是清茶吗？莫非这清世的清露已沁浸游子的清心，微

今夕何夕

醺着清寒的月色下些许的清醉!

已不清醒,已不尽是清雅的心致。

我竟想在这砖石路上清歌而清舞,直到东方露出清冽的清光,直到清晨打开清新的翅膀,直到那清亮的砖石成为我生命中永远的清赏,直到这清冷的石街中央也能开放出记忆中清扬的花朵,散发出清淡悠然的清香……

宛若在清渺的水面上,日日映照出你缠绵而清澈的目光,夜夜升挂起清流之下清莹的月亮!

花间词

二十几年前,我曾去过千唐志斋,在园中久久地徜徉,慢慢地静赏。今日又旧地重游,身心再次交合。

还是那一园子的花,花容依旧,满庭芳菲。

在园中,我读到斋主张钫的一副楹联:

谁非过客,
花是主人。

是啊,我站在斋主的堂前,却不曾与他谋面,因为我们都是人间过客,花魂才是庭院的主人。

我们来往于天地之间,策杖孤旅,行色匆匆,只不过是一只小小的秋虫,聊胜于一日之蜉蝣。

今日啊,斋主已去,空院寂寥,只唤回我等访客独享这一日的草木之秋。

今夕何夕

只是天色渐墨,
当我在游吟中再度离去,
花间再也留不下我的风影,而
花开花落,
自在不语,
终是一个永在的花的界庭。

一个人的圆明园

午后
游
圆明园

未曾忘
40年前
在人大上学时
我常常一个人
出没于圆明园
在
山坡上
乱石中
垂柳下
读书和冥想
那时的圆明园
古风凌厉
夕阳残照
断石颓垣
满目萧索

今夕何夕

看不见一个人影
圆明园就成了
我
一
个
人
的
世界

今日的圆明园
已不见了
当年的模样
也不见了
昔时的少年
时光
拍打着枯柳
枯柳
摇曳着幻觉
湖水结冰了
也冻结了
我

的

记忆

小日光灯

夜行，路过一户人家，没有拉上窗帘，屋里就一盏三瓦的小日光灯，白灿灿的，能看见家里主人苍白的脸庞和身后昏暗的投影。

我站住了，往里探望了一会儿。想起幼时的时光，家家的夜晚都是这么一盏小灯，点亮一家人的生活。

仿佛是旧时明月。

又想起，古人都是点烛光，跃动的烛火曾经留下古人多少美妙的诗句……记得宋人任希夷有一句"烛光不动风前影"，范成大也有一句"烛光花影夜葱茏"，吟罢令人心醉！

我小时候，在三瓦的小日光灯下，也写了好多旧体诗，或少年言志，或无病呻吟。

那时曾想，长大以后，一定要有一间自己的书房，一定要在书房里到处都安上灯，把房间照得亮亮的，照亮我的每一本书！

小时候不懂，其实最亮的，是人的心灯——心生则一切法生。

长大了,我的愿望实现了。我有了自己的书房,书房里也安了许多灯,有吊灯,壁灯,落地灯,台灯。

每当夜色降临,我去开灯,但打开的,却还只是一盏很多年来一直点亮至今的三瓦小日光灯。

内务部街 27 号院

北京市东城区内务部街，明朝时有一个颇有诗意的名字，叫勾阑胡同。谁承想，勾阑胡同，四十多年了，都在勾我的心魂。

胡同里有六公主府，梁实秋故居，巴基斯坦大使馆旧址（现为卢森堡大使馆），华国锋故居，北洋政府内务部原址（现为北京二中，我的母校），还有内务部街 27 号院。

27 号院，一个并不起眼的老北京四合院，现在是一个社区文化中心，原来是东城区图书馆老馆的所在地。

1974—1977 年间，我高中毕业后被分配到这里当资料员，管理内部书库，可以随意翻看不能外借的旧书和古籍。我还是工农兵理论小组成员，在中华书局的编辑许逸民（前些年曾任国家古籍整理出版规划小组办公室主任）的指导下编《中华活页文选》，批《水浒》。

不过，我上大学后便就此别过，到外面的世界浪迹了四十多年，今日才得以"浪子回头"，重归故里。只是院子里已不见旧时的堂前燕，归来的游子也早已不是旧时的青涩少年。老院子基本上还是老样子，当年院子的北房是借书处和外借书库，东厢房是馆长室、美编室和财务室，西厢房是内部书库和资料室。我呢，就是在西厢房里熬过了三年迷茫而躁动的时光，读了一大堆"封资修"的书，还偷吃了"禁果"，看了《西厢记》。

院子里有一棵古树还在，却好像更加耸峙挺拔了，冷眼俯视着些许年间身下如蝼蚁般的匆匆过客。记得当年在图书馆时经常在院子里开会学习，我总是坐在古树下仰望风间的树梢，思绪飞向天边。

今天，我又来到古树下，久久凝望着枝丫向空中伸展，却似乎有一种灵异的感觉，才突然醒悟：难怪这么多年，我一直隐约觉得心里有个风之影，影影绰绰，朦胧莫辨又拂之不去，其实就是这棵记忆深处的古树呀！

我终于明白了，古树原来早已悄然地植入我的心底。四十多年了，春树暮云，随风扶摇，尽管古树已在我的印象中渐渐模糊了，但不管我来或不来，古树还在那里，古树的树神一直都在我的出发地默默地庇护着我，守望着我，而我自己竟然浑然不知。

我不禁忆起了辛弃疾的《水龙吟》："可惜流年，忧愁风雨，树犹如此！"于是，免不了一分伤情，一声叹息。寒风乍起，风飒飒兮木萧萧，待转身离去，却又不由得吟出了《水龙吟》的后面一句："倩何人唤取，红巾翠袖，揾英雄泪？"

乾隆的冰箱

近日闲读，注意到这样一则逸闻：20 世纪 30 年代，天津的潘家曾以 3500 块大洋买下一对乾隆朝的御制珐琅冰箱，珍藏三十年后，却在"文革"中被红卫兵抄走而不知去向。"文革"后，潘家遍寻不得，还曾为此写信惊动了邓小平。直到 1985 年，珐琅冰箱才终于在北京东城区委党校的地下室里找到，后来，潘家便把这对国宝级的文物捐给了故宫博物院。

其实，这对冰箱我早就在东城区委党校见过。那是在 1975 年底，我正在位于内务部街的东城区图书馆工作，馆里通知我有大批的"文革"抄家物资被集中在东城区委党校，让我赶紧过去挑选一些古旧书，以供工农兵理论队伍大批判之用。党校就在相隔一条史家胡同的干面胡同东口，只见偌大的操场上堆满了"文革"中抄来的书籍、字画、照片、瓷器、家具等各类器物。在操场的一隅，我便看到了这对冰箱——两个带盖的珐琅大箱子，盖沿上錾有"大清乾隆御制"楷书款。因为觉得很新奇，一问才知是宫廷旧物，夏日贮冰用以冰镇食物。

我在操场上先后工作了一周，每日骑着三轮车，把挑出来的古旧书一车车地拉到鼓楼上存放。想不到吧，鼓楼当时曾是图书馆的库房。正值严冬，那高大的殿房里就只有我一个人，一丝暖气都没有，冷得真如一个大冰箱，令我瑟瑟发抖。然而，党校的操场上却更是冰凉刺骨，把我的手脚都冻烂了。在寒风中，我和那些被抄来的"封资修"旧物一同战栗着。我似乎能听到旧物们凄厉的哭喊：快把我们都带走吧，不要把我们扔在这里啊！

然而，我除了尽可能地拉走一些古旧书，还能做什么呢？后来，没有来得及拉走的书籍和那些抄家物资就统统被清理掉了，或化为灰烬，或落为尘埃。只是，这对冰箱却不知何故，最终被锁进了党校的地下室，隐于乱世，不为人知，十年一梦，以待天日。

那时，我还骑着三轮车四处奔波，为图书馆买回了许多珍贵的旧报刊，有自创刊以来全套的《人民日报》，有整套的《中国建设》《新观察》……现在要想再去收集如此完好的文献资料，已是绝无可能了。

至于这些旧报刊和我拉到鼓楼上的那些古旧书，最终的命运如何，我不能确知。恢复高考后，我终于绝处逢生，考上了大学，从此就再没有回过馆里。

前不久，我去临近金宝街的净雅大酒楼聚餐，停车时进了酒楼的后院，却蓦然发现，这个停车场不就是当年东城区委党校的大操场吗？虽然今日场景已换，但党校还在这里，还能依稀辨认出当年的模样。

曾记否，就在此地，三十多年前，一个十几岁的少年趴在书堆里挑书，一本又一本；然后，又把一捆捆的古旧书搬到三轮车上拉走，一趟又一趟。三轮车拉不走堆成小山的文物，也载不动，许多愁。

几天后，少年终于没有再返回，北风刮来，尘土卷起，那对珐琅冰箱却还依然置放在操场的一隅，置放在少年成长的记忆里，流年无渍，逝者如梦。

马师傅的中国书店

昨日,在地下车库的一堆旧书里,居然翻出了一本我早年收藏的英文原版书《美国参议院议事回忆录》(1923 年,纽约),缎面精装,道林纸精印,差不多算是一件古董了。

这本书是我于 1982 年在灯市口中国书店购买的,书的扉页上还贴着我当年的购书签条,书的后衬纸上也标有中国书店当年的定价:1 元。

灯市口中国书店在内务部街西口往北 80 米,"文革"期间曾设有"机关服务部",凭单位介绍信进店购书,主要是经销古籍、原版外文图书和中文旧报刊。

读高中时,正值"文革",我就是那里的常客,总要想方设法搞介绍信混进书店买书。记得《高尔基全集》精装俄文版各卷定价都是 0.6 元,《马雅可夫斯基全集》精装俄文版各卷定价都是 0.2 元,一般的英文原版书定价大都是在 1—2 元。我买过最贵的一本书,是英国大哲学家斯宾塞的《社会学原理》1904 年版,定价 6 元。

店里有一个马春怀老师傅,精通英、法、德、俄、日文,版本知识也很丰富,学问可比教授厉害许多,我买书常常要请教他。

后来，我高中毕业后恰恰分配到区图书馆工作，负责旧报刊采购，就更是总去找马师傅，从他手里买过全套的《人民日报》、《红旗》杂志、《新建设》杂志、《文史哲》杂志等十几种重要的报刊资料，又一趟一趟地蹬三轮车把报刊拉回馆里。

上大学以后，我也还时不时去找马师傅买英文原版书。《美国参议院议事回忆录》就是我大学毕业后不久他推荐我买的，还建议我没事练手翻译出来，说：版本好，有价值，好翻，不难。

除了灯市口书店，中国书店在琉璃厂海王邨和西单等地也都设有"机关服务部"，海王邨主要卖古籍线装书和民国时期的图书，西单主要经销"文革"前的旧版书和文史书，都是我常去转的地方，是我那些年心有所依的精神家园。

不知从什么时候开始，也说不清是为什么，我渐渐就很少去转这几家书店了，这一晃就是三十多年。

西单的中国书店不知道现在还有没有，哪天一定要去看一看。

海王邨书店倒是还在，但是古旧图书已不复见，只卖一些书法碑帖和教辅图书。原来的后院也早已被分割成一小间一小间的古董店。20世纪80年代中期店里还曾摆出过一方老寿山将军洞白芙蓉大方章，十分难得，让我惦记至今。

灯市口书店呢，这么些年就一直没再去过，不过前两天我倒是专程跑去看了一下，里面比原来大多了，古旧书、外文书和旧报刊也还不少，让我转了又转，看了又看，挑了又挑，徘徊了又徘徊。

我跟店员打听马师傅，但是已经没有人知道他了。时光荏苒，马师傅还健在吗？可否记得当年常来买书的那个白衣少年？惆怅间，随手拿起一本《全宋词》，却正翻到欧阳修的《玉楼春》："渐行渐远渐无书，水阔鱼沉何处问。"书里，我仿佛听到了欧阳修的一声叹息。

这么多年，我都干什么去了？怎么就没有再来看过马师傅呢？我自问又自责。人们都说岁月无情，其实，无情的是我们自己。而岁月呢？给我们留下了记忆，留下了故事，留下了生命的长长的印痕。岁月才是真正的有情！

几十年了，我们一路走来，去过许多地方，见过许多人，做过许多事情，经历了许多风雨。宋代词人蒋捷就曾以"听雨"为题，写下了人生一世的际遇和心境："少年听雨歌楼上，红烛昏罗帐。壮年听雨客舟中，江阔云低，断雁叫西风。而今听雨僧庐下，鬓已星星也。悲欢离合总无情，一任阶前，点滴到天明。"

少年听雨，壮年听雨，而今听雨，心情都是不一样的，每个人的境况也是不一样的。

蒋捷少年听雨，不仅在西楼上，还有红烛昏罗帐。我自然也有少年听雨的时候，那或许是学农时，在南山村的老乡家，大土炕上；或许是在自家南窗下，书桌台灯旁，捧一本白天刚从马师傅的店里买回的缎面精装书，管什么无情却有情，一任阶前，点滴到天明……

却不想，旧日成殇。

巴林石忆

人们都说隔行如隔山。其实，岂止是隔行啊，隔着肚皮就隔着一座山。

常常地，去古玩城，想找自己喜欢的东西，老板也殷勤地伺候，可跟老板说来说去，你自以为已经讲得很明白了，老板忙前忙后找出来的东西还真就不是你的菜。你扭脸要走，蓦然回首，却没料到，你想要的宝贝，就在眼前，灯火阑珊处！

今天想去寻几方印石，就进了一家常去的老店。老板忙不迭地拿出来十来方不错的寿山品种石，却没看到心仪的，老板也白忙活了，我也白饶舌头了，老板无奈，我无趣。

不经意地一瞥，看见柜子最里边立着一方巴林石长方章，幽幽的色晕，淡淡的清光，低调的韵致，内敛的气息，虽不抢镜，却立马亮瞎了我的眼。不过，与其说是我格外喜欢，不如说是我分外熟悉。

20世纪80年代，巴林石刚刚开采上市，玩了几十年寿山石和青田石的父亲就又痴迷上了这种新的印石。当时官园有一家专卖巴林石的胡氏三兄弟，是内蒙古赤峰人，在北京的市场上一统江山。父亲三天两头带我去胡家买石头，看胡家大哥把从赤峰发来的矿料一块块切割打磨成美丽的巴林印石，有鸡血石、红花石、羊脂冻、芙蓉冻……成色天然，晶莹剔透。就是从那时起，我便与巴林石有了一种奇妙的眼缘和情缘。

后来这些年，我收藏了不少的寿山石印章，与巴林石却渐行渐远，但巴林石仍然是我印石收藏之路上的第一道风景，甚至是第一个情结。在一堆印石中，我往往一眼就能瞄上其中可能是最不起眼的那一枚巴林石。

尽管，我自知自己尚未熟识石性，我的目力也难以深透石髓，然而，我的记忆深处有对巴林石的最早的印象，我的大脑皮层有对巴林石的特殊的认知。

所以，收藏的人，寻宝的人，明明是在寻找未知，寻找奇遇，其实许多时候都是在寻找过往，寻找回忆。与财富无关，与梦想无关，只与你的经历有关，与你的孤心有关。你的人生越丰富，你的记忆越久远，你的收藏也就越可观，因为你是在收藏你自己。

就像我年少时抄录在日记簿上的半首宋词——陈与义的《临江仙》，这便是我的无价收藏：

二十余年如一梦，此身虽在堪惊。闲登小阁看新晴。古今多少事，渔唱起三更。

你做收藏，别人怎么可能懂得你。真正懂你的人，只有你自己。虽然有时候，你自己也不是很懂你自己，你自己与你自己，也总是隔着一座山。——此身虽在堪惊。

杨沂孙的白芙蓉

北宋理学家程颢有一首著名的《春日偶成》，是旧时中国学童的必读诗。程颢还另有一首《秋日偶成》，更是抒写了万物静观而又逍遥自得的宋人心境：

闲来无事不从容，睡觉东窗日已红。
万物静观皆自得，四时佳兴与人同。

那天，我陪父亲去看拍卖会预展。在清代书法家杨沂孙的一幅篆书立轴前，我伫立良久，仔细品赏。父亲过来对我说："你还记得吗？80年代你还曾送我一方杨沂孙的印章呢。"

真的吗？还有这样的事？我怎么想不起来了？

回到家后，父亲把那方老印章找出来给我看，重睹旧物，真如是故友重逢，我一下子便恢复了往日记忆。只是，在很多年前，我尚不知杨沂孙何许人也，自然也没有去记住他的名字。近些年来我开始关注杨沂孙的篆书，却不知其实我与他早已有缘。

是谁说：此情可待成追忆，只是当时已惘然……

杨沂孙的白芙蓉

这是一方长方形的寿山将军洞白芙蓉扁章，石质凝腻，色若牙白，印面是 10 个篆字，印石的两侧，一侧刻的是月夜泛舟的湖景，另一侧则镌有 22 字篆文并落刻款：

初俊助厥母毓绥多女士丁亥万用入学祭鲔荣堇采蘩　杨沂孙刻

我记起，那是 1982 年的一个秋日，我和父亲去逛琉璃厂，在荣宝斋的一个柜台里，就摆放着这方杨沂孙的白芙蓉老印章。当时，父亲拿起来看了又看，还是放下了，却是不舍。走出门外，父亲说这方印章不错，难得，就是要价 800 元，太贵了。

白芙蓉是寿山印石中的名品，如脂如膏如腴。人称田黄是"石帝"，白芙蓉便是"石后"。康熙皇帝御宝"御赐朗吟阁宝"，即为白芙蓉印石所制。将军洞白芙蓉又是白芙蓉印石中最为珍稀的极品，至清晚期便因采石洞口坍塌而绝产了。

我后来才知，杨沂孙呢，以篆书擅名，卓然成家。晚清学者李慈铭赞其"篆法高古，一时无双"。我曾见杨沂孙写篆书七言联："羡君精彩如秋鹗，忽惊云海戏群鸿"，篆籀兼容而端严整饬，醇和典雅又婉约流畅。他镌刻在白芙蓉上的篆文亦与此联相类，深得古法，借古于今。

如此说来，这样一方杨沂孙镌将军洞白芙蓉印章，名家配名石，真算得上是一件难得的宝物了。

还记得，从琉璃厂回来后的第二天，我一进家门，便把这方白芙蓉印章拿给了父亲。他很诧异，问我怎么回事？我说，我刚刚又跑去了荣宝斋，买回来了，送给您！

一晃这么多年过去了，感谢父亲，保存了这方珍贵的老印章，也让我又忆起了这段闲来自得的陈年往事。

却令我没想到的是，看完拍卖会预展的后一日，叹时光回环无尽，父亲又把这一方白芙蓉送还于我。

于是啊，杨沂孙的白芙蓉印章，便成为我们父子二人的一个心印，一朵永远开放的记忆之花。我想，那一定是秋日里苏东坡吟咏的一朵芙蓉花：

千林扫作一番黄，只有芙蓉独自芳。

拍卖会开始了，兔起鹘落，我举牌便把杨沂孙的那幅篆书立轴拍了下来，像1982年拿回杨沂孙的白芙蓉印章那样，回到家里，送给了父亲。

父亲的无题诗

小时候,每到周日,父亲都要带我去故宫。那时故宫的门票只要一毛钱,我们父子俩在里面一待就是一整天,看瓷器馆,看书画馆,看珍宝馆,看钟表馆。时值"文革",故宫的游人很少,有时偌大的一个宫殿里,空荡荡的就只有我们老少二人。学校罢课复课都在闹革命,故宫就成为我的一所特殊学校,那里有我的古老的童年。

父亲是被打倒的"走资派",而且"顽固不化","不肯改悔",每每被批斗之后,还依然会拉着我去故宫里来陶醉和逍遥。我家的一个邻居被批斗后跳楼自杀了,我们也担心父亲,他却说:"我才不会呢!"是啊!正是在故宫里,与那些古代的精灵对话,父亲才能得以忘忧,超度劫难。

这些年来,我还是照例陪父亲去逛故宫,品名物,颐享天年。此外,文物市场和拍卖会也多了,许多佚散古物都浮现天日,我就经常陪父亲到处转转,徜徉其间,流连忘返,不知不觉已走进历史深处……

一晃几十年,大学时代之外,我先后做过图书馆管理员、医科大学助教、杂志社编辑部主任、出版社社长、博物馆馆长,研究过医学心理学,整理过民国出版史,翻译过海德格尔,还曾是康德、谢林、雅斯贝尔斯、狄尔泰、维特根斯坦和桑塔亚纳的追随者。我酷爱西方古典音乐、神秘哲学、浪漫派文学，痴迷中国诗史，尤好中西版藏书。

我更是一世倾情于各类中国古代名物：瓷玉、文玩、字画——因为父亲，伴我终生的精神之师。

父亲影响了我几十年，教会我很多，但是，在和父亲的交谈中，我还是依稀感到我和父亲之间的距离，虽然往往只是隔了那么一张窗户纸……不是技术层面上的，不是知识层面上的，不是文化层面上的，而是精神层面上的。

父亲话虽不多，但常常短短一语，就能如入化境，令人惊叹！

有时我会觉得，父亲年事已高，接触外界的机会少了，辨伪的能力已稍显迟滞；偏偏来日不可追，我悟真的能力却永不及他。我对古瓷更多的是痴迷和执念，而父亲对古瓷更多的则是参透和领悟。

应该说，收藏是要收到手里，藏在心上。我有收的能力，而父亲则更具藏的心力。如同对心爱的美人，拥有不仅仅意味着占有，更要懂得一颗芳心。藏家比的不只是物力，更是心力。

所以，天下真正的大藏家还应该是一个思想家，如影响了我几十年的那个人：我的父亲。

父亲旧时曾写有一首《无题》，吾甚喜欢，吟咏不已。忽生一念：他那诗，放那儿闲着也是闲着，姑且拈来，作为我这篇小文最后的一抹点睛之笔吧——

花魂毕竟非诗魂,花到秋时多凋零。
此身合是诗人未?当效放翁入剑门。

读伟浓的诗

伟浓兄是侨史大家，素来很仰慕他的学术功力和治学精神。但每次见面，我们却极少谈论侨史话题，我总要问他：你写诗了吗？他于是连忙答道：写啦，写啦。

但是我们又极少谈诗。

读他的诗，心领神会，吟咏不已，却又无须再说什么，这也许就是读诗的一种境界吧！

就像躺在海滩上看着远处的一朵白云，懒懒地晒着太阳，不语也罢。

伟浓的诗很优雅，很从容，是漫吟，而且是每日必吟。但他作诗又极讲究，平仄对仗，精工不苟，漫篇尽现思辨氛围和文人气息。

我算是他的半个知音吧，常常催他寄诗一睹为快。

我年少时正值"文革"，缺书少读，唯家中有两部书被我啃了无数遍，一部是《辞海》，一部便是王力先生的《汉语诗律学》。

我始终认为《汉语诗律学》是我的精神启蒙读本。其实,王力先生讲授的远不止是中国古典诗词的格律和规矩,而是通过中国古典辞章的法度,深入到了中国文人最高的文化精神层面。

我甚至认为,不懂中国的诗词格律,最好免谈唐诗宋词,甚至都别去评古画,赏古董,因为你不懂得中国古代的文化传统及其人文精神。

所以,我极钦佩伟浓兄能写得一手旧体格律好诗。当然,我欣赏伟浓的诗,更在乎他的古典情怀,在乎他那份内藏于心的中国古诗词所独具的情调和韵致。

如此,读伟浓的诗,如诵古诗,如沐古风:

独种幽兰独自芳,惹教孤梦过湖江。
悠悠甲子凝成传,登岸遥看泊远樯。

再读一首,仿佛夕阳西下,又一阵古风吹来:

瘦竹迟迟一影长,清茶阵阵逐风香。
何妨邀我同看月,对坐三人舞凤凰?

读伟浓的诗,总觉得他是在踏歌行,陌上吟。其实不然,他的那些诗,恰恰是在阅读,是在写作,是在思想的路途上:

优悠一路乐陶然,沙哑蝉声胜管弦。
只恐花稀春草尽,眼前萧瑟是秋山!

再读伟浓的诗,又总觉得他是伏在案边,趴在书里。其实不然,他的那些诗,恰恰是在风柳下,小桥边,诗人已醉卧花丛中:

瀛寰十万八千洲,案牍文书何处求?
寂寂山堂勤为扫,掬泉不必问池鸥。

在伟浓的诗境里,他的学术之路和他的自然之旅都是同一条心灵的通途。他的歌吟,已经分不清是在花间,还是在书边了:

柳色青青远鸟鸣,诗魔未许我离营。
巫山纵有千行泪,只任猿猴独自听!

我印象中的伟浓兄,是个极洁净的人,也算是个有洁癖之人。诗如其人,他的诗,也极洁净,清新雅致,不落凡尘:

方塘半亩草芊芊,昼夜源源到眼边。
忽见蜻蜓寻菡萏,轻轻点水水生澜。

伟浓兄习惯于一人行走天下。踽踽独行,终竟是他生命的剪影。白天,背个布囊,装满诗歌,云游四方。夜晚,挑亮灯火,坐在桌前,又返回到他一个人的学术故土:

置身天地两茫然,万缕心思万象牵。
野岭萧疏春水去,弹琴抚瑟不离弦。

伟浓兄,我敬重作为学者的他,我欣赏作为诗人的他。其实,他还应该是个画家。倘若此,那他一定是个诗性画家。

不过,读伟浓的诗,已然是在观赏他的心画了。

伟浓兄刚刚又结成了一本诗集,书名原为《气聚水谷》,这四个字,氤氲出一幅秀峰高耸、飞流入潭、水气翻滚、云蒸霞蔚的画面,竟已让我想起明代大画家沈周的《庐山高图》了。

也许,伟浓兄又去叩访了庐山的仙人,他改后的书名直接取自李白的一首庐山谣:《琴心三叠道初成》。由此,道心可鉴,他的诗画,又有了更深的意蕴。

伟浓兄嘱我为他的诗集作序文,序已写好,就算是我在他的诗画上的题跋吧。

線撚依依綠
金垂裊裊黃

御街行

中篇散文

纷纷坠叶飘香砌。夜寂静,寒声碎。真珠帘卷玉楼空,天淡银河垂地。年年今夜,月华如练,长是人千里。

愁肠已断无由醉,酒未到,先成泪。残灯明灭枕头欹,谙尽孤眠滋味。都来此事,眉间心上,无计相回避。

(宋)范仲淹《御街行·秋日怀旧》

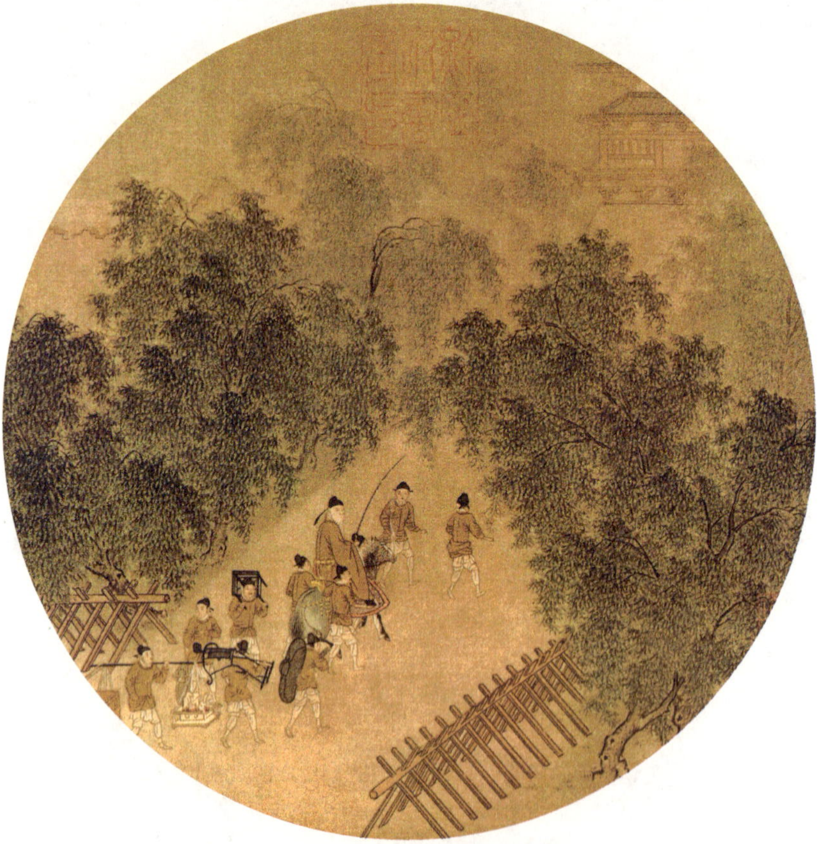

天之青，汝之玄

1.

莹润的洁净，坚致的轻薄，雕饰的天然，华曼的素白，这样的定瓷本是不可多得的雅玩，更可作为唐宋寺院供奉的法器，甫一镶上金银扣，顿时华丽转身，惊艳亮相，贵气袭人，怎能不让皇廷垂爱有加，成为御品！

自晚唐始，定窑就已开始为皇廷烧制贡瓷。但是到了北宋晚期，笃信道教的宋徽宗却传下谕旨：弃定用汝。此后的数十年间，青色的汝瓷取代了白色的定瓷，成为皇廷尊崇的御瓷。

关于弃定用汝，传统的说法认为，因定瓷有芒口不堪用，镶金银扣又不便用。其实，在北宋中期以前，定瓷都是正烧而并无涩圈，到了北宋晚期才改为覆烧而出现芒口，如芒口不堪用，改回来正烧就是了，又何必一弃了之？

与其说宋徽宗是弃定用汝，不如说他是舍白取青，以汝窑之青瓷替换定窑之白瓷，更是以澄明之道心取代色空之佛境。

白是纯净，而青是静谧；
白是圣洁，而青是太虚；
白是雅致，而青是幽秘；
白是空无，而青是苍玄。

白和青在本质上是佛道两种不同的审美意象、哲学概念和宗教范畴。

2.

早在唐代，越窑青瓷就已镶以金银扣而贡奉皇廷，其釉色因其秘不示人而被称为秘色。初期的汝窑，曾受到了越窑的直接影响，以致后来竟能烧出史上最珍贵的汝瓷，世人因此公认"汝窑为魁"。

只是，越瓷和汝瓷的釉色都极难仿制。越瓷的釉色是青绿色，汝瓷的釉色是天青色。越瓷的仿制之难在乎其秘，其青绿色极尽苍青之秘；而汝瓷的仿制之难在乎其玄，其天青色实乃幽致之玄。

历代的汝瓷仿品多为生涩的蓝灰色，即使是年羹尧的年窑和唐英的唐窑，都仿不出天青色那种幽玄的润色来，以致乾隆皇帝竟感慨"仿汝不似汝"！

试问：有谁能够穿透宋人的精神？有谁能够仿制宋人的灵魂？

灵魂也是有颜色的，有时候，一种色彩便是一种心灵物语的表白。

青色是一种简单而淡雅的颜色，但却有其蕴含，浸润着内敛、含蓄、静谧、自然的道家氤氲。在道教仪式上，书写祈祷词必须使用青藤纸，因此称作"青词"。

宋徽宗是崇奉道教的天下第一帝，不必说他擅做青词，自然他也偏好青瓷，因而在政和年间下旨尊享汝瓷之美。

至于汝瓷的天青色，那种雨过天晴之美景，那种水天一色之灵境，自是青之幽玄的极致诠释，更是道家精神的终极体现。

观瞻汝瓷的天青一色，自然会参透于道家的重重冥想，耽迷于道教的幽幽玄思，难怪宋徽宗一定要"弃定用汝"了。

所以，由定窑白瓷转换为汝窑青瓷，乃是由空而色的极变；而由越瓷秘色过渡到汝瓷天青色，则是由秘而玄的流变了。

3.

汝窑出自河南汝州，但其窑址却早已湮没于岁月的烟尘之中，无迹可寻。世事迷离，史迹漫漶，然冥冥之中，又终有其戏剧性的因果勾连。

20世纪30年代，叶麟趾先生曾在河北曲阳县涧磁村发现定窑遗址，声名远扬；20世纪70年代，叶麟趾之子叶喆民又终在河南宝丰县清凉寺村采集到一片天青釉瓷片，并据此指出汝窑窑址的所在，更是震惊学界。

相隔四十余年，父子二人竟相继揭开了两大古瓷窑址的隐世天机，如此旷世双会简直不可思议。是啊，如果不是恰逢那只天青釉的瓷片飘落而至……

那真是吉光片羽，灵幽一闪，神幻无边，玄妙无限……

清凉寺，想必当年也曾是一处清幽静逸之地。时至今日，寺院早已没于山谷，归于清隐，空余一间苍朴的庙房和几丝清凉的玄想。

虽然数百年间香火未续，空气中仍旧飘浮着淡淡的檀香，历久不散，依稀可闻。但见天青水黛，亘古不变；人间浮沉，宛若漂萍。

这是一片广阔、徐缓、绵延的丘陵地带，灌木葱茏，野草丛生。

沿着风岸，东河、西河、响水河穿流而过，波光粼粼，水色斑斓。

举目望去——
浅山，浅滩，浅草；
风淡，云淡，日淡。

君不知，几乎所有的窑口，都是近水楼台。所谓伊人，在水一方。在一片河谷坡地上，就散落着数十个宋窑的炉坑，碎瓷散落，砾石杂驳，光影流变，古相苍凉。

这就是汝窑故里吗？这就是那曾经繁茂的盛世花间吗？

4.

我知道，古老的清凉寺，曾有着一尊神，汝瓷——就是所有的古瓷收藏家供奉的神。天下贵汝，藏家已任。无数收藏家的终极梦想，就是要寻到一件汝瓷。仅仅一件汝瓷，就足以让一介草民，成为世上最伟大的藏界豪门！

这么些年，我汝友甚多，阅汝无数，曾经看到有那么几件妙品，虽说不错，但离我心境中的汝，似乎总有那么一点点距离，也总有那么一点点遗憾。

汝界前辈叶喆民曾给我看过一只三十年前仿制的莲花温碗，那是他在参观汝州瓷场时从废品堆里拣出来的，却是他见过的最好的汝瓷仿品。看老人淡恬的神情，感受到的是另一种超然的心境：曾经沧海也为水！

水也为水，只是那水并不就是沧海。

这些年来，清凉寺遗址已陆续出土了数十件汝瓷，这些重见天日的千年之汝，却仿佛来自天际，那天青的釉色与清凉寺的天之晴色相映生辉，竟似仙人以其涂抹天画的余墨点染而成，真正是让我一见倾心，一见如故！

那胎，那釉，那器型，那开片，那支钉，那气泡……那青玄，那丰神，那玉润的光，那幽致的影……那才是真汝，那才是我心中的汝！

此时，我已是如临沧海，如饮沧浪之水……

5.

我追寻了汝瓷许多年，我深信汝之灵髓与我心性相合，气脉相通。冥冥中，我似乎总能看见她影影绰绰的倩影，总能听到她远近回荡的足音。我知道，汝瓷一定就在前方——在千里之外奔赴而来的路上，一定会神赐予我，一定会和我完成一个心灵之约。

直到那一天！

那一天，一件宋汝终于被我拥！揽！入！怀！

这是一件天青釉八棱长颈双耳方口瓶——

千年的风华，俊逸挺拔，苍朴雄奇，似迷漫远世的一个绝代宋女；
千年的釉色，幽致雅秀，倩丽芳菲，如随风飘逸的一袭青缎天衣；
千年的肌骨，叩之若冰，抚之如玉，真正是冰雕玉砌，冰清玉洁，冰容玉体，冰心玉魂。

这只汝瓶，曾入土历世，又出土经年，算是一件半熟器，釉面细密的冰纹早已沁入土锈，却依旧闪烁着片片幽玄之光，透射出一个王朝曾经的花团锦簇。这个王朝虽然最终沦为亡朝，而历经千年，汝，依然故汝。

6.

汝已千年,汝还会千年,而我们却不能与汝永年。让我们思接千载吧,让汝寄托着我们对上下千年的思念。

于是,清凉寺的汝之故里便成为我的心灵圣地。

汝之地,地之天,天之青,青之玄。

君知否?在我父亲的名字里,有一个"玄"字;在我女儿的姓名中,又有一个"青"字。这"玄""青"二字与我之前生后世的命中关联,也许颇得天意,或许自有深意,当是我的血脉族系与汝的一个本生之缘。

因此,我的史学是青史,我的哲学是玄学,我的宗教是汝教,而我的词章,便是清凉寺的沧浪之水涌向的静谧远天,那天青色的满幅烟岚。

水天无极,道法自然;天之晴艳,青之玄幻……

哥窑，哲学印象

1.

一直想写一只哥窑梅瓶。

在我童年的记忆中，父亲的书案上总是立着一只油灰色的哥窑梅瓶。

任凭案上的书籍文稿搬来搬去，翻来覆去，那只梅瓶却依然故我，唯我独尊。

就是"文革"时父亲把家里的古董字画都藏到了房顶的夹层，那个油灰色的颀长身影仍旧立在书案上。

哪怕红卫兵来抄家，她竟然都没受任何打扰：兀自伫立于斯，静观光影流变；莫知世间寒暑，只在风尘之外。

后来搬家，书案卖掉了，父亲就把梅瓶收进了箱底。这么多年了，我和父亲都一直没有再去翻找——

只因时光流逝如白驹过隙，
只因没有想起也不会忘记，
只因久别才会有更多回忆，
只因见与不见爱都在那里。

甚至她已成了我的唯一——

假如我所有的珍藏都会遗落，只允我收存一件的话，她是我的唯一；
假如我所有的记忆都会消失，只允我保留一个的话，她是我的唯一。

她给我的印象太真太深，她让我的精神始之于斯。她是我童年时对世界的一个纯真心影，她是我生命中对古瓷的一个最早记忆。

因而，自做收藏始，我竟然会倾尽全力，去寻觅上天和古人之与我的哥窑遗珍！

2.

宋代的五大名窑，汝官哥钧定，各有风韵，天姿不同，或雅，或贵，或艳，或媚。

哥窑亦雅，其周身金丝铁线，格致静雅；
哥窑亦贵，其胎骨紫口铁足，雍容华贵；
哥窑亦艳，其气泡聚沫攒珠，晶莹幽艳；
哥窑亦媚，其釉面丝缕曼丽，润泽柔媚。

有哥自宋窑来，能不悦乎？

宋代哥窑极为珍稀，既不可遇，更不可求。我一身空无，只凭命中定数。

我收的第一件哥窑，是灰绿釉四足椭圆洗，此乃标准的宋器：胎沉如铁，古拙朴质；釉面若丝，滋润莹丽；开片又似层层蝉翼，熠熠晶灿；形色只见葆光蕴藉，大气苍茫。整器周身竟如同裹一袭绸缎，华天绣锦，伊谁与裁。

尤为可书的，正是这一件哥窑，唤醒了我的儿时记忆。

我收的第二件哥窑，是油灰釉花口折沿盘，此乃宋瓷的极品：紫口俏丽，风雅有度；铁足坚磁，古韵无极。盘上的釉水极为肥盈丰润，偏偏釉面上又反射出一层银华，莹光闪闪，月上清楼，更显其远水清渺，灵妙深幽。

继而可书的，正是这又一件哥窑，再次点亮了我的童年印象。

后来，我又收有多件哥窑，其中有灰黄釉五足圆洗，月白釉琮式洗，粉青釉四足尊式洗……都是宋人仿照古铜器的样式而烧制的典型御器，有钟鼎之魄，尊爵之范，风姿潇逸，古雅绰约。

如此多的重器，似与我有一个长久的约定，竟然从千年之前的宋世，如有神意般扶摇而来，最终与我一一相会。这自然令我无比欣悦，又无限感怀。

这一件又一件哥窑，竟令我童真岁月的那个情愫，如此真实，又如此绵长；如此清澈，又如此美丽。

只是，时至今日，汝窑等几大名窑的故里均已被发现，唯有哥窑和北宋官窑的遗址尚无踪影，哥窑的窑址何在，已成世间一大谜案！无人能解，迷雾重重，遍寻不得，令人唏嘘。

奈何一世名门，故土月明不见。举杯把酒问天，天边几缕窑烟。

天亦茫然，我心黯然。

3.

谁说，不要相信哥，哥只是个传说？我的童年印象，不是传说。人的儿时记忆，不是传说。哥窑与我之缘，不是传说，只是，哥窑和弟窑的故事，才是传说。

传说中有兄弟俩分造了哥窑和弟窑。弟窑就是大名鼎鼎的龙泉窑。龙泉窑盛于南宋，元明相沿，质比青玉，色若翡翠。

有一种翠色，浅柔明丽，若粉淡绿衣，故名粉青；又一种翠色，浓郁深湛，如碧柔梅子，故名梅子青。

由哥及弟，爱屋及乌，这些年，我尽收哥窑，也多收龙泉，尤爱梅子青。

我藏有一件宋龙泉梅子青六棱长颈直口瓶，器型有奇拙古意，釉色如梅子入雨，黏稠得化不开的翠色敷在瓶上，明丽得挡不住的春光尽入眼中。

哥窑以开片为美，龙泉则少有开片而尽现釉色之艳。恰恰这件龙泉器身开有大片蟹爪纹，曲直无序，蜿蜒不尽，竟与哥窑若有一胞之相，同工之妙，更属难得。

哥、弟二窑，其实同宗不同命，哥乃世家贵人，弟是青衣雅士，其枳橘之异，自在不言。

哥、弟于我而言，虽手心手背，同为至爱，但爱亦殊有不同。对弟窑之爱是爱美之心，是瓷爱之情，具有美学精神和艺术情怀；对哥窑之爱则还是初世之爱，是生命本相之爱，更具有本体含义和哲学意味。

4.

所以，我儿时记忆中的那只哥窑梅瓶，实在是一种哲学的印象。大学期间，在我研习了康德的形而上学之后，一种回溯本原的哲学气息便深深笼罩了我。也就是从此时开始，那只哥窑梅瓶便在我的记忆深处悄然萌动，那真是一种哲学的体验和召唤。因而，我此后走上一条瓷路，也真是一条回归本体之路，充满着哲学的玄妙和必然。

就让那只哥窑梅瓶永远地压在箱底吧，她是我的生命的哲学基础，她已成为我的哲学本原。

她仍旧瑰丽,即使世间风雨如晦;她依然明媚,哪知人已青春不归。

千年哥窑千年路,百年人生百年情;谁解黄昏花间语,智者无言是梅瓶。

哥窑梅瓶啊,你是一个情结,一场玄幻,一种象征,一世归帆。你让我专注而超然,风起而云淡,但你终竟会是我生命中不能承受之轻,在我生命……

沉

落

的

瞬间。

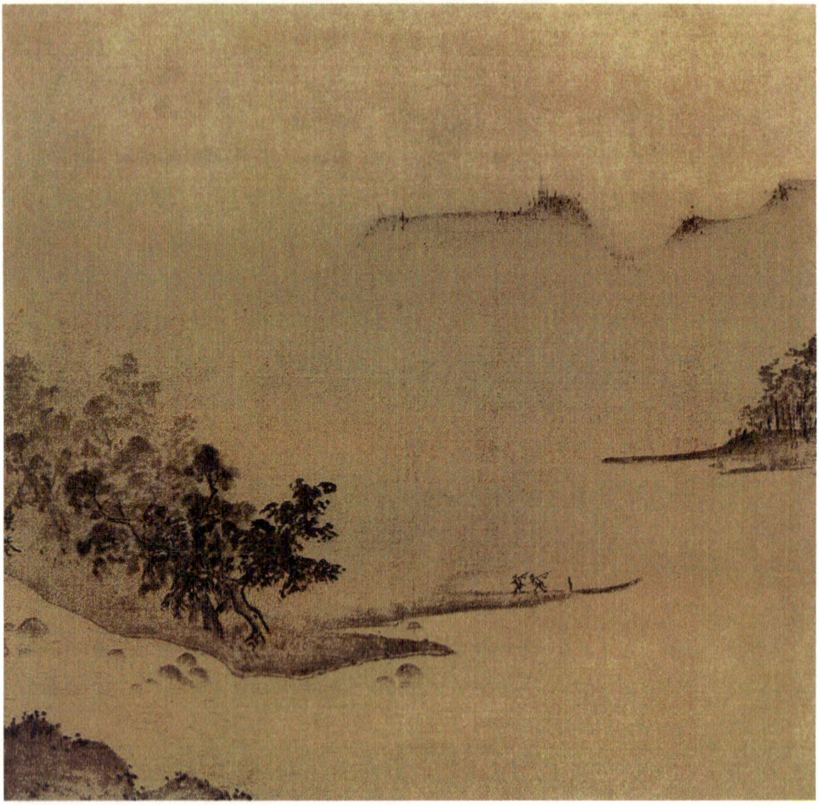

双砚赋

离京前,刚刚在京城砚宝堂收了一方坑仔岩平板大端砚;回京后,又从合肥墨雨阁带回一方白眉龟甲纹大歙砚。

一端一歙,
一左一右,
两砚并置,
美若双璧。

轻抚二砚——

端砚紫韵,歙砚墨腻;
端砚温莹,歙砚冰冽;
端砚凝脂,歙砚玉肌;
端砚娇艳,歙砚素丽。

文人自古皆嗜砚,或端或歙,各有所好,难免会拿来一比高下。清代乾隆年间,就有过一场端歙之争。其实端歙二砚,真是难分伯仲。

我也总是喜欢比来比去,多数时似乎是更偏爱端砚一些,但遇到上品的歙砚，又沉迷其中，不能自拔。这应是文人的一个雅癖吧。

端石属六亿年前的泥盆纪，产于古端州烂柯山的端溪。歙石属十亿年前的寒武纪，产于古歙州龙尾山的山涧。不知是不是由于歙石的年代更古老，所以其硬度也要略高一些，故而手感也略有不同。

不过，两种砚石的矿脉都是在山野深处，又都常年浸于山溪之下，因而都赋有天地之华彩，日月之精光，冰玉之晶润，碧溪之清朗，当然也都适于制砚，半时研墨芬芳，一日落笔飞扬。

端石有三大名坑：水岩、坑仔岩、麻子坑。水岩紫蓝带青，坑仔岩紫青带红，麻子坑紫青带蓝，都是紫韵无极。

歙石有四大名坑：罗纹坑、眉子坑、水舷坑、金星坑。罗纹坑墨丝细布，眉子坑墨眉如缕，水舷坑墨光蕴藉，金星坑墨映金花，都是墨彩斑斓。

端石和歙石，均开采于初唐，又同时光耀于大唐盛世，灿若双星，相映生辉，又远山对望，遥相呼应，故而人言啧啧，举世称绝。

有意思的是，在遥远的对望中，这两种砚石的一些奇品却又长成了对方的模样，有时又是不易于分辨清楚的。

我藏有一方艳如紫云、玉带飘逸的砚石，乍看，是端砚，其实这是庙前红歙砚。庙前青、庙前红，都是歙砚极难得的妙品，采自罗纹山的古庙前。

我还藏有一方黑若乌金、莹润如玉的砚砖,初识,是歙砚,其实这是黑端砚,也叫墨端,采自唐代的名坑下岩,到北宋中期即已坑竭了。

唐宋文人历来称道歙砚。先有南唐后主李煜说"歙砚甲天下",后有宋代诗人陈瓘赋诗"歙溪澄湛千寻碧,中有崎嵚万年石",甚至说"一砚价值千金璧"!

宋代苏黄米蔡四大家也纷纷赞赏歙砚,米芾就誉其"呵气生云"。然而,苏轼刚才咏赞歙砚"玉德金声寓于石",又提笔去写了《端砚铭》:"一嘘而泫,岁久愈新。"可见那时的文人对这两种名砚也是兼收并蓄,并不是非此即彼的。

我也读过许多咏端砚的诗句,其中最为著名的便是唐代大诗人李贺的"端州石工巧如神,踏天磨刀割紫云",贺才子的浪漫诗才真是在端砚上发挥到了极致。

还有唐人耿沛的《咏宣州笔》,分明是一首咏宣笔的诗,第一句却是"正色浮端砚",竟以端砚作为开篇了。

五代诗人徐铉也有诗云:"请以端溪润,酬君水玉明","自得山川秀,能分日月精"。

特别是到了元明时期,端砚的美誉度又远高于歙砚,明朝大画家文徵明就赋诗说"端溪之英石之精,寿斯文房宝坚贞"。这一方面可能是跟当时文人的审美取向有关,另一方面,或许是因为元明之际禁采歙石,世上好的歙石更是少之又少,因而诗意也就枯竭了。

但过去确有不少文人抑端扬歙，宋代文学家欧阳修就说："龙尾远出端溪上"，这一定是醉翁先生寻歙石遇到了庙前青庙前红而忘乎所以了。黄庭坚在歙州的砚山上也吟诗道："日辉灿灿飞金星，碧云色夺端州紫。"宋人强至更是美赞歙石："苍然颜色涵秋波，不学端州夸嫩紫。"

不过倒是没见过有谁抑歙扬端的。这想必是由于古人早有"端砚为首"之定评，所以端粉们便不屑再去为名分计较了。

我还读过一些咏砚的诗句和词章，堪称佳句，只是不辨所咏之砚究为何砚。看来诗人爱砚，借砚咏怀，但砚作为诗中一个唯美的意象，是端是歙已经不那么重要了。

如唐代诗人郑谷诗云："闲几砚中窥水浅，落花径里得泥香"，多优美的诗意！诗人是要饱蘸笔墨赋新诗吗？

南宋诗人文天祥词云："看半砚蔷薇，满鞍杨柳。"蔷薇的花影映在砚上，杨柳的枝条轻拂马鞍，好雅致的词意！所不解的是，诗人此刻是在马上踏青，还是在花影婆娑的砚房？

宋代词人周晋的诗更是别有一番画意："一砚梨花雨"，比文天祥的"半砚蔷薇"更为富丽铺陈！却不知周晋砚的梨花雨，是砚石本身的梨花纹理，还是梨花落在了香砚上？

若是梨花落在了香砚上，宋人赵善信对香砚早有诗解："墨花香入砚"；若是砚石本身的梨花纹理，我猜想那是一方美丽的蕉叶白端砚，抑或是一方珍贵的银星歙砚。

端砚和歙砚之所以能成为世间名砚，不仅是因为其超绝的材质和石品，也在于其深厚的人文底蕴和丰富的审美内涵。不同的地域文化，不同时代的文人的雅格和偏好，又让这两种名砚的品赏和比较别有一番情味。

其实，世间万物，都是无独有偶，和而不同，相倚而立，两极共生。端砚和歙砚，也是同理，既然难以取舍，又何必非要归一呢？

如此二砚，似可喻为一孔一孟，或可拟为一老一庄。天如此，道如此，圣贤如此，砚亦如此。

所以，文人赏砚，也无须言必端歙，尽可去享文天祥的"半砚蔷薇"，亦可去吟周晋的"一砚梨花雨"。

春天马上到了，京城的蔷薇和梨花就要开放了，而我又新添了两方宝砚，又该生发多少花意和旖旎的诗句呵……

龟甲砚纪事

刚刚在合肥的墨雨阁,买下一方白眉龟甲纹玉堂式大歙砚,这也是我和龟甲砚的又一场浮生情缘。

龟甲纹,是形容歙砚皮壳上的石纹貌似龟甲,天成自然,极有韵致。而白眉呢,就是在龟甲纹的周边,淡淡地描抹了缕缕白色的眉纹。

眉纹本是歙石中最名贵的一种石品,底色青莹,光影婆娑,如美人之柳叶眉,或长或短,或阔或细,或直或曲,或聚或散,美不胜收,妙不可言。白眉又是眉纹中极稀有的神品,而白眉又和龟甲纹同生共存于玉底砚石之一体,更是殊为难得!

龟甲石虽然是老坑歙石,但又不同于其他老坑石,不是直接从坑洞里开采出来的砚材,而是取自徽州民居的房基之下。原来,龟甲石都是石农早年从坑洞里挖出,专门做柱础石的。待到老屋废弃拆除了,有心人便把龟甲石从房柱下刨出,制成上品的歙砚。

后来,就有了一些精明的砚商,专门到徽州各地的古村落里去买老屋,就是为了要得到房柱下的龟甲石以制成名贵的龟甲砚。

玩了这么多年各个坑口的砚石，我渐渐又迷上了龟甲砚。我喜欢龟甲砚上迷离的纹线，凝润的质地，丝滑的手感，老透的石性，乃至上百年的老屋所独具的清悠而沉静的气息。

是啊，龟甲石本是形成于古歙州十亿年前的岩层之下，聚天地之精华，凝山川之灵气，龟纹透迤，光泽烂漫，其质坚丽，色若暮烟。

过去人们建房时，常将活龟压在柱基下面，以求长寿延年，平安吉祥。后来，徽州人把龟甲石置于地基上支撑房柱，我猜想就是因其石材之龟甲的纹理而用以替代活龟，于是便在龟甲石的上面建造了一代又一代的屋村，却不承想为后世的砚人们留下了些许珍贵的龟甲石材。

这些龟甲石静卧在百年老屋之下，又浸染了人间的烟火味道，氤氲了民居的生活气韵，历经了人世的更替兴衰，已不仅仅是大自然的坑石，更是屋村氏族的通灵之石，透闪着徽州先民的往昔时光。

摩挲龟甲砚石，如抚寒冰，抚玉晶，抚琉璃，抚丝缎，却更好似把赏旧时的人们享用的老物件，觉得丝丝龟甲纹线里，一定有许多旖旎迷人的岁月往事，也会有许多传唱至今的美丽诗篇。

我追寻龟甲砚，缘起京城的徐先生。一次机缘巧合，我在徐先生的店里，初识了一方随形的龟甲砚。只是这方宝砚，因另有买家捷足先登，并交付了定金，所以徐先生不肯转让于我。但这位买家却不知为何久未露面交付全款，这就给我留有一线希望。于是我便隔三岔五去店里看徐先生和这方龟甲砚，而那位买家却一直是音讯全无，三个月后，宝砚终归于我。

不久，我又遇到了歙县的程老师。程老师早年学艺制砚，收了很多上好的砚石，制成之砚皆为珍玩，其中恰有两方瑰丽的龟甲砚，令我朝思暮盼。而其中最有魅力的那一方，后来终入我手。

程老师给我聊过许多过往的砚人砚事，也讲了这两方龟甲砚背后的神奇，让我不由得对龟甲砚一往情深又爱之愈深，不知不觉之中，龟甲砚竟已成为我的心底一个挥之不去的情结。

后来，在屯溪，在歙县，在婺源，我又陆续结识了许多砚人，也在他们那里，终于觅得了一些更好的龟甲砚。他们不仅仅是最富有的歙石藏家，而且，他们对于砚石都有一种特殊的情怀和认知，因而与我，似乎也都有一种遂如故知的感应和气场。

惺惺相惜，相惜于砚！英雄爱美，爱美于兹！我爱砚，爱砚事，也爱砚人，或许，我会写一本砚书，写砚，写砚事，写砚人，也写写我自己，一个寻砚人的萍踪侠影。

我会在书前录下元人李孝光的一首《歙砚歌》："谁能持此归玉堂，经天纬地成文章。月中老兔吹寒芒，与君同上青云乡。"这首诗，似乎是诗人在几百年前专为我的砚书写的，又好像是特为我在墨雨阁新收的这一方白眉龟甲纹玉堂式大歙砚写的。

梅枝砚断想

前两日在嘉德拍下了三方古砚，却于倏忽间漏掉了一方端石梅枝砚。虽然，砚堂中那一树虬枝盘曲的墨梅或许已成为我此世永远的遗落，但是，砚边两侧的诗铭我却记下了。

一侧是何昆玉的刻诗："立马霜桥寒风摧，白发如雪难思归。问余故园何所忆，书斋窗下一枝梅。"另一侧，是英和的铭文："报得东风第一枝。道光辛卯年元月得斯砚于金陵煦斋英和记。"

何昆玉是晚清时有名的篆刻家，广东人，年少时曾客居山东，在金石大师陈介祺堂前拜艺，尔后，一生主要是在南方游历。但他的这首刻诗，写的却是北方寒冬的苦难时光，这便让我有所不解了。他是在写自己吗？不是吧……

英和，满洲正白旗人，乾隆五十八年（1793）进士，初年平步青云，年轻时差点做了和珅的女婿，后来又官至军机大臣，户部尚书，道光七年（1827）却因言获罪被降职到关外热河当都统，不久，又因监修道光皇帝的陵寝失职，差点掉了脑袋，被发配到黑龙江做了几年苦役，至道光十一年（1831）始被释回。

而英和砚铭上的道光辛卯年恰是道光十一年（1831）。

"道光辛卯年元月"，正是在这一年的元月，英和刚刚被释，便在金陵得到此砚，可以想见，他是多么喜悦！于是乎，欣喜若狂之际，英和刻下了"报得东风第一枝"的砚铭。

"得斯砚于金陵煦斋英和记"，或可断句为"得斯砚于金陵煦斋，英和记"。

金陵煦斋，确有其人。金陵的胡恩燮，字煦斋，曾任苏州知府，辞官归里后在金陵仿苏州狮子林造"愚园"，甚有时名，素有"金陵狮子林"之称。

而且此人也曾游幕于长城以北的马兰镇，若是与一度在热河当都统的英和有一些交集也未可知。这样说来，英和从流放地赦返赋闲后，或许去了金陵又见到了胡恩燮，便有可能得砚于兹。

然而，这只是猜想，仔细一查，时间不合了。道光十一年（1831），胡恩燮年仅六岁，怎么可能授砚于年事已高的英和大人呢？显然，这个金陵煦斋不对，那么，英和的砚铭便是伪款了？

那倒不是。只能说此煦斋不是彼煦斋，一定还另有一个煦斋在也。谁呢？那个煦斋，原来就是英和自己。

英和，号煦斋。英和有一方常用的藏书印，即是"煦斋藏庋"。英和书写的落款，也多为"煦斋英和"。

原来是断句断错了。此铭文应断为"得斯砚于金陵,煦斋英和记";而非"得斯砚于金陵煦斋,英和记"。

现在就清楚了:英和先是在砚侧刻下"报得东风第一枝",随即落款,说他煦斋英和,于道光十一年(1831)元月,在金陵得到了这方梅枝砚,而已矣!

两个煦斋,又都出入金陵,完全是偶合了,由此差一点张冠李戴,皆因误断砚铭所致。如果不仔细考辨,关公战秦琼之谬便是在所难免了。

梅枝砚这一侧的砚铭搞明白了,另一侧刻的那首诗呢?应该不是何昆玉的原作,那又会是谁人所作呢?何昆玉又是为何在这一方砚台上刻上此诗呢?这又是一个谜局。

这首诗尚未查到出处,但我猜测那一定是英和在黑龙江流放地写下的诗句,诗中抒写了放逐的悲苦和离人的乡愁,又寄情于故园的梅枝,这分明是英和悲惨境遇的写照。

当年,英和在流放时写下了许多诗文,汇编为《卜略城赋》,应该是收录了这首诗的。倘若如此,或许还可推断,在此之后,篆刻家何昆玉又结此砚缘,遇到了这一方梅枝砚,便在砚侧刻下了英和的这首梅枝诗,以诗纪人,以砚寄情。

英和早年英俊潇洒,风流倜傥,写得一手好诗文,又是著名的书法家和藏书家,建有藏书处"恩福堂",所藏宋本便有数百卷,还曾手抄全本《永乐大典》,可谓字字珠玑,功高德昭,却一生数以罪黜,历经磨难。

但即使在东北流放期间,英和也不降其志,历尽艰辛,对茫茫北漠的史地风物进行了深入考察,留下了诸多颇有价值的研究著述,其心可鉴,哀命不哀。

英和曾有一枚藏书印"身行万里半天下",但早已佚失,只把朱红的印文落在了其旧藏的几百卷宋本上。

所幸英和的梅枝砚流传于今,遗墨飘香,此次又现身于嘉德拍场,却与我擦肩而过,只给我留下几多的遗憾和些许的断想。

英和的梅枝砚虽然不归于我,但是,砚侧的诗铭还没有找到确切的出处,英和故园的梅花还没有去探看,故而,梅枝砚的砚话还没有结束,英和的梅花的故事也还没有讲完。

一束光，一束光

收藏是一座门，门上有一块匾，匾上有一首诗，诗上有一束光。

这座门，自古以来就兀立在那里，是宁波天一阁的门，是嘉兴天籁阁的门，是湖州皕宋楼的门，是苏州过云楼的门。

收藏是中国的文化传统，源远流长，绵延不绝，世变茫茫，方兴未已。

今日收藏，恰逢其会。

君不见，各地的公私博物馆风月无边，过去耳听为虚多不可见的国家宝藏，现在都尽可能地移出深宫，大白于天下，让你眼见为实，一睹为快，为收藏家们提供了最为重要的标准器、参照物和坐标系。

君不见，各地的古玩市场风起云涌，大量的古董艺术品浮现出水，便于收藏家们上手或入手。特别是，许多古董商都是深潜的民间高手，大大提升了收藏空间的专业水准。正所谓：大隐隐于市。傅申先生说："古董商对于收藏家起了大的作用。"此话信然。

君不见，各地的文物艺术品拍卖会风生水起，各种拍品信息空前的透明和共享，一些传世的旧时秘藏成了拍卖会上的热拍，给文化市场带来了根本性的变化。所以傅申先生又说："将来总有人会写拍卖公司对近代书画史研究的贡献。"

这几年来，我平日里最重要的时间，好像都是去参加拍卖会了。在拍卖之前无非要做好这几件事：看拍卖图册，观拍卖预展，研究拍品，分析行情，与拍卖公司老板和其他买家亦商亦友共同探讨，制定拍卖策略，然后，举牌！

但是，每逢拍卖季到来时，大大小小的拍卖会都密密麻麻，重重叠叠，有些拍卖会的预展实在无法亲临，便只能日日无歇夜夜无休地看拍卖图册，按图索骥，纸上谈兵。

只是，拍卖图册又是何其之多！一场大型拍卖会往往就要出版十几本乃至几十本图册，每一件拍品除图录展示外，都会附有或多或少的相关信息，这些信息，汇总起来，确是一望无际的信息之海。从这些海量信息中，提取线索，求证假设，顺藤摸瓜，剥茧抽丝，理清思绪，锁定目标，就是我要做的基本功课。

能把心仪之物拍下来，当然最好，可以充实收藏；拍不下来，学习了，研究了，又愁着吟出了一句《鹊桥仙》："湛湛长空，乱云飞度，吹尽繁红无数"，从此还总是念念于心，岂不也是最好？

近些年来，除了忙时苦读，我还保持了一个平日闲读拍卖图册的习惯，把这些图册作为我日常的阅读课本。我案头上的那些图册，都夹了许多签条，做了许多标注，画了许多重点，写了许多手记。

如果过一段时间再来重新翻过，这些阅读的痕迹却似乎都变成了前人留下的遗渍，既淡忘又相识，既陌生又熟悉，既温故又知新，既豁然又会意。

所以，这么多的拍卖图册就成了我的工具书，渐渐地摆满了书斋的一面墙柜。不经意地，我竟累积了研究拍卖史的大量原始资料，假以时日，便可以叙写史传，诚如傅先生之所期。

不仅如此。

翻开一本本图册，我对古代画卷上的题诗还尤为有着特别的兴致，我也格外关注印章和古砚上的诗款，以至每当我大致浏览了图录之后，我的目光总会被那些诗华吸引过去，仿佛是观到了画面上的一束光。

在我的拍卖日志中，辑录了许多这样的诗句，有些就是直接的抄记，简单的作业；有些则又加上了若干点睛的评语，即兴的随笔。或可编出一本《题诗偶记》，或《题画诗抄》。

择取十例，聊记岁月：

【20171028】

在安徽东方的拍卖图册上，看到一副原由嘉德释出的于右任的对联："江山好处得新句，风月佳时逢故人。"喜欢！只是，未曾得新句，如何逢故人？

今夕何夕

【20171115】

今赏明代画家沈周的《四时花卉》手卷，品卷末沈周自题花下劝客饮酒长短句一首：

花下一壶酒，人与花酬酢。
树上百枝花，花对人婥妁。
昨日颜色正新鲜，今朝少觉不如昨。
人若无花人不乐，花若无人花寂寞。
看花不是久远事，人生如花亦难托。
去年花下看花人，今年已渐随花落。
花且开，酒且酌，催花鼓板挝芍药。
醉他三万六千觞，我与花神作要约。

未承想吴门宗师沈周也是如此风流倜傥，潇洒豪迈，醉酒伤春，才情满怀，不输门生唐伯虎。

【20171205】

读本期嘉德秋拍之清画家严钰（1742—1818）的《松山幽居》，见其题诗："醉笔淋漓醒复看，插天朵朵墨芙蓉。"又钤有一印："诗非诗人诗，画非画家画。"其诗其画果然是神来之笔，"清超绝俗"（金心兰语），真乃画家的诗，诗人的画！印文亦佳。

【20180616】

今观保利拍卖预展，赏清人陈澧的《行书姜夔诗》。姜夔的诗我早年就很喜欢，今又读到，如遇到了少年时的我——

细草穿沙雪半消，吴宫烟冷水迢迢。
梅花竹里无人见，一夜吹香过石桥。

【20180618】

清初金陵画派之首的大画家龚贤，早年却是以诗闻名。在昨晚的保利春拍夜场上，有一幅龚贤的《临溪清吟图》，画幅上即有他的一首自题诗：

面壁临溪水，空窗苍翠荫。
鸟啼消宿醉，茗味助清吟。
既餐浮名远，何妨野客寻。
寂寥贪向夜，明月有同心。

晚年的龚贤，定居南京清凉山，吟诗作画，饮酒品茗，抱守孤心，远离浮名，直把画家的物象和诗人的心象，洒落在浓浓淡淡的墨韵之中。时有落花至，远随流水香。三百多年前的风月已逝，却有一个迟来的访客，不为去山间问道，只为去寻踪龚贤画中旧日的山川秋色；不为去尽享野趣，只为去体味一个隐者临溪清吟的画意诗情。

【20180705】

即将开拍的西泠春拍,有一册康熙四大家之一的何焯的行书《元人诗册》,读解并录存了其中一首元诗:

青山如旧友,重到解相迎。
云气成昏旦,烟光变雨晴。
桥开碧草色,春入绿波深。
犹记当时兴,湖头看月生。

拍卖会结束后,我又要上山了,去寻访我的旧友,湖头看月生……

【20180705】

西泠春拍,有一方清人黄家濂刻的青田石闲章,印文是"胸中一点分明处不负高天不负人",语出宋人邵雍《自述二首·其一》。后四句诗是:

得志当为天下事,退居聊作水云身。
胸中一点分明处,不负高天不负人。

仅以自观,聊以自励。

【20181216】

2018年西泠秋拍上有一幅晚明画家唐斯盛的《天香书屋图》,只见画面远山近水，秋木高耸。溪岸旁筑一瓦屋，屋内两高士闲坐论道，案头上堆满书卷。画幅上方有题诗一首：

草木苍苍秋叶黄，聚书千卷满溪堂。
客来不用焚龙麝，时有金风仙桂香。

好一阵金风仙桂香，好一幅天香书屋图！吟咏中，我似乎也感到阵阵幽香袭来，竟不辨是天香，还是书香。

【20190116】

看湖南国拍2019年迎春拍卖会，阅湘人谭延闿之七言行书对联：

淮上雁行皆北向，山头孤鹤自南飞。

好联！赏字如赏画，观世如观己！

【20190117】

日本大阪的搜挖会拍卖，即将上拍一件张大千的松寿图，我印象最深的却是上面的题款："不欣欣于阳春，故亦不寂寂于隆冬，处冰天雪地中，何异和风甘雨乎。"——好画不可无款，读画更需读款。

……

当我打开一幅幅画卷，

今夕何夕

我知道,
诗就在那里,
在画卷的深处,
在历史的远方。

秋月一般的诗叶啊,
挂在天边的沧浪,
挂在云间的苍茫,
挂在山风吹过的故乡,
挂在收藏之门的匾额上。

诗就在那里,那些字画呀印章呀古砚呀,便是颊上添毫,愈加珍赏,有幸得之,夫复何求?于是乎,那些拍品,或终被我决然拍下,或将被我写入拍卖史的著文中。而这些诗句,在我笔下悠长而昏暗的文字里,最是影影绰绰,星星点点,闪烁出一束光,一束光,一束诗性之光。

京城寺庙一日游

1.

今天从早到晚，自由行，一日游，走了真觉寺、觉生寺和东岳庙。

2.

真觉寺也叫五塔寺，现在是北京石刻艺术博物馆。真幸运，居然碰巧《成亲王永瑆藏历代名家书帖展》延迟撤展了，让我还来得及拜会这位我甚喜爱的皇族书法家！

永瑆是乾隆皇帝的第十一子，称"皇十一子"，是清中期的四大书家之一，斋号"诒晋斋"。嘉庆九年（1804），永瑆奉旨摹勒刻石历代名家墨迹，历时数十载，亮墨精拓，终于集成《诒晋斋法书》，这个展览便展出了《诒晋斋法书》的部分拓本。

永瑆与我似乎也是颇有因缘，自然我也总是格外关注这位成亲王。听父亲讲，1962年，东四人民市场书画部曾售卖一函《诒晋斋法书》，标价70元。到了2012年，海王村也曾拍卖过《诒晋斋法书》嘉庆拓本十三卷。

我年少时便见过父亲收藏的一幅古画手卷，上有永瑆的书诗二十题，并钤有"皇十一子永瑆鉴赏古画真迹珍藏之印"和"诒晋斋印"。近年来，我也陆续接触过不少永瑆的书迹，每每心有念念，过目不忘。也一直惦记着去故宫博物院看他的扇面《仿赵孟頫兰竹图》。看来永瑆今日又在真觉寺与我应约了，终于不见不散。

3.

游走了真觉寺，接着又去访觉生寺。

觉生寺原本是一座雍正朝奉敕兴建的佛家寺院，现在是一处古钟博物馆，又名大钟寺。

觉生寺里有一栋二层小楼，即藏经楼，想必就是当年皇家入藏《龙藏》的处所。《龙藏》即《乾隆大藏经》，亦称《清藏》，因经页边栏饰以龙纹故名《龙藏》，为清代官刻汉文大藏经，始刻于雍正十一年（1733），完成于乾隆三年（1738），共收录经、律、论、杂著等1669部，7168卷。

只是藏经楼现在已无经书可寻，兀自摆放着一座座古钟。而古钟也已是无钟声可闻，肃然静穆一如坐化的老者。我辨识着古钟身上遍布的经文，遥想着当年钟声辽远，经文广布，始知五蕴皆空，空中无色，菩提萨埵，心无挂碍……

4.

时候不早了，走出觉生寺，又赶紧去了东岳庙。未承想，在西配殿偶遇

《观砚——庆云精舍藏砚展》，便喜出望外，也顾不上求仙问道了，只一头扎进砚堆里。

据说，砚台最早被带进东岳庙已有近五百年的历史，五百年后，庆云精舍又在东岳庙一次摆出了60方古砚，算是一个盛会。其中的许多砚石都是超绝的名品，既有老坑、麻子坑、宋坑等端石和庙前青等歙石，又有铜雀台瓦砚和阳嘉三年（134）砖砚，真可谓宝砚大观。

不仅如此，这些古砚大多有书画名家的刻款。我注意到有文徵明、陈道复、丁云鹏、沈荃、宋荦、朱彝尊、王云、禹之鼎、戴熙、翁方纲、梁同书、改琦、董诰、文点、黄莘田、林佶、顾洛、张廷济、陈鸿寿、李文田、钱泳这些赫然闪亮的名字，感觉他们都是从书画的背后走到古砚的展前，齐聚一堂，让这金石殿堂里充满了人文的气息和艺术的古韵。

其中有一方青紫端砚，石质极佳，砚堂上以九眼为九星，布列有致，故名九曜临池。砚侧镌有康熙年间的吏部尚书宋荦的铭文："尔色冻白，尔质润坚，葆白守坚，以全其天。九曜布列，灵光熊然。抚兹矩式，是我良田。"

"抚兹矩式"，我与宋荦相隔三百年同抚砚田，谁说我不是与这位清宫里的大鉴藏家神通际会呢？原先读他的一首《江城梅花引》，不知何事，写尽了他的百般不舍，此时，我解读的，却是这方宝砚的离人情殇："断肠，断肠，起彷徨。月有光，漏正长。欲去欲去，不忍去，余韵悠扬。"

这真是一次绝妙的赏砚雅集，令我满心欢喜。神游中，不知不觉已到闭馆时间，只能改日再来跪拜东岳大帝了。

5.

今天一日三游，犹有余兴，明日亦复如何？

还在想《诒晋斋法书》，不禁又忆起了永瑆。

永瑆有一首明日诗，写在暮秋，想不到落笔却是如此凄寒，吟出了一个落寞亲王孤伤的情思：

霏微寒雨暮秋天，罗幔秋镫黯澹边。
秋衣准拟明朝换，明日帘栊冷翠烟。

明日，就去北海后海的成亲王府，再去看一看永瑆，看一看帘栊如何冷翠烟。

林元珠的坑头田

细雨梦回龙宝轩印石坊,独赏一方黄寿山大方章——珺璟如晔,雯华若锦,画幕云举,黄流玉醇,虚伫神素,悠悠空尘,历历青山水光里,东风吹作黄金色。

如此天物,莫非田黄?

我问石,石不语,黄昏却下潇潇雨。不过,南宋词人陆游早已说过:花如解笑还多事,石不能言最可人。

田黄之六德:温,润,细,腻,凝,结,我观这方黄寿山均已具备,甚至犹有过之,更为映如锦屏,露水通灵。然而,此升彼减,多一分水韵,便稍减了一丝田味。也许,这是一方类田黄?

不错,这是一方坑头田。

福建寿山有一条美丽的寿山溪,水皆缥碧,漾漾悠悠,游鱼细石,春痕暗遮。沿着寿山溪,自上坂,经中坂,至下坂,曾几何时,溪流两边的水田里散落着天赐之宝田黄石。

上坂之上，便是坑头坂；寿山溪之源，即是坑头溪。山隈空处，色如碎锦，石浅沙平，水何澹澹。昔日游走坑头，坑头坂的水田里也曾隐现着另一种仙灵之石坑头田。

只是，今日寿山的水田里早已难以寻见往昔的美石，但见坑头的溪水还在空落地淌过寿山溪，又远远流出山外。九百年前，南宋理学家刘子翚有两句溪水诗："惟有旧溪声，万古流不去"，溪声淅沥起蒹葭，化作理学家的缕缕哲思。

溪声如旧，又让我怎能不忆起明代才情画家唐寅的《流水诗》：

浅浅水，长悠悠。来无尽，去无休。

浅浅水，断又续。在山清，出山浊。

山中浅水有清有浊，水中沉石有近有远。坑头田与田黄原本都是高山之石，又都滚落于溪田之下，虽同为一水之溪，一川之田，一脉之石，一隅之天，却因落点不同而有别。终竟是溪外有溪，田外有田，石外有石，天外有天。

因而，此田非彼田。虽然貌似田黄，同样尽现田黄之美；尽管同聚万物之精华，合天地之灵气，坑头田却只是近乎田黄，而又超乎田黄之外。

《晏子春秋》讲："橘生淮南则为橘，生于淮北则为枳"，唐代诗人张彪诗曰："南橘北为枳，古来岂虚言"，坑头田与田黄亦是同理，差异只在毫厘之间。如此，世人确实也多把坑头田认作田黄看。

只可惜，这方坑头田的印底不知何时已被磨去。不过，尽管少去了印篆之美，却也平添了几许印石的神秘诡谲，更让坑头田的通体丽质一览无余，不着一字，尽得风流。

印章的钮作是一尊云涛之上的团龙，团龙亦称蟠龙，有龙若向此中蟠，早为苍行作霖雨。印之有钮，犹碑之有额，浮屠之有尖，团龙则是明清两代等级最高的钮饰。

北宋词人毛滂曾作《浣溪沙》，上阕是：

日照门前千万峰。晴飙先扫冻云空。谁作素涛翻玉手，小团龙。

谁作素涛翻玉手？在团龙披散的龙髯里，我看到三个隐幽小字：林元珠。

林元珠，福州市东门外的鼓山镇后屿村人，清末民初的寿山石雕巨匠，善作圆雕和钮雕，其名藏珠，其袖也藏珠；其字石斋，其斋也石斋。

后屿村还有一众石雕世家，石雕技艺也多因袭林元珠，一脉传承，神化攸同。由此，便形成了一个与西门派相对峙的东门派，好风相从，行气如虹。

鼓山镇地处福州市晋安东部，因历史名胜鼓山而得名。据说鼓山的峰顶有一块巨石，形状如鼓，每逢风雨交加便会发出击鼓用兵的轰鸣，故谓"石鼓名山"。南宋大儒朱熹称鼓山"闽山第一"；林则徐登鼓山，写下了"海到无涯天作岸，山登绝顶我为峰"的名句。

鼓山多荔枝，明代诗人方太古曾在鼓山动情地吟咏荔枝花：

十年宝剑行边友，半夜寒灯梦里家。

细雨短墙新佛院，小堂香满荔枝花。

鼓山更多榕树，榕树与荔枝并美。宋人吕定诗曰："鹧鸪声里端阳近，榕树青青荔子红"。在后屿村的登龙古桥桥头，至今尚存一株二百年的大榕树，老槎古木，虬枝挺然，苍藓盈阶，鸟迹缤纷。

后屿村的大王庙是林家祠堂，王爷庙的小巷内座落着林氏故居。二进的宅院里有门房、披榭、厅堂、阁楼、前后天井，如今宅院空寂，冷露桂子，旧日的琢石之音却绕梁不绝，依稀可闻。

民谚说：天下石，福州工；民谚又说：石出寿山，艺出鼓山。林元珠幼时即随父亲林淑钦学习石雕技艺，后又拜师寿山石雕东门派鼻祖林谦培，尽得东门圆雕绝技，终于修成正果，成为东门派的掌门人。

在林元珠的雕刻时光里，有两个人堪为贵人，一个是他自己的老师林谦培，另一个则是皇帝的老师陈宝琛。

林谦培是福州侯官人。侯官也是著名的寿山石雕之乡，不过，当地的石雕大师多为西门派，西门派鼻祖潘玉茂即是侯官人。有意思的是，侯官偏偏又冒出了一个东门派鼻祖林谦培。

陈宝琛是宣统皇帝溥仪的帝师，溥仪说他"忠心可嘉，迂腐不堪"，溥仪的英国老师庄士敦却说他是"一位著名的诗人,一位造诣极深的学者,其优美的书法令人赞叹。"

陈宝琛是福州本地人,陈氏故居就在三坊七巷;他又是一个藏书家,拥有五座藏书楼;他也是一个寿山石收藏大家,曾辑《澂秋馆印存》;他还在鼓山灵源洞筑听水斋以观名印佳石,独自听钟兼听水:

数声去雁霜将降,一片荒鸡月易残。
独自听钟兼听水,山楼醒眼夜漫漫。

陈宝琛更是林元珠的拥趸,常年礼聘林元珠在陈府制印,还与之分享秘藏的古书、古印和各类文房佳器,滋养了一个民间艺人的文化情味。两人或可谓遇之自天,便是泠然希音,又都在1935年离世,一同飞还天界的艺术时空。

林元珠的门徒甚多,堂弟林元水、林元海、次子林友清和外族弟子郑仁蛟也都是身世显赫的东门名流。特别是东门派第三代首领林友清,世称"东门清",与世称"西门清"的第三代西门巨星林清卿如花并蒂,唱黄金缕。

林清卿以刀代笔,以石为纸,其薄意石雕刻划出悠然浅淡的山川风物,创造了西门派的艺术极致。林友清自幼得到父亲林元珠的亲授,其圆雕继承了东门派华丽高浮的艺术传统,寒水出蓝,振荡风气。

然而,林友清又能不落畦径,悉心借鉴西门派的清卿薄意技法,把东西两派的雕艺空前地融为一体,妙契同尘,并蒂连枝照绮筵。

月出东斗，日映东门。东门是福州历史上的宋外城、明府城的重要城门，也是一座神奇的艺雕之门。君不闻，东门派鼻祖林谦培卓然独出西门派的腹地侯官；君不见，林元珠在鼓山创立著名的东门派；君不知，林友清发扬光大东门艺术，却又千回百转绕指柔，终而与西门派相围合，道不自器，与之圆方。

从东门派到西门派，自东门清而西门清，观兹东西门派的形而下之技，亦可一窥老庄的形而上之道，逍遥无待，齐同万物，玄之又玄，众妙之门。

东门西门，竟若一溪之下的坑头田和田黄石，对影成双，古镜照神，超以象外，得其环中；亦如一池之中的红花白莲，并蒂莲开，离形得似，流水今日，明月前身。

四百年前，广陵才女冯小青赏罢"江南莲花开，红花覆碧水"，又红巾翠袖，暗闻香泽，妙不自寻，思之成咏：

凌波倚翠弄瑶台，并蒂红香戏水来。
千头万蕊一根本，玉肤冰肌两罗浮。

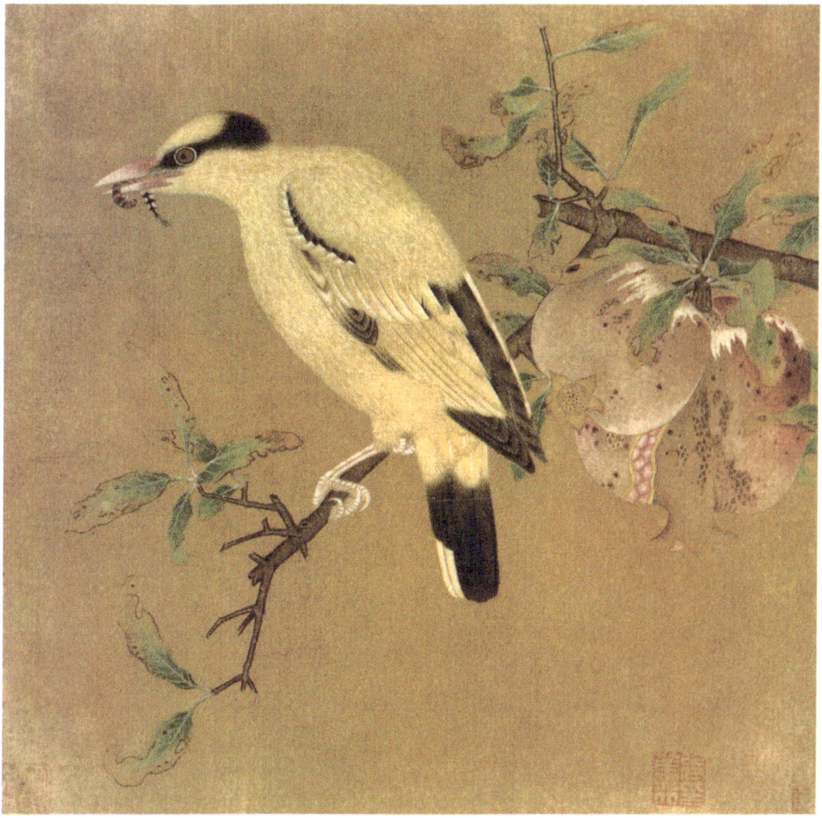

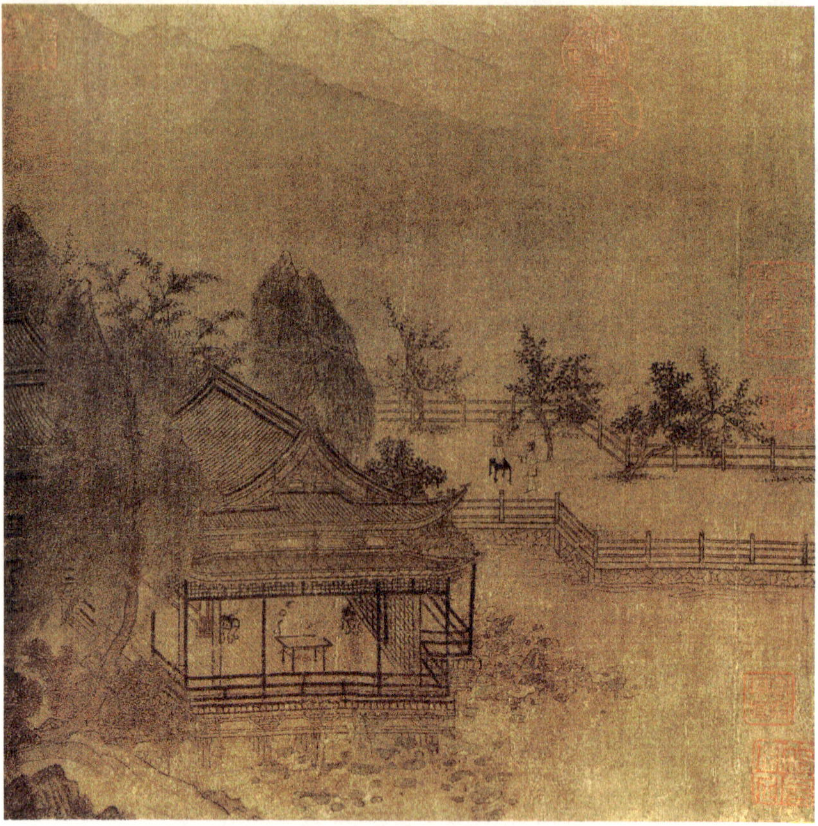

锦堂春

长篇散文

红日迟迟，虚郎转影，槐阴迤逦西斜。彩笔工夫，难状晚景烟霞。蝶尚不知春去，谩绕幽砌寻花。奈猛风过后，纵有残红，飞向谁家。

始知青鬓无价，叹飘零官路，荏苒年华。今日笙歌业里，特地咨嗟。席上青衫湿透，算感旧、何止琵琶。怎不教人易老，多少离愁，散在天涯。

（宋）司马光《锦堂春·红日迟迟》

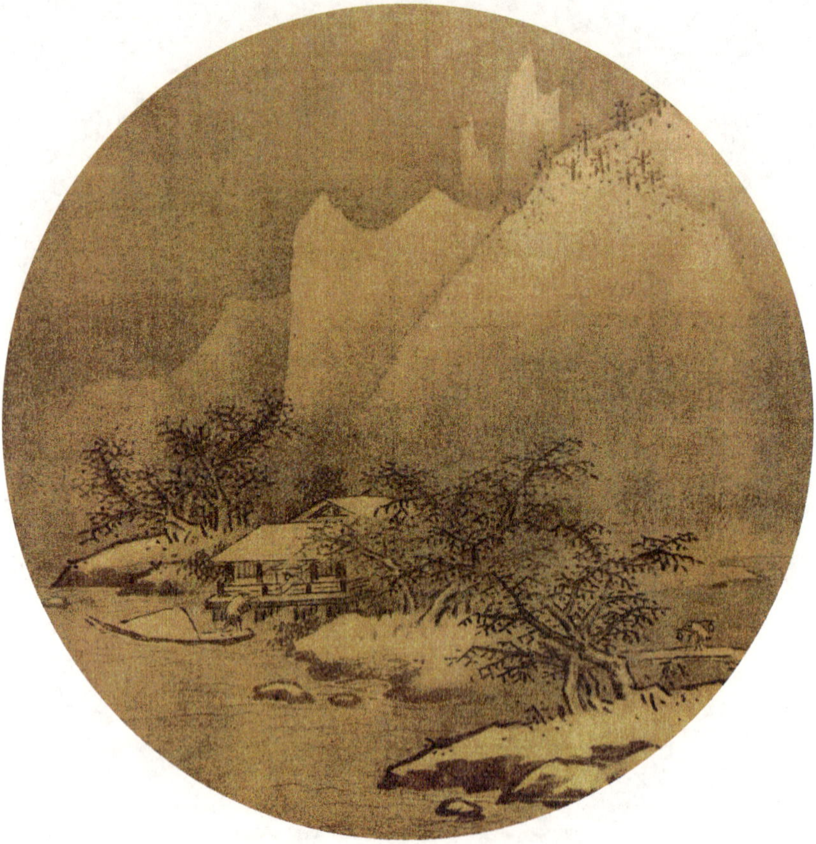

纸上的花园

曾是洛阳花下客
——欧阳修

1.

近读阮元的《石渠随笔》,偶然发现书中一处记述了宋画《独乐园图》:

书屋数楹,庭西畔一亭,中有井,屋后又有屋两重。井亭西又一门,虚亭数楹,亭西花栏两亩,亭后有立石,玲珑与屋齐。又有闲地画坪如棋局,前后柳榆槐柏甚多。

阮元是乾隆朝的大学士,曾参与编纂《石渠宝笈续编》和《秘殿珠林续编》。《石渠随笔》是他编书的经眼录,可见宋人的《独乐园图》或已被编入《石渠宝笈续编》。于是,又随即前往《石渠宝笈续编》去仔细追溯,果不其然。不过,这一幅《独乐园图》的绘者究是何人,却是未有交代。

这一日的读书偶得,令我喜不自禁。君不知,若干年前,我已在遥想独乐园了,并开启了我的历史漫游之旅。只是那时还不知宋朝便已有人绘写了这一座名园,这仿佛让我看到了园中独放的一朵宋朝的牡丹。

然而,又有谁能告诉我,这朵水墨牡丹,如今竟飘零何方?西风吹过,万物萧瑟,我却只寻得宋代诗人范成大的牡丹诗句:"一年春色摧残尽,更觅姚黄魏紫看。"

2.

独乐园是北宋名相司马光的故园,遗址位于洛阳市诸葛镇司马村。故园今已不存,古风凄凄,草木悲凉。唯园中的花草味道和书香气息,千百年来依然芬芳馥郁,流转不散。

北宋熙宁四年(1071),司马光辞去朝中职务,退居西京洛阳,潜心编修鸿篇史书《资治通鉴》。洛阳,本是他鸿蒙初开之地。当年,少年砸缸,智勇可嘉;而今,老儒归来,壮心未泯。

洛阳乃是十三朝古都,气象万千,魁斗高悬。也许,洛阳才是司马光最好的归处。古都阅史,阅遍王朝兴衰;史地写史,写尽天下春秋。

再回故地,古城春色似曾相识,司马光难免伤感:"春风不识兴亡意,草色年年满故城。"

重修史章,漫漫遗迹依稀可辨,司马光不禁赞叹:"若问古今兴废事,请君只看洛阳城。"

——而这后面一句,便直抒了他归返洛阳修史的心迹。

两年后，独乐园建成，司马光在园内住了十三年，心系社稷，思接千载，穷竭所有，独乐其中，书写出了一部浩如烟海的史学巨著《资治通鉴》。

司马光有诗长叹：

人生百岁隙中光，唯有高名久不亡。
千古但令编简在，清风养物一何长。

作为十三朝古都，洛阳自古多名园，东魏时期的《洛阳伽蓝记》就记录了当时洛阳的园林盛景。司马光曾有诗吟："洛阳相识尽名流"，"洛阳相望尽名园"，司马光的好友邵雍也曾赋诗："天下名园重洛阳。"

其时，洛阳共有一千多处名园，相形之下，独乐园不过是一处园林小品，既非旷阔，亦非奢侈，只有读书堂、弄水轩、钓鱼庵、种竹斋、采药圃、浇花亭、见山台七处微型景观，因而只是一个极为简朴的园囿，却是名满天下的千古名园，只因园中的那一个人，那一部书，那一支笔，那一畦经年不衰的牡丹。

北宋文学家李格非在《洛阳名园记》中，写下了洛阳的十九处名园，其中落笔独乐园，却不过是言其"园卑小"，七个景观处处都小，不可与其他名园相比，云云。但又说："所以为人欣羡者，不在于园耳"，自然，为人欣羡者，当是在于园子的主人，园因人而奉以为尊。

李格非是李清照的父亲，少女时代的女词人曾住在洛阳环溪园的外公家，或许当年也是随父亲游赏过独乐园的。新婚之际，李清照曾作一首《庆清朝》，笔下写尽洛阳名园的暮春花景，却不知词中是否可见独乐园的牡丹芳姿?

禁幄低张,彤阑巧护,就中独占残春。容华淡伫,绰约俱见天真。待得群花过后,一番风露晓妆新。妖娆艳态,妒风笑月,长殢东君。

东城边,南陌上,正日烘池馆,竞走香轮。绮筵散日,谁人可继芳尘。更好明光宫殿,几枝先近日边匀。金尊倒,拚了尽烛,不管黄昏。

只是,独乐园衰老了,终有一天会颓败,湮没在历史的尘埃里。明嘉靖年间的《河南郡志》对独乐园略有提及,却是语焉不详,不知废存。到了清嘉庆之际,根据《洛阳县志》记载,独乐园就已是一片遗址了。

然而,不只是独乐园,洛阳的其他名园如今也多已灰飞烟灭。说也难怪,十三朝古都的历史陈迹又有多少能够留存下来呢?原来,在时间的长河里,城池、宫阙和苑囿都不过是转瞬飘散的风烟,却唯有纸上的历史才是亘古久远。

3.

所幸,司马光曾以他的如椽史笔,写下了独乐园的诸多诗文,也留下了独乐园的原始记忆。于是,由司马光起笔,独乐园便在历代文人中心心相连,笔笔相援,纸纸相传,成了一座纸上的花园。

在这座纸上的花园里,诗文和书画,都是在岁月中绽放的纸上花朵,装点着独乐园的风景,也装点着我们的记忆。

司马光青史留名，却又诗文流芳。《古文观止》全书共 222 篇传世名作，即编入其两篇名文。清人朱孝臧编选的《宋词三百首》里，也从其仅存的三篇遗世词作中，收录了其中之一。又听说洛阳的学者新近已经编出《司马光诗词 1000 首》，这可真是一园盛开的牡丹呀！

君不见，独乐园乃是司马光的诗园，当诗人在风中漫吟，园中便飘洒着层叠不尽的诗篇，披拂而舒卷，沉郁而绮丽。我随手拈取一片，便是《其夕宿独乐园诘朝将归赋诗》：

平晓何人汲井华，辘轳声急散春鸦。开园更有四五日，映叶尚馀三两花。宿病岑岑犹带酒，无眠耿耿不禁茶。自嫌行乐妨年少，遽索篮舆且向家。

那四五日，汲水倾地，春鸦绕枝，在我的眼中，便是新晴遍野了。

那三两花，绰绰约约，风姿招展，在我的眼中，便是春色满园了。

司马光从朝中退隐，只带一用人清居独乐园，形单影只，孤寂落寞，与故友们少有往来，便有了这样一首《闲居》：

故人通贵绝相过，门外真堪置雀罗。
我已幽慵僮更懒，雨来春草一番多。

诗意是：无人来过，门可罗雀。我慵僮懒，春草长多。

——虽说幽慵，却是劳倦；看似孤居，实则独乐。

再摘得一片诗叶，原是《独乐园新春》：

春风与汝不相关，何事潜来入我园。
曲沼揉蓝通底绿，新梅翦彩压枝繁。
短莎乍见殊堪喜，鸣鸟初闻未觉喧。
凭仗东君徐按辔，旋添花卉伴芳樽。

看呀，司马光在独乐园赋诗，多是咏春，他真是一个春天的诗人呢，独乐园便成了一个诗人的春园。

这几篇，便是纸上的花园里，随意捡拾的春诗散叶了。

4.

那么，司马光的独乐园，究竟是个什么模样呢？终于，我们就要走进司马光的散文名篇《独乐园记》了。

司马光开篇即有言在先：王公之乐，非贫贱所及也；圣贤之乐，非愚者所及也。鹪鹩在林中筑巢，不过是栖于一枝；鼹鼠到河中饮水，不过是果于一腹。我的快乐仅此而已呀！

根据司马光在文中的描述，他的独乐园是这个样子的：

园子的中央是读书堂，藏书五千册。南边有一处房屋，屋下有水流过，淌入北边的池中。池水漫出，环绕四周，缓缓北流，此地为弄水轩。水池中间有一个岛，叫钓鱼庵。水池的北面还有六排房屋，因为房前屋后种满绿竹,所以叫种竹斋。水池的东面有 120 畦田,种植着各种花草药材,采药圃即在此处。南面是一片种植着芍药、牡丹和其他花卉的花圃,其间是浇花亭。在园中还筑一高台,构屋其上,以观远山,名见山台。

独乐园虽是一处小园,却充满了文人气息和田园风情。白日里,司马光在读书堂写作《资治通鉴》,厅堂四周,清波流贯,草木纷披,写作之余,司马光尽可去弄水轩戏水,去钓鱼庵观鱼,去种竹斋赏绿,去采药圃尝草,去浇花亭植花,去见山台望远:望天河浩瀚,山川寥廓,大地流金,风云激荡。

而到了夜晚——

明月时至,清风自来,行无所牵,止无所柅,耳目肺肠,悉为己有。踽踽焉,洋洋焉,不知天壤之间复有何乐可以代此也。

如此明月,如此清风;如此踽踽,如此洋洋;如此行无所牵之独,如此止无所柅之乐……天底下难道还有什么更加快乐的事情吗?司马光不禁叹道:这就是我要把这个园子命之曰"独乐园"的原因呀!

史学家们通常都把《资治通鉴》视为一部鉴往资治的史学著作,而我却似乎更愿意站在一个文学的侧面去观赏。我看到,当司马光的灵魂飘浮于历史的高远,他的感知却是在自然的天地间。在他凌厉的文字里,你绝对可以嗅到春风的味道,在独乐园的树梢上空呼啸而过。

5.

因为我还要匆匆赶路,
还没把美文全篇附录,
我只能先是择要叙述,
但我知道你不会满足。

我等你停下脚步,
我等你去搜百度,
我等你等到日暮,
我等你通篇细读。

可是现在,我却想让你先读一首司马光的《西江月》:

宝髻松松挽就,铅华淡淡妆成。青烟翠雾罩轻盈,飞絮游丝无定。
相见争如不见,多情何似无情。笙歌散后酒初醒,深院月斜人静。

你一定惊诧,或许问:这果真是司马光写的吗?这多像是秦少游的词风呀,这分明是周邦彦的词意呀,如此幽怨,如此迷情,如此凄艳,如此伤离……

你说司马光是一个严肃的史学家,我读到的司马光却是一个感性的文学家;你说司马光是一个保守的政治家,我懂得的司马光,内心里却是充满了柔软和缠绵。

读了《西江月》，再完整地读一遍《独乐园记》，又当如何？然后，再去读《资治通鉴》，也许，你便能从史学中读出文学。最好的史学，本身就是文学。

6.

好啦，接下来我们还要欣赏司马光的独乐园组诗。独乐园有七景，七景有七咏，这就是《独乐园七咏》。

第一咏，《读书堂》：

吾爱董仲舒，穷经守幽独。
所居虽有园，三年不游目。
邪说远去耳，圣言饱充腹。
发策登汉庭，百家始消伏。

这一首诗，我竟是分外熟悉。1974年"批林批孔"运动，把历代的儒家都批了个遍，汉儒批的是董仲舒，宋儒批的就是司马光。批董仲舒和司马光时，这首诗便是反面教材。所以，那时就知道了，史学两司马，司马迁是好人，司马光是坏人。

当然，这是我年少时始读司马光的第一首诗，前几句我至今都能背下来。没想到，许多年以后，我苦苦追寻独乐园，却在独乐园里又邂逅到了这首诗，真觉得好有趣，又满怀伤感。

这首诗，前两句就是"我爱董仲舒，穷经守幽独"，而且通篇写的都是董仲舒如何"穷经守幽独"。史家毕竟是史家，不用说这是司马光以读书堂为题，读史咏怀，以史抒怀了。以下各咏皆是如此。

第二咏，《弄水轩》。前两句是"吾爱杜牧之，气调本高逸"。
第三咏，《钓鱼庵》。前两句是"吾爱严子陵，羊裘钓石濑"。
第四咏，《种竹斋》。前两句是"吾爱王子猷，借宅亦种竹"。
第五咏，《采药圃》。前两句是"吾爱韩伯休，采药卖都市"。
第六咏，《浇花亭》。前两句是"吾爱白乐天，退身家履道"。
第七咏，《见山台》。前两句是"吾爱陶渊明，拂衣遂长往"。

由此七咏可见，不论是独尊儒术的董仲舒，还是诗格高逸的杜牧之；不论是隐居钓台的严子陵，还是平生嗜竹的王子猷；不论是遁山采药的韩伯休，还是醉卧花间的白乐天，抑或是采菊东篱下的陶渊明，皆因其心性的超逸和情致的高格，令司马光引为知己。司马光以独乐园的七景拟为七咏，借题发挥，咏颂史上七子，却是在表明自己以古人为师的隐逸之心。

于是，我想，司马光建园初始，一定会有一个历史的远观，一定会有一个诗意的运筹，一定会有一个有温度的想法，一定是想到了要建一个自己的精神之园。

只是，我们站在历史的边缘。也说不清他是由造景而入史，还是因入史而造景；也说不清他是以借喻七景而吟颂七子，还是以吟颂七子而借喻七景。但可以肯定的是，在七咏之诗里，司马光乃是以古喻今，明史言志。

所以，司马光的七咏组诗，表面上是咏物诗，实则是咏史诗；读起来是七子诗，实则是抒己诗——我爱董仲舒，我爱杜牧之，我爱严子陵，我爱王子猷，我爱韩伯休，我爱白乐天，我爱陶渊明，却是：啊，我爱我的独乐园！

司马光好可爱，孰不爱之？

司马光的独乐园，其实并非一人独乐，而是与古人共享，与七子同乐。所以，司马光建独乐园也好，赋写诗文也罢，都需当作历史看。因为，他有一双历史的眼睛，在历史的深处。

史家毕竟是史家，可以把历史写成诗，但最终还是把诗写成了历史。

7.

苏轼是司马光的好友。司马光偏居独乐园期间，苏轼也曾遭贬数处，流离无定，走过陈州、颍州、杭州、湖州、常州，去过密州、徐州、黄州、泗州，还游过庐山、石钟山，却偏偏没有到西京洛阳，否则，老友相聚，一定会留下诗文唱和的佳话，或许再次"墨茶之辩"，亦未可知。

都说诗在远方，苏轼确实在远方给司马光写了一首五言古诗：

《司马君实独乐园》
青山在屋上，流水在屋下。
中有五亩园，花竹秀而野。
花香袭杖屦，竹色侵盏斝。
樽酒乐余春，棋局消长夏。
洛阳古多士，风俗犹尔雅。

先生卧不出，冠盖倾洛社。
虽云与众乐，中有独乐者。
才全德不形，所贵知我寡。
先生独何事，四海望陶冶。
儿童诵君实，走卒知司马。
持此欲安归，造物不我舍。
名声逐吾辈，此病天所赭。
抚掌笑先生，年来效喑哑。

熙宁十年（1077）四月，苏轼刚刚到徐州任所，半个月后，即收到了司马光寄来的《独乐园记》。以时间来推断，可以想见当时司马光急切的心情，他是多么希望苏轼能够早日分享他的独乐时光呀。

读罢，苏轼当即提笔写下了这首五言古诗。

看上去，苏轼的这首诗应该是一封给老友的回信。由于是采取古体诗而不是格律诗的形式，可以随意转韵，不必讲究平仄，句数也没有限制，因而更为适意和自然，又平添几分古雅的韵味，是文友间较为合适的叙怀方式。

苏轼体察到了司马光对独乐园的喜爱，更为老友开心，所以开篇就给独乐园点了许多赞，文辞之美甚至超过司马光，竟如同在独乐园里身临其境一般。

但是，苏轼似乎并不相信司马光的独乐，洛阳城的人都知道司马相公住在此地，他每日肯定会和友人们吃吃喝喝，怎么可能一人独乐？

苏轼倒是认为司马光沉湎于独乐园，不关心朝政，会放弃了自己的政治抱负。于是，苏轼就循循规劝司马光要不忘初心，对世事不要不闻不问，装聋作哑。

所以，这不是一般的书信，更像是劝谏书。

可以肯定，苏轼之所以没有去过独乐园，是因为司马光没有相邀。如果司马光写信请他，他定会赴约。苏轼哪里知道，司马光确实是谢绝了许多的朋友，闭门独乐，乐其所哉，却是身在草野，心系庙堂，风雨晨昏，笔耕不辍。

子非鱼，安知鱼之乐……

苏轼有所不知，司马光之所以独乐，是因为有一件最重要的事在做。为了写《资治通鉴》，司马光"遍阅旧史，旁及小说，简牍盈积，浩如烟海"，以致"筋骨癯瘁，目视昏近，齿牙无几，神识衰耗"，就是为了给朝廷，也是为了给国家和历史，写一部治国的大书。

司马光与苏轼虽是同路人，但心性不甚相和，政见也渐有裂隙，后来终于分道扬镳，令人唏嘘。

苏轼本是诗家，司马光本是史家。
苏轼逍遥快活，司马光孤独寂寞。
苏轼边走边说，司马光读书写作。
苏轼俯瞰人间烟火，司马光坐观历史星河。

苏轼是季风，司马光是沉水。季风掠过，水起波澜，波澜不惊。但见季风过处，莺飞草长，花开遍野。

苏轼是积云，司马光是古寺。积云起处，梵音清越，法相庄严。犹有积云带雨，万木葱茏，古寺清凉。

在独乐园度过了十三个春秋，司马光最终完成了《资治通鉴》，重返朝廷。从此，独乐园再无司马光，成了一座弃园。两年之后，司马光带着对独乐园的眷念溘然而逝。

苏轼写了祭文，"然其所立，天亦不能亡也"；又写了《司马温公神道碑》碑文，一不留神还成了传世的名帖。苏轼一生，该写的文字都写了，尤以游览赤壁的一词二赋最为著名。只可惜终于未过独乐园，竟少写了一篇《独乐园赋》，于是，纸上的花园里，也再不会有那一朵绝色的牡丹。

8.

苏轼没有去过独乐园，苏轼的弟弟苏辙自然更不可能去过，因为司马光和苏辙本无太多交往。当年苏辙参加殿试时，曾得到覆考官司马光的赏识。只因苏辙抨击朝政，言辞激烈，最终勉强列为下等，这还多亏了宋仁宗的开明，宋仁宗讲，若是因为他的直言而黜落他，天下人会怎么说我呢？

后来苏辙入朝了，却又和苏轼一样连遭贬谪，而此时，司马光也已朝政不闻，孤居独乐园了。但是苏辙对司马光一直是仰望的，对于独乐园更是向往的，并曾写下一首七言古诗：

《司马君实端明独乐园》
子嗟丘中亲艺麻，邵平东陵亲种瓜。
公今归去事农圃，亦种洛阳千本花。
修篁绕屋韵寒玉，平泉入畦纡卧蛇。
锦屏奇种劚崖窦，嵩高灵药移萌芽。
城中三月花事起，肩舆遍入公侯家。
浅红深紫相媚好，重楼多叶争矜夸。
一枝盈尺不论价，十千斗酒那容赊。
归来曳履苔迳滑，醉倒闭门春日斜。
车轮班班走金毂，印绶若若趋朝衙。
世人不顾病杨绾，弟子独有穷侯芭。
终年著书未曾厌，一身独乐谁复加。
宦游嗟我久尘土，流转海角如浮槎。
归心每欲自投劾，孺子渐长能扶车。
过门有意奉谈笑，幅巾怀刺无袍靴。

虽然苏轼苏辙均位列唐宋八大家，但史上一般认为辙稍逊于轼。然而，仅就兄弟二人的两首独乐园咏诗而论，辙却略胜于轼。品读苏辙的诗句，"公今归去事农圃，亦种洛阳千本花"，未有疑惑，只有理解；"终年著书未曾厌，一身独乐谁复加"，不是规劝，只是仰慕。还有，"修篁绕屋韵寒玉，平泉入畦纡卧蛇"，清景似噈香，美辞若含芳；"归来曳履苔迳滑，醉倒闭门春日斜"，这便是诗人的臆想和艳羡了。

然而，苏辙也只能是魂牵梦绕独乐园。那些年间，苏辙一定是想来独乐园拜望司马光的，但是，他没有其兄的洒脱和超然。苏轼遭贬，依然到处走，老子到处说。苏辙内向，隐忍，不会主动去与司马光攀谈。他凡事都去找苏轼，或相互砥砺，或同游西山、赤壁、快哉亭……

苏轼写赤壁，苏辙便写快哉亭。当然，这些都是花园外面的故事。在花园里，依然是一轮孤月，寂寞花开。

9.

那么，就再没有人去过独乐园吗？也不是。下面这首诗，便是一个独乐园中人写的：

《春日有怀仆射相公洛阳园》
阙塞当门外，伊流绕舍西。
松筠下改色，桃李自成蹊。
稚笋穿阶迸，珍禽拂面栖。
公归卧林壑，好作钓璜溪。

写诗的这位，叫范祖禹，也是个著名的史学家，对唐史颇有研究，著有《唐鉴》十二卷。此君和另一儒生刘恕一直跟随司马光编修《资治通鉴》，是独乐园里的隐身人。他的诗笔所描绘的画面，那么静好，美得令人不敢亵玩，但却是当时真实的图景。

司马光生前，人们翘望独乐园；司马光身后，独乐园更是人们追慕的地方。南宋宰相赵鼎就写有这样一首诗：

《独乐园夜饮梅花下再赋》
我有一樽酒，为君消百忧。

当春梅盛发，去作花间游。
嫦娥从东来，爱此亦迟留。
便欲买花去，玉玦恋枝头。
花动月光乱，月移花影流。
横斜满杯盘，酒面香浮浮。
举觞吸明月，与花相劝酬。
君若不尽饮，恐为花月羞。
缅想李太白，对酒无朋俦。
当时明月下，还有此花不。

赵鼎还是一个文学家，诗里有他的才情。他想象司马光在独乐园的月夜，独坐梅树下尽饮，又感慨当年李白在月下自斟自饮，都未必有梅花相伴呢！

"便欲买花去，玉玦恋枝头"；
"花动月光乱，月移花影流"；
"举觞吸明月，与花相劝酬"；
"当时明月下，还有此花不"；
佳句，佳句，我第一次读来已是醉了。想必赵鼎也是醉笔成诗，诗笔成花。

只是，司马光离世时赵鼎才刚刚一岁，却说他携了一樽好酒，去为司马光解忧，司马光认识他是谁呢？想必赵鼎是在《资治通鉴》里，学到了太多的治国之道，也读出了司马光如许的忧思惆怅。不管怎么说，在这座纸上的花园里，拂尽萧萧落叶，这的确是写得最好的一首诗。

10.

饮酒和吟月,历来都是风流骚客和落野孤人的闲笔。我忽而想到了明四家之一的文徵明,他有一首极好的《江船对月》诗:

何处难忘酒,江船对月时。
风声传语笑,波影散须眉。
远火山浮动,明河天倒垂。
此时无一盏,水月负佳期。

文徵明和司马光相隔四百年,却是同一轮明月,同一瓢清凉,把晚风吹来的诗句镀上银光,又散发酒香。举杯邀月,对影成双,歌以当哭,慨当以慷,这样的画面太美,我已不忍仔细打量。

一个北宋,一个明朝;一个司马氏,一个文氏;一个史家,一个画家;一个大官,一个小吏;看似两不相关,遥不可及,其实经天纬地,或有因缘。

文徵明是明代吴门画派的宗师,诗书画俱佳。然而,我留意到,他十三岁时,便日诵古文数千言。这样的人生启蒙,为他日后的精神成长和艺文精进,甚至对他和司马光的幽微的关联,埋下了一个长长的伏笔。

司马光虽不擅画,但也是诗书俱佳,更是北宋著名的名臣诗人。司马光并不以书法名,却颇有时誉,曾得到欧阳修的欣赏。宋高宗也是最喜欢司马光的书法,竟"日夕展玩其字不已"。

司马光的书法作品传世很少，已知，中国国家图书馆藏有《资治通鉴》残卷，上海博物馆藏有《真书宁州帖》，"台北故宫博物院"藏有《天圣帖》，此外，还有《与太师帖》《自承帖》《神采帖》《道德经》等。其中《神采帖》，2010年在上海道明拍卖公司拍出560万元，《道德经》也于2018年被英国罗斯柴尔德拍卖行拍出。

乍看司马光的笔势，结体扁平，蚕头凤尾，朴茂高古，气度雄浑，与苏轼颇有几分相似。而文徵明的书法，长枪大戟，笔意纵逸，却是实实在在地出入黄庭坚。那么，二人的书法，便因宋四家中的苏黄二家而相映成趣。

诚然，司马光是个职业政治家，或著书，或为相，得志也罢，失意也罢，都胸怀自己的政治抱负，最终，在他快要被历史遗忘的时候，却还报给历史一部日月生辉的皇皇巨著。

文徵明却生性是个文人，虽然一生求仕，然终无所成。从二十六岁到五十三岁，先后参加了九次乡试却都名落孙山，直到五十四岁时，才勉强坐到了一个翰林待诏的九品职位。

似乎是，历史给文徵明开了个玩笑；
却原来，司马光给历史开了个玩笑。

11.

五十七岁时，文徵明终于放下了，决意返回故里，专心书画。人生苦短，又当若何？殊不知，司马光五十二岁时就已退居洛阳修史去了。

文徵明筑了一室,取名"玉磬山房",还手植两桐于庭,表示本人终于还乡,以翰墨自娱了。又写下了一首《还家志喜》,以表达自己内心的解脱:

绿树成荫径有苔,园庐无恙客归来。
清朝自身容疏懒,明主何尝弃不才。
林壑岂无投老地,烟霞常护读书台。
石湖东畔横塘路,多少山花待我开。

只是,他耐不过司马光的寂寞,却只待山花烂漫。他整日在朋友圈里诗酒相邀,酬唱赠答,又挥毫弄墨,笔墨横姿,假以时日,修得正果,终成一代书画大家。

也许书画真的可以增寿,文徵明活到了九十岁。在漫漫的天时里,文徵明创作了一幅又一幅的书画佳作,仅仅是七十一岁这一年,文徵明便画下了《长林消夏图》《松泉高逸图》《尧峰观瀑图》《疏林浅水图》。

然而,不只是心绪畅然,在他的盛年,我也看到了他的犹豫,他的迟疑,他的隐忧,他的顾虑……

他默默地画了许多图稿,相似的笔墨,相近的画意:屋舍,柴扉,台坡,池塘,奇石,春树,竹影,花丛,隐现其间的,是一个踽踽的老者。踽踽焉,洋洋焉……我忆起了《独乐园记》中相识的词句和熟悉的场景。

我无从知晓文徵明是从何时始读《独乐园记》的,我想,那大概就是他年少苦读古文的那几年。只是,最初他读得懵懵懂懂。他不解,人生到底是何种滋味？

少年，不识孤独的愁滋味；盛年，识尽孤独的愁滋味；到了暮年，天凉好个秋……

我也无从知道文徵明是从何时读懂了《独乐园记》的，但他肯定是一遍又一遍地读过了。花落流年度，他终于读懂了司马光，也读懂了自己。孤独，是宿命，也是况味。

文徵明，或是咀嚼孤独，或是享受快乐。也许，孤独终究也是一种快乐，但那种快乐，绝非常人所享。本是苦涩，本是哀伤，却要你浇开人生的山花烂漫。如果孤独不可避免，那就只有让孤独慢慢地延时，在时间的回忆中产生快感。

文徵明只是要把孤独的快乐，留到生命回放的最后时刻，在跃动而飞升的烛火将要熄灭之际，灿灿成殇。是啊，没有谁能像司马光那样，在盛年之时，便以无畏的姿态，孤独求败，而以一篇《独乐园记》，成为孤独者们最美的精神篇章。

于是，到了生命的最后一年，八十九岁的文徵明终于不再犹豫和迟疑。

12.

早春二月，大地回暖，渐有春雷。终日拥炉的文徵明慢慢起身了，前两天先是摹临了沈周的《溪山深秀图》，又仿倪云林书了一幅小楷。虽然已是暮年，但笔老墨秀，绝无衰飒之状。

这一日，没有阳光，但时光照亮了画案。文徵明开始书写《独乐园记》。他的行笔似乎来自他生命的原始，又仿佛是他一生的步履，时缓时迅，时舒时疾，时抑扬而滞涩，时连绵又逶迤。

他要写出他的黯然忧伤，也要写出他的独自徬徨；
他要写出他的悲喜苦乐，也要写出他的日短夜长；
他要写出他的来之困顿，也要写出他的去之迷茫；
他要写出遥远的独乐园，也要写出他的玉磬山房。

文徵明和司马光，两个人在不同的时空里，画出了两条漫长而迥异的曲线，却在这游丝般的笔意下，若隐若现，若即若离，最终渐渐地聚合了。

又到了盛夏的一日，有了晴好的阳光，
文徵明的心情，也仿佛是格外的舒朗。
离生命的尽头越近，却愈是独乐若狂，
踽踽焉，洋洋焉，他走到画案的近旁。

是啊，他还没有画过独乐园的幽芳，
这么多年，他的心思都深深地隐藏。
今天，他要把墨彩都涂写在画纸上，
绘出独乐园，他常常梦见到的模样。

村居篱落，临水而筑。篱前立苍松，屋后植修竹。敞轩之中，士人倚窗凝视，远水遥岑。

当我查证了相关的史料之后，我几乎可以断定，这幅文徵明唯一的《独乐园图》，居然是他离世前的最后一幅绝笔画作。这也证实了我先前的猜测，文徵明一定会在生命的最后时刻，画出一幅萦绕他一生的独乐园的图卷。

而此时，文徵明又一遍遍把画笔蘸满了墨汁。

然后，又全文书写了司马光的《独乐园记》；
然后，又全文书写了司马光的《独乐园七咏》五言七首；
然后，又全文书写了苏轼的五言古诗《司马君实独乐园》；
然后，文徵明把画笔搁下了，向自己的画作告别。

从二十多岁起，文徵明画了整整一生，也画出了自己的完整人生。但只有画完了《独乐园图》，他才完成了所有的画幅，然后，走向生命的尽头。那个尽头，才是真正的冰冷和孤独。而在生命的这一边，孤独，就是人生最后的温暖和快乐。因此，只是在这座纸上的花园里，文徵明才找到了人生最终的归宿。

13.

但在文徵明的那些年月，他还不是绘制《独乐园图》的唯一之人，甚至不是最初之人。明四家之一的仇英，已在文徵明之先，画出了另一幅《独乐园图》，而且画面更加绵延，似原野的一缕漫漫长风，长风当歌，且听风吟……

仇英以他的生命本相观照独乐园，他想象着，那是他自己的家园。他细笔如缕，精绘如丝，纤丽而华丽，清丽而曼丽，又呵气生风，吐气成云，画出了一处他平生从未见过的最美花园。虽然有评论者指出，仇英画独乐园的笔墨，非宋乃明，与史不符——此言诚然不虚，但却有所不明，仇英一生无家，在外寄寓，只有这座纸上的花园，才是他的灵魂的独守，本体的归依。

明代四家，柑橘桔枳，各有不同。另外二人：唐寅，才华横溢却纵情声色，才不会为孤独所累，因而他的才笔，画不下一座远史的孤园；沈周，是文徵明的师父，又擅画园林，性格也宽厚仁和，与司马光的为人极为相似，却不明为何，独不见他画独乐园。同样是两条相邻的人生曲线，飘飘忽忽，却始终没有交集，平行而过。

于是，文徵明和仇英的两幅《独乐园图》，就成为两个大家自出机杼的超级画本——

文家是水墨山水，仇家是青绿山水；
文家是简淡天真，仇家是典雅蕴藉；
文家是清闲自适，仇家是萧散幽微；
文家是古韵流丽，仇家是静穆仙灵。

看似画意相似，实则画风各异。不过，仇英之与文徵明的本来不同，却是在一个"仙"字上：

都是逸，文徵明是超逸，仇英是仙逸；
都是游，文徵明是悠游，仇英是仙游；
都是骨，文徵明是风骨，仇英是仙骨；
都是尘，文徵明是烟尘，仇英是仙尘。

都是山，文徵明是青山，仇英是仙山；
都是台，文徵明是高台，仇英是仙台；
都是居，文徵明是闲居，仇英是仙居；
都是园，文徵明是乡园，仇英是仙园。

我已知之，仇英本是一个仙人，是落世的谪仙，是天命的画仙，故而仙笔翩翩。

文徵明比仇英年长二十八岁，二人亦师亦友，惺惺相惜。仇英一生只有作画这一件事，在他看来，除了作画，所有的事情都是多余的。仇英也只有孤独这一种心情，对他而言，作画是他的孤独，但孤独才是他的快乐所在。因为孤独，所以独乐。他以自己的一生，到底诠释了独乐何为。

当文徵明画出《独乐园图》时，仇英已经离世，终于没有看到文徵明的画图，这是仇英的遗憾，却更是文徵明的悲哀。然而，我似乎看到，在文徵明的画笔里，竟浸蘸着对好友的缕缕伤思。

为了纪念好友，文徵明把自己的暮年书作《独乐园记》，拿去与仇英的《独乐园图》合卷，那是两人的灵魂之笔，天作之合，相映生辉。知乎？仇英！从此，文徵明便在独乐园，这一座纸上的花园里，与君同游。

14.

近悉，美国洛杉矶郡博物馆拟举办一场《仇英艺术特展》，展品中便有克利夫兰艺术博物馆收藏的仇英《独乐园图》。又知，在此次大展里，还有一幅特别的展品,是仇英之女仇珠的画作,居然也是《独乐园图》,却是仇英之作的摹本。

仇珠自幼便随父作画,细笔工致,精雅清幽,画风承继家父,明代文学家王穉登便说仇珠"绰有父风"。父女两幅《独乐园图》,看似同出一笔,几无二致,画韵却若淡墨轻岚,略有不同。仇珠的摹本,似多了一分女人的细秀,又添了一丝女儿的绵思。那回转而缱绻的清笔,勾连着一个女儿对父亲的依依深情。

因此,此次仇英仇珠两画的同框同展,是父女二人远在他乡的旷世双会,又是两幅《独乐园图》的绝世合璧,意义已超出了绘画的审美层面,更深地潜入到艺术的生命本源。

这幅仇珠的《独乐园图》,我早些年就见过。先是 2010 年秋季曾在保利艺术博物馆展出,随后在 2011 年春季的嘉德拍卖会上,最终拍到了 897 万元。不过,只是因为仇珠其人,才让我记住了这幅画图。

从那时起,我便开始关注独乐园,走近这座花园的主人、纪事、诗文、书画,感知历史的余绪和悠远的气息。然而,我对于独乐园的最初的好奇,实在是另有因缘。仇珠,这个珠玉般的名字,原来竟镶嵌在我幼时的记忆里。

我的父亲好古。记得小时候,家徒四壁,却总是挂着几幅古旧的书画。客厅里挂着董其昌、王原祁,书房里挂着傅山、文徵明,而在我的床头,就挂着一幅仇珠的《达摩渡江图》,落款为"杜陵内史沐手敬绘","杜陵内史"即仇珠的别号。

画幅不大，但笔墨秀劲，线条清致。我每天躺在床上的时候，一抬眼就是画上的达摩。也算不上是赏画，而且是熟视无睹，更说不上对这幅画有多喜欢，却是日夜相见，遂成记忆，从此往后，人生漫卷。

明人于谦有一句诗："书卷多情似故人，晨昏忧乐每相亲。"书卷若此，书画莫不如是？所以，日后，我对仇珠的画，自然是有一种天生的嗅觉和特殊的情愫。

近些年，我四处搜寻，也收藏了仇珠的两幅画，一幅是《奏乐图》，另一幅是《魁星点斗图》。我还写过一篇读解仇珠的美文，一直存在旧手机里，却怎么也找不见了。印象中，那样的文字，真如梦笔，层层生花，不会再有。

因为仇珠，我还加上了她的夫君画家尤求为好友，见过他的《风云起蛰图》。此画原为邓拓旧藏，笔参造化，自成一格。尤求还是明代白描名手，有《白描渡海罗汉图》，画笔纤素，尤有清味。夫妻二人堪称珠联璧合，佳偶天成。爱屋及乌，爱珠及椟，但珠是珠，椟是椟，我不会买椟还珠，因为我原本就是寻珠得椟。

因为仇珠，我还链接了清代才女诗人蔡琬。仇珠身后二百年，蔡琬小楷书录了司马光的《独乐园记》，笔笔精丽，字字生香，又与仇珠的《独乐园图》合为一卷，置为题跋，锦上添花。蔡琬是八旗闺秀文学之首，读她的一首《冬夜》，便见女诗人之心性，知她如何能不感于司马光的情怀和仇珠画笔下的故园：

耿耿兰缸暗，沈沈夜气清。梦回残漏永，月在半窗明。

107

乡思兼愁思，砧声复雁声。故园归路杳，何日慰离情。

仇珠的画存世稀少，每一幅画的所在我都会记得清楚。只是仇珠的这一幅《独乐园图》，拍卖后却一直不知去处，忽闻重又现身洛杉矶的《仇英艺术特展》，竟令我有人生侘傺又再遇故知之感。

然而，我隐隐看见，在独乐园的幽秘深处，有一枝纷披又缥缈的飞花，倏忽而坠，触不可及，却成为这座纸上的花园，最后一抹暗香疏影。

15.

已是日暮，不知归处。各位，我们沉湎故园既久，犹未把《独乐园记》字字读完。殊不知，作为一个史官，司马光在结笔处自然是精于议论的。虽然寥寥数语，但一定是全文的点睛之笔——

谁说君子之乐必与人共之？我的快乐便为我所独享，因为并不可能为世人皆所向往，我也不想强加于人。当然，若必也有人肯同此乐，我一定会与子共享。

黄钟大吕，戛然而止，金石之言，余音不尽。原来，司马光所言独乐，乃是寻寻觅觅的知音之语。高山流水，百转千回，苍天明月，笙磬同音。只有读完全篇，才能终解其意。

司马光以一篇《独乐园记》，开笔书写了一座纸上的花园，一座千古知音的心灵花园。千年即逝，犹见其光，司马光的描摹之笔，便成为访客们的共同读本。虽然独乐园早已成为废园，但是，纸上的花园，纸间的雅集，清风自来，鲜花自开，明月之下，让游子们徜徉于心，归去来……

此时，空中飘来司马光的一纸《对菊》，似是与我的邀约之诗：

凉风正萧瑟，好月复徘徊。
幽兴眇不尽，芳樽时一开。
余英盖红叶，坠露湿苍苔。
从此东篱下，应忘归去来。

16.

归去来，我寻到这座纸上的花园，来来往往已近十年，却不知下一次何时才能故园重返。常常地，人生中一别就是不见，短暂的相辞可能就是永远。

归去来，我寻到这座纸上的花园，与故友们相见如面，蓦然回首谁知那人却在灯火阑珊。默默地，把苦酒倒入我的杯盏，孤独的泪却做欢心的笑颜。

归去来，归去来，从此东篱下，应忘归去来。

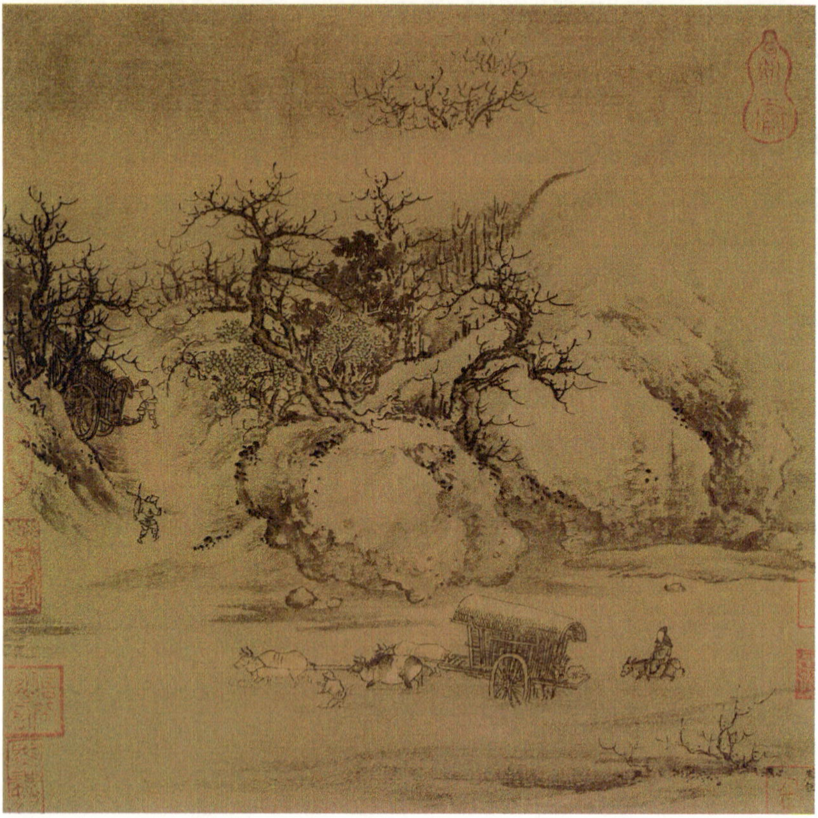

明四家的月光

很多年没有去过苏州了,白墙黛瓦的记忆已渐渐褪去,小桥流水的印象也渐渐模糊。这次从南通绕行苏州坐高铁回京,顺道在苏州一日访古。

其实,仅仅是不想被滚滚的人流淹没,仅仅是不想看到一座古城搔首弄姿的时尚模样,所以,这么些年了,不去也罢。

但是,我心中却总有一个剪不断的情结——明四家的苏州。四五百年前,苏州有一个著名的吴门画派,对画坛影响巨大。其中四个大家沈周、文徵明、唐寅、仇英,史称明四家,都生活在苏州。我翘望吴郡,观瞻吴门,心中总不免会惦念着明四家的苏州。

不要过吴门而不入,还是去看看明四家吧,这也算是我再访苏州的一个理由。

朋友驱车,携我从南通一路驶向苏州,寻访明四家的遗踪。

~上午~

明四家之首是沈周,恰恰我们的访古行程也是从沈周故里开始。

沈周的故园在苏州相城区阳澄湖镇。阳澄湖，这是一个蟹味飘香的名字啊，我们却不闻蟹香，只顾找路。路过了沈周村，驶上了沈周路，快哉！这莫不是我梦寻的地方吗？一片片农田掠过身后，一座座农舍映入眼帘，当年，这就是沈周飘然生活的乡里啊！

沈周的祖居名"西庄"，沈周的老友吴宽所筑的庄园名"东庄"，如今，这些旧时的名宅早已湮没在历史的尘埃之中而不复见，只能是在沈周的画中怀古了。

沈周曾画有《东庄图册》，24帧小幅画页，描绘了吴宽庄园的清幽景致，帧帧精雅曼丽，令人珍赏不已。

沈周在他的许多画作上，都曾题写过美妙的诗句，我记得有这样一首：

碧水丹山映杖藜，夕阳犹在小桥西。
微吟不道惊溪鸟，飞入乱云深处啼。

其实，沈周赋诗，大多是在吟唱他的家园。面对着家乡的清丽风光，他不禁题诗赞道：

嫩黄杨柳未藏鸦，隔江红桃半著花。
如此风光真入画，自然吾亦爱吾家。

车停下了，路边矗立着一座古墓坊，一条石道蜿蜒前伸，尽处便是沈周的墓冢。

清寂的湖水，萋萋的丛林，孤兀的碑亭，沉穆的坟茔，构成一幅凄美的绝世画面。

这画面，在沈周的山水画幅中，竟是如此熟悉，恍惚间，似乎我并不是来拜谒沈周的墓地，倒是在观赏他的《吴中山水图》呢！

在这种亦幻亦真的感觉中，我默默地吟咏着沈周在去世的前一年写下的一首诗：

似不似，真不真。
纸上影，身外人。
生死一梦，天地一尘。
浮浮休休，吾怀自春。

沈周的曾祖父沈良琛是元代大画家王蒙的书画好友，祖父沈澄也是一个有名望的画家，父亲沈恒又是明代画师杜琼的学生，伯父沈贞也以诗文书画闻名乡里，并曾于宣德三年（1428）为宣德帝朱瞻基的画卷题款。沈家可谓书画世家，风雅满门。

沈周出生在明代宣德年间，那是一个风华千古的时代。宣德皇帝雅赏翰墨，是宋徽宗之后的又一个皇帝画家。

沈周早年承受家学，后出入宋元各家，特别是继承了五代董源、巨然以及元四家的绘画技法，兼擅其长又自出机杼，终于突破了宫廷院体绘画及浙派绘画的藩篱，开创了吴门画派，成为新一代画坛领袖。

沈周画过许多小幅图册，如《虎丘十二景图册》《雨江名胜图册》《卧游图册》《诗画合璧册》《写生册》等等，实为明代册页绘画第一家。小幅大作，雅韵清赏，尽现吴门画家的文人情致。

元代至正年间，大画家黄公望为无用道师画下了不朽诗画《富春山居图》。一百年后，沈周最先从无用道师的后人处收藏了这幅旷世名迹，并留下了一篇长跋，称赞此画的墨法笔法深得董源、巨然之妙，又说"此卷全在巨然风韵中来"。

膜拜之后，沈周还倾力摹写了《仿黄公望富春山居图》。从此，一先一后两本《富春山居图》便各自开始了漫漫的岁月飘零。

沈周平生画下许多传世名作，有《仿董巨山水图》《烟江叠嶂图》《云际停舟图》《盆菊幽赏图》等等。然而，《庐山高图》却是我最喜欢的沈周山水画，也是沈周最重要的代表作。画面山势壮阔，层峦叠嶂，水帘高悬，草木茂盛，繁复而密实地描画了庐山的胜景，令人叹为观止！

但不可思议的是，沈周从未上过庐山，那么沈周是如何画出庐山的呢？况且沈周在此之前的画作也多是盈尺小景，恰恰他四十一岁时所画的《庐山高图》一变而为"高图"，也是从此以后，沈周的大幅画作才渐渐多了起来。

只能说，《庐山高图》完全是沈周的神来之笔，是天启，是神意，如有神助！难道沈周本是一个画画的神仙？

文徵明就说他是神仙中人。

沈周在《写生册》上自题："若以画求我，我则在丹青之外矣！"

问了路旁扫地的老师傅才知，很少能见到有人来访沈周墓，就是在轰轰烈烈的"文革"岁月，也没有人来挖坟砸墓。邻近的沈周村里也已没有沈周的后人，没有人去关心沈周是谁，只知道这是一座老坟，这里便成了一处隔绝的清世。

只是，今日我来了，似乎是和沈周有一个前世的约定。沈周五百年前的咏怀诗，宛若就是我此行才刚刚写下的：

去年人别花正开，今日花开人未回。
紫恨红愁千万种，春风吹入手中来。

沈周在世时，虽然声名显赫，却过着隐逸的遗世生活；沈周死后那么多年了，他的墓园依旧超然世外，不落凡尘，而他也早已成了真正飘然世外的神仙。

"沈周啊，他是唐伯虎的师父！"拿着扫帚的老师傅大声地说了一句。对呀，唐寅早年曾随沈周学画，只是，今人只知风流的弟子，却不认吴门的掌门师父了！

~午后~

文徵明是唐寅的好友，同庚又同为乡里。他早年观沈周画《长江万里图》，钦羡不已，因而也拜在沈家学画。

文徵明墓离沈周墓不是很远，也在相城区，位于元和镇文陵村，只是现在这里已经完全开发成一个现代大都市了，此地也已改名为"文灵路"。

我们的车在导航中转来转去，在滚滚的车马人流中缓缓而行，最后只得弃车徒步。在一个阔大的商业建筑背后，钻过一片杂乱的工棚区，踩过一片撂荒的泥洼地，再绕行一条已经污浊不堪的半月形的照池，在照池的内侧，一个树木葱郁的孤岛，便是文陵。

走过一条丈余长的条石，就上了小岛。顷刻，沸沸攘攘的都市噪声已全然不闻，古老的莲花菩提树下静谧清冷，肃穆森严。

踏上墓道，路过两侧相对而立的四尊石兽，迎面便是一巨大的墓冢。只见墓前石坪居中处竖立着一块高大的石碑，上面镌有"明公文徵明之墓"七个朱漆大字。当我一步步走近，突然，百鸟齐鸣，轰然贯顶，震耳欲聋，令人惊诧！

我伫立在碑前祭拜，怀想着当年辉煌的文家气象。文徵明出身名重一时的文人世家，其父文林，本名梁，因崇尚元代书画大家倪云林，改名为林，并建怀云阁。文林曾在南京和温州做官，为政清廉天下传，著书立言十二卷。

其子文彭、文嘉，还有文氏家族的文伯仁、文伯汇、文元善、文从简、文淑、文震孟、文震亨、文从昌、文从忠，都是史上声名显赫的大文人和大画家。

文徵明的学友和弟子众多，王宠、陆师道、陆治、陈淳、钱谷、居节、周天球等都是颇有名望的杰出书画家。文家的文脉绵延深厚，可谓中国历史上屈指可数的文豪世族。

文徵明最为推崇元代画家赵孟頫、倪云林，他将元代画风融入吴门画派，成为明代第一画家。文徵明的绘画兼擅山水、兰竹、人物、花卉。

我家原藏有一幅文徵明的兰竹手卷，兰竹倚石，仙风摇曳，笔墨清润，雅逸舒展，父亲当年曾请启功先生赏鉴，启功看了后连声道："这幅好，这幅好，其他的画都可以不要了！"

细观文徵明的山水，在春林深处，时而会隐现一个幽人，身着红衣，翩翩而至。静谧的山景，染上朱红一点，竟也分外清朗。

我极珍赏文徵明的《听泉图》，只见一红衣高士踞坐石岩，静听泉音，心净若水，大化自然。

画史上有许多大画家都画过《听泉图》，宋人郭熙，元人曹知白，以至文徵明的老师沈周，还有明清画家陈洪绶、石涛等人，都有《听泉图》传世。唯文徵明的《听泉图》，只因高士身着的朱红衣衫，而显得格外高致。

我曾经思忖，这个幽人竟是何方人士？莫不就是文徵明自己？却终无求证。只是看了上海博物馆藏的《停云馆言别图》，才有了确切的心解。

此图画于文徵明五十岁时，画幅上有两位高士，一位素服；另一位，身着红衣。从画上的题识可知，这原是文徵明和他的好友王宠惜别的场景，而停云馆恰是文徵明的书馆。这就印证了这位身着红衣的幽人，果不其然，就是文徵明的自画。

文徵明一生不仕，淡泊澄明，他的身心只在粉图黄纸和春山秋水间。而那一抹朱红，分明是他生命的真色，心性的外显。

文徵明在晚年时曾多次画过赤壁。五十七岁时，他始画《赤壁赋图卷》；七十九岁时，他又画过《仿赵伯骕后赤壁图》；八十三岁时，他又画下《赤壁胜游图》；而他去世前画的最后一幅画则是《前赤壁舟游图》。也许，与苏子同游赤壁之下，羽化而登仙，乃是文徵明的心之所往。

七月既望，苏子与客泛舟游于赤壁之下……飘飘乎如遗世独立，羽化而登仙。

当然，文徵明会更执迷于描绘他所神往的天界仙境。他曾为王守、王宠兄弟作《仙山图》卷，历时八个月完成。其子文嘉在画上题跋，言及文徵明作这幅画，"每下笔必以宋元诸公名画摹仿，故卷中树、石、人、马皆法赵松雪，屋宇则全学宋人"。

文徵明的传世画作很多，篇篇皆是妍美精雅之作。有一长幅焦石鸣琴图，画面上唯见一高士独坐在芭蕉嶙石前轻抚古琴。清谷弦音，高山流水，可在纸上听。然画上的题跋竟占了整幅的三分之二。文徵明用墨色密布的蝇头小楷题写了千字《琴赋》，笔笔工丽娟秀，字字雅逸清灵，真乃书画合璧之作也。

文徵明的书法同样名扬海内，他的小楷造诣极高，我最喜爱他的《前后赤壁赋》《离骚经九歌册》《落花诗册》《西苑诗》几种。他九十岁时尚能书写小楷，笔力犹存，达到了人书俱老的至高境界。

文徵明不仅是一位伟大的书画家，还是一位优秀的诗人，一生写过大量诗歌，多为感兴、纪游、题画之作，诗风悠然淳美，风雅清扬。我曾读过他的诗文集《甫田集》，书中一首《山行图》的题诗堪称诗画：

高涧落寒泉，穷岩带疏树。山深无车马，独有幽人度。
幽人何所从？白云最深处。出山不知遥，顾见云间路。

读这首诗，不就是在赏一幅画吗？真可谓画家的诗如画，诗人的画如诗，文徵明乃是一位杰出的诗人画家。

据说，苏州古典园林的代表作品拙政园也是文徵明设计的，并曾绘图三十一幅。果真如此，文徵明就还是一位出色的园林设计家呢。

仁者寿，文徵明活到了九十岁。辞世前，文徵明正在为一逝者书墓志铭，还未写完，便置笔端坐瞑目了，俨然是羽化而登仙。

在文徵明的墓前，我燃上一炷心香，奉祀神明；又从坟茔上摘取三四片草叶，感知仙灵。

~下午~

虽然唐寅并不是明四家的魁首，但是，因了冯梦龙附会出一段"唐伯虎点秋香"的故事，以至于有"凡有井水饮处，即能言唐伯虎"之说，故而唐寅在明四家中的知名度却是最高的，唐寅的墓自然也是修得最大的。

唐寅园是一个现代的仿古旅游景点，占地近万平方米，每年都要接待一百万游客。园里虽有几间唐寅纪念陈列室，却没有一幅唐寅的书画真迹。除了渲染一番唐寅的风流情史外，这里不知道还能让游客看到什么？真是无趣。

随着攘攘的人群拥进唐寅园，简单地看了看坟冢便出了园，算是到此一游。

唐寅才情横溢，诗书画俱佳，世称"江南第一风流才子"。唐寅一生恃才不羁，放荡不经，平日饮酒挟妓，纵情声色，却并不得志，怀才不遇，屡受挫折，曾与他的好友文徵明失和多年，甚至还经历过牢狱之灾和丧子之痛，其实是个悲情才子。

在绘画上，唐寅远法宋元水墨，近师周臣、沈周，擅画山水、人物、花鸟，笔法俊秀雅致，潇洒飘逸，被称为"唐画"，名气很大。文徵明就评价唐寅的画道："知君作画不是画，分明诗境但无声。"

辽宁省博物馆藏有一幅唐寅的《虚谷听竹图》，为清代书法大家王文治所珍赏，并留下一段跋文。只见画面上一高士隐逸溪山，烟岚空灵，山竹出尘，竟完全是一片清幽仙境。诗为心声，画为心境。只是，唐寅本来的仙灵秀骨却被掩藏在其轻佻放荡的形骸之下，竟为世人所不识。

然而，唐寅的旷世才情，终不能为其风流所掩，以至于文徵明评他：

"当为本朝丹青第一。"

且不论唐寅那些众目睽睽的巨幅大作,只说他的那些少为人知的扇面小品,如《松荫高士图》《临流倚树图》《柳溪独钓图》《枯木寒鸦图》,清旷辽远,萧疏寥廓,墨韵秀雅,焕然神明;还有《雨竹图》《蜀葵图》《葵石图》《芍药图》,淡墨轻岚,气韵湿润,点染简素,不拘物象,都是唐寅心有纵逸之趣或意境苍凉之作。

只是,唐寅的画名太盛,因而唐画的赝品极多,且不说唐寅生前死后都有一些人借他的画名欺世谋利,甚至当时唐寅就请他的老师周臣为他代笔,故而也常有人将周画的款印挖去再作伪唐画的款印钤上,冒充唐画。上海博物馆有一幅唐寅款的《东方朔偷桃》,古书画鉴定大家徐邦达多年都未能断其真伪。

唐寅亦工书法。他取法元代赵孟頫,行笔婀娜有致,顾盼生姿,代表作便是《落花诗册》。沈周昔年曾悲吟十首《落花诗》,泣诉自己老年丧子的哀痛。唐寅为此和了沈周三十首《落花诗》,篇篇诗句催人泪下,哀婉凄绝;字也写得圆润秀雅,玉骨丰肌,是唐寅书法的最美篇章。

如同他的书和画,唐寅的诗,也确实写得才情并茂,风流倜傥。

唐寅最仰慕苏轼的诗才,也许是惺惺相惜,或者是知音难觅,苏轼的诗句,分明是他隔世的诗情。他读过苏轼的七绝《春宵》:

春宵一刻值千金,花有清香月有阴。
歌管楼台人寂寂,秋千院落夜沉沉。

如此春宵佳句，怎能不令唐寅触目伤怀？便依此字词和诗韵，摹写出了一篇诗意绵延的七律《花月吟》：

春宵花月值千金，爱此花香与月阴。
月下花开春寂寂，花羞月色夜沉沉。
杯邀月影临花醉，手弄花枝对月吟。
明月易亏花易老，月中莫负赏花心。

唐寅最喜桃花，他的堂宅名桃花庵，他也自号桃花庵主，还曾做过一首《桃花庵歌》：

桃花坞里桃花庵，桃花庵里桃花仙。
桃花仙人种桃树，又折花枝当酒钱。
酒醒只在花前坐，酒醉还来花下眠。
酒醉酒醒日复日，花开花落年复年。

唐寅行乐之暇，画过许多仕女图，但欢娱之后，也写过许多悲戚的诗句，如《叹世》：

人生在世数蜉蝣，转眼乌头换白头。
百岁光阴能有几？一张假钞没来由。
当年孔圣今何在？昔日萧曹尽已休。
遇饮酒时须饮酒，青山偏会笑人愁。

唐寅五十岁生日时，回望往事，流水落花，风吹雨打，不禁唏嘘。他画了一幅《自寿图》，还写了一首《五十言怀诗》，且醉且饮，半疯半颠，又嘲又讽，自比神仙：

醉舞狂歌五十年，花中行乐月中眠。
漫劳海内传名字，谁信腰间没酒钱。
书本自惭称学者，众人疑道是神仙。
些须做得工夫处，不损胸前一片天。

唐寅晚年生活困顿，风摧残枝，"春尽愁中与病中，花枝遭雨又遭风"，五十四岁便病逝了，临终前掷笔写下了一首绝笔诗：

生在阳间有散场，死归地府又何妨？
阳间地府俱相似，只当漂流在异乡。

唐寅生前饱受人们的非议，流言蜚语扑面而来，身后人们却只记得他的浪名与绯闻。世上有谁人能够理解他的郁郁苦闷，体会他的真实心境？又有谁人能够读懂他的诗书画，欣赏他的才情逸气？"多少好花空落尽，不曾遇着赏花人"，知音难觅，弦断有谁听！

最懂唐寅的，莫过于文徵明。唐寅死后，文徵明悲戚不已，写了一首挽诗《怀子畏》，思念他的同年至友：

曲栏风露夜醒然，彩月西流万树烟。
人语渐微孤笛起，玉郎何处拥婵娟。

在文徵明的冥望中，唐寅已经从桃花仙人真的变成了一个天上的神仙了。

今夕何夕

~黄昏~

日近黄昏，已访了沈周、文徵明，唐寅。其实，明四家中，我最想访的，还是仇英。

因为，我对仇英知道得最多，也因为，我对仇英了解得最少。

其实，没有人真正了解仇英。

没有人知道他准确的生卒年月，只知他大致生于明弘治十一年（1498）。那一年，沈周已七十二岁，文徵明和唐寅也都已二十九岁。所以，仇英是明四家中的晚辈。

仇英去世的时间大概是在明嘉靖三十一年（1552）的秋冬之际，离世前他刚刚画完《职贡图》，然后就从这个世界悄无声息地消失了。无人知晓他死后葬在什么地方。

我曾经在故宫博物院馆藏的《职贡图》前驻足良久。这是一幅近六米的长幅手卷，画面上绘有十一路向朝廷朝贡的藩国车马在蜿蜒的山间驮宝行进的场景。画幅的后面还有文徵明的跋文，说明当时仇英的前辈文徵明还在世，不过好像就是此后不久两人就先后辞世了，不知其中有没有什么玄秘的因果勾连。我直想从这画幅的隐秘处寻出仇英悄然离世的天机，但只见群山连绵，白云缭绕，簇拥的猎猎旌旗在滚尘中渐渐远去……

天地茫茫，我只能去寻访一棵老银杏树。

在苏州城阊门内下塘街十七号，我找到了这棵在夕阳下扶摇的老银杏树，叶片已经落尽，枝丫依然挺拔。这竟是仇英当年亲手植下的明朝古树啊，披历岁月风霜，阅尽历史沧桑，却还在做着一个几百年的旧梦，守望着那个植树的故人。萧萧风声中，我依稀能够听到古老的树神一声声的呼唤：仇英，魂兮归来！归去来兮！

明四家中，仇英的出身最为低微。他原本是太仓县的一个小漆匠，十五六岁时只身一人跑到繁华的苏州城学画卖画，又先后寄寓在几个大收藏家中作画。他在苏州街头作画时被文徵明赏识，两人由此成为忘年交，许多画作也都由文徵明父子题识。

仇英没有更多的生平事迹，他来到这个世界似乎就只有作画这么一件事。他应天而来，他要画的画想必是有定数的，他把他来到世间必须画的画都画完了，他就离开了这个世界，无影无痕。

沈周、文徵明、唐寅都是诗、书、画俱佳，但仇英只擅绘画。仇英没有写过诗，他不是诗人。仇英没有留下书法，他不是书法家。他既不是显人，也绝非隐士。他不是名士，他甚至不是一个文人。他就是一个纯粹的画师。他的全部生命都是绘画，他的画作就是他的生命的基本观照。

仇英早年曾为文徵明画过一幅《梧竹书堂图》，明显地表现出吴门文人画的画风对他的影响。画图中，梧桐高阔，丛竹青翠，用笔工整细密，风格简淡从容。但此后，仇英却是以青绿山水的高古画法在明四家中独树一帜，卓尔不群，蔚为大家。

青绿山水的主要矿物颜料石青、石绿原由西域传入中原，晋唐时期多用来绘制宗教画，其纯净、明亮、重彩、凝厚的颜色，尤其适于表现天界高远的氛围和森然的气息。仇英的青绿山水，仙逸曼丽，妍雅至极。有明人评他："发翠毫金，丝丹缕素，精丽艳逸，无惭古人。"

仇英的青绿山水多为大幅，而他的《清明上河图》则为十米长卷了。仇英的《清明上河图》摹写了宋人张择端的《清明上河图》，虽然同是描绘清明时节的市肆街景，但殊有不同。

张择端画的是汴梁城，是一幅宋代的风俗画；而仇英画的是苏州城，却是一幅青绿山水，是明代最伟大的史诗巨作。

仇英的青绿山水多为仙境。而他的《清明上河图》，既画出了清明时节的民俗万象，又笼罩以一种仙灵宁和的天界气息；既描绘了苏州城的市井繁华，又烘托出一种隐秘虚幻的神幽意境，将人间诗化，幻化，虚化，仙化，化为一片丹青仙域。

观仇英的画，总觉得他是在天上俯瞰人世，他的画都是在天上画的，他画的是天界，也是人间，是天界的人间。他能让天界的幻象和人间的万象融汇于他的笔墨之间，映现在他的逶迤无尽的青绿山水中。

访明四家，如访仙人，如入仙境。沈周是飘然世外的神仙中人，文徵明是羽化而登仙，唐寅也是桃花仙主，而仇英神逸，灵致，旷世，超绝，看他的画，看他的人生，他更是真正的天界仙人。

仇英，字实父，我原不解他为何偏偏自号十洲。近读清人顾复《平生壮观》，原来顾复早已言之：十洲，仙境也，焉知仇英不是从蓬莱仙府中降落人间来作画的呢？顾复甚至还说：因为仇英号十洲，所以他至今未死，只是他的魂魄又归去了仙府。

也许，仇英仙逝后真的没有陨落世间。问仇英魂归何处？其实，就在他的《清明上河图》的漫漫长幅中。

展开这幅青绿山水长卷，时时可以对视到仇英幽然的目光，处处可以感受到一个艺术的神灵还在搏动的脉息。大鸟在天空折翅了，清明时分，他的生命的灵羽就散落在这丝丝缕缕的笔触中。

于是啊，再过若干时日，迎着清明的纷纷细雨，我真的还会再来，探看仇英手植的银杏树，神游仇英青绿山水画幅中的苏州城，寻访苏州城中飘逸的仇英的仙灵……

再来写，仇英。

~夜晚~

夜幕降临，月出皎兮。抬头举望苏州城的明月，不禁想起唐人张若虚的诗句：

江天一色无纤尘，皎皎空中孤月轮。

又想起唐代大诗人李白的《把酒问月》：

今夕何夕

今人不见古时月，今月曾经照古人。

这一夜，我眺望着苏州城的月亮，心中总是在遥想苏州城的明四家。今月呵，几百年前就曾经照见过明四家的濛濛绿水，裹裹青衫。那时，那月，也一定是如此清澈明亮，银华流苏。

只是，今人却真的不能穿越时空，望见明四家的古时月吗？

虽不能"一日看尽长安花"，我却是一日尽访明四家。这一日的寻访，这一夜的凝望，也许，已让我望见了，明四家，那古时的月光。

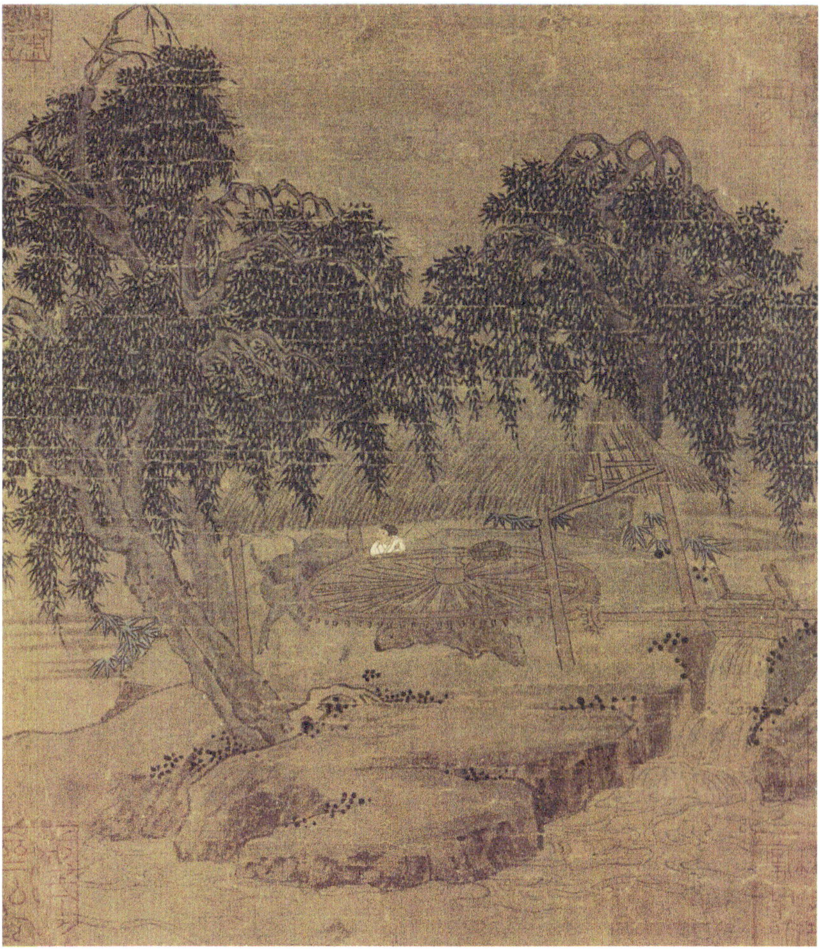

庚子年的夏天

谨以
此文
纪念
孙承泽写作《庚子销夏记》360 年

1.

北京西山的樱桃沟里有一处山谷，名退谷，冈阜回合，竹树深蔚。退谷里建有一座别墅，三百年间，这里曾经先后住过两个退翁，一个是明末清初的孙承泽，号北海，又号退谷，别号退翁；另一个是清末民初的周肇祥，也有一别号退翁。

孙承泽是山东益都人，益都古时曾为北海郡，故孙承泽自号北海，又或取意《庄子·秋水》："顺流而东行，至于北海。东面而视，不见水端……天下之水，莫大于海。万川归之，不知何时止而不盈"；而他的另号退谷、退翁，则更是沾濡了庄子齐物论的况味。

别墅取名"水流云在之居"，语见杜诗"水流心不竞，云在意俱迟"。别墅筑于一高台之上，乔木荫之，可尽揽林泉之胜。山涧对面，便是一座退翁亭，相传原为孙退翁所建，据说孙退翁也曾镌有"退谷"二字，却久已阙如，亭柱上只见得周退翁题写的一副楹联，出自唐朝王维的《终南别业》："行到水穷处，坐看云起时。"小亭翼然，亭前水可流觞，似可让时光浅浅倒流，若有遗世之感。

清初顺治十年（1653），吏部右侍郎孙承泽从朝中退后，归隐退谷，造室著书，《四库全书》便著录了他在山中二十三年间写下的二十三部著作，涵盖了史志、经学、风物、艺术，堪称一代名流大家。如今，当我揭开他的书页，依然能观到他的纸间山色，听到他的笔底风声。

民国七年（1918），周肇祥买下了这座别墅，成了退谷的新主人。周肇祥曾代理湖南省省长，后来履职古物陈列所所长，又担任中国画学研究会会长，精通文史鉴藏，尤好翰墨丹青，是一个饱学之士和金石书画大师。

或许是追慕久矣，周肇祥偏偏去买了孙承泽住过二十多年的别墅，也在里面住了二十多年，而且，也给自己起了个"退翁"的雅号，仿佛，两三百年前的孙侍郎真的浑然附体了？当然，这不过是寄托了此退翁对彼退翁的悠悠之思。

在昔日孙承泽的别墅里，周肇祥读尽了孙承泽的著述：《天府广记》《春明梦余录》《九州山水考》《庚子销夏记》《闲者轩帖考》《法书集览》《砚山斋墨迹集览》《元朝典故编年考》……

太仓之粟，陈陈相因，周肇祥也写下了诸多的书稿：《东游日记》《鹿岩小记》《寿安山志》《宝觚楼金石目》《琉璃厂杂记》《重修画史汇传》《退翁墨录》《辽金元古德录》……

同物既无虑，化去不复悔。这些记叙史地风物和金石书画的文字，真可读作孙承泽的续笔和遗篇。不用说，周肇祥沾溉于孙承泽既久，以至两人竟有那么多的相投和相似，或曰：两个退翁，一脉相承，一气相生；真若：两个时年，一川烟雨，一轮风月。

然而，踏遍红尘四百州，几多风月是良俦？周肇祥仰望天际，却只见，1660年，那个庚子年的夏天，孙承泽写下了书画名著《庚子销夏记》，才真正是水流云在，风月无边。于是，退翁亭前的流觞之水，回塘曲涧，便漾洄到了1660年。

2.

1660年，庚子年，并无大事发生。尽管清廷在四月便颁下迟报灾情处分例，全年却没有大的灾情。只是那个夏天，久旱不雨，奇热无比，竟连最为清凉的退谷里，也不免有了些许的暑热。

这一年，孙承泽六十九岁了。蒸灼之下，向来心性清澹的他都已感到烦热，朋友也都不见了。孙承泽笃信佛道，却连半山不远处的广慧庵也去得少了。这个广慧庵，本是个清修之地，后来也被周肇祥一并买下了。

古人消夏，竟如修心，静能生慧，静中生凉。宋代诗人杨万里便赋有一首《静中生凉》诗：

夜热依然午热同，

开门小立月明中。
竹深树密虫鸣处，
时有微凉不是风。

孙承泽的微凉也不是风，是静如止水的心境。在《庚子销夏记》中，孙承泽记叙了他的夏日作息：黎明即起，译注《易经》，读解古诗，校订书稿，其间烹茶啜茗。若倦乏了，则取古柴窑小枕偃卧小憩，歇息之后便出户登上高台，望郊坛烟树，徜徉少许。然后回到书房，取出所藏书画名迹，反复详玩，尽领其致，烟云过眼，聊以避暑。

这样一个清初文人的生活状态，精致而雅逸，孰不向往之？只是，我有一事求证，孙承泽的那只古柴窑小枕，莫非是五代周世宗柴荣的柴窑所制？虽然柴窑的记载最早见于明代曹昭的《格古要论》，并被列为各大名窑之首，但世不一见，莫衷一是，竟出现在了庚子年的夏天，确是令人称奇！

我又想到，周肇祥曾任职古物陈列所，又精研古物经年，不知与古柴窑有无机缘巧合？紫禁城的风月之下，可曾闪过古柴窑的吉光片羽？

然而，不管古柴窑如何说法，身处古物陈列所的周肇祥，一定会与浸淫于书画碑帖的孙承泽，有着某种隔世的交集。

古物陈列所是近代第一座国立博物馆，1914年在文华殿和武英殿设立，藏有皇家文物20万件。周肇祥出任第四任所长，上任后即成立鉴定委员会，对古物进行全面鉴别，并主持编辑了《古物陈列书画目录》。

孙承泽一生中收藏了大量珍贵的古代书画和碑拓墨本，或可推想，在孙承泽的身后，如果他的部分文物旧藏最终能够流进清宫，便有可能归藏古物陈列所，并被编入《古物陈列书画目录》，从而成为发生在周肇祥身边的故事。

且听下回分解。

3.

1660 年，孙承泽在退谷度过了一个漫长的夏季。有趣的是，夏日读画，孙承泽从自己的藏画里，专拣那些画面清冷之作，仿佛是读画入境了，便真的可以潜入画幅，冰凉沁骨。

这一日，孙承泽刚刚看过几卷法书碑帖，稍事歇息，又取阅了李成的《寒林图》，"暑月展之"，"令人可以挟纩"，是说画卷里真有寒意阵阵袭来，观画还要披上棉衣方可呢。

李成，五代宋初画家，生于营丘，人称营丘。北宋的米芾在《画史》中称李成为"古今第一"。《寒林图》是李成最重要的代表作，古木夭矫，雪天凛冽，气象萧疏，烟林清旷。清代名家王玖有诗赞曰："营丘李夫子，天下山水师。放笔写寒林，千金难易之。"

伫立霜天寒林之下，李成一定是读了李白的《菩萨蛮》，诗笔成画，画境成诗，方画出了眼前萧落的诗景：平林漠漠烟如织，寒山一带伤心碧。烟如织，伤心碧，如此的佳词，才是李成《寒林图》的画幅上隐去的诗题。

李成醉心寒林，另画有一幅《小寒林图》，长松亭立，古柏苍虬，细草荒榛，寒梢万尖，也是传世名作；又画有一幅著名的《寒林平野图》，平远暮林，寥落清渺，寒蝉凄切，骤雨初歇；李成甚至还画过一幅《寒林骑驴图》，古松凌云，疏木萧森，深谷空响，荒寒幽寻，而那驴友莫不就是李成自己？

除了这一幅《寒林图》，孙承泽还曾收过落款李成的另一幅《寒林图》，然"稍乏天韵，疑是元人临本"。据悉，美国弗利尔美术馆也藏有一幅款识为李成的《寒林平野图》。

李成身后，北宋的另一个大画家范宽也画了一幅《雪景寒林图》，高山突兀，古木结林，雪色平铺，萧索寒凝。孙承泽说范宽作画，初学李成，又学荆浩。范宽与李成俱是北宋初期山水画的代表画家，双绝天下。从此，李范二人的萧寒笔墨，便成为历代寒林图的描摹祖本。虽然五代的董源先已画过一幅《寒林重汀图》，但此图落墨在洲渚重汀，溪流平远，因而本是一幅江南水景图，所以王玖便说："唐以前无寒林，自李成范宽始画。"

随后，北宋画家郭熙提笔接龙，又画了另一幅《寒林图》，老干虬枝，山树槎枒，松皮如麟，柏皮缠身。郭熙早年取法李成，与李成并称"李郭"，晚年开始变法，擅画春景秋色。苏轼诗曰："玉堂画掩春日闲，中有郭熙画春山。"孙承泽在书中也说郭熙"早学李成，晚能更出己意，自成一家"。

《树色平远图》是郭熙的又一幅传世名迹，与其《寒林图》的笔意已略有不同，却是孤亭木末，平楚苍然，遥艇小桥，时自映带，竟也是孙承

今夕何夕

泽的旧藏,在庚子之夏徐徐展开,缓缓阅评。

之后,便是元代的江南名士曹知白,宫廷画师唐棣,元四家之一的倪云林,明末松江派首领董其昌,清代小四王之一的王玖,近代画坛巨匠吴湖帆,大师陈少梅,纷纷仰观李成,仿写《寒林图》,极尽描摹,各具情态,终成一道画史大观。

……薄暮冥冥,孙承泽收起画卷,走出书舍,拄杖看山,望林间景趣,月色清远,木叶尽染,风烟弥漫,映在眼前的,却还是李成的《寒林图》。

孙承泽不知,在他的背后,在大清王朝的平阡远陌的尽头,周肇祥的一双时光之眼,正慢慢移过古物陈列所展陈的《寒林图》,默默地注视着他,深邃清远。

4.

渐渐地,寒林空蒙,水流风生,孙承泽的眼前,若真若幻,又隐隐现出一座远山,竟是庐山。相传殷周时有匡氏七兄弟结庐于此,故亦称匡庐。

据《庚子销夏记》所记:这一年夏月久旱,酷热异常,慵倦之中,却也有奇异之事发生。忽有人持来一卷荆浩的《匡庐图》,谛观画面——中挺一峰,秀拔欲动,群峰巘屼,山势嵯峨,如芙蓉初绽,飞瀑一线扶摇而落,亭屋、桥梁、林木,曲曲掩映……上有宋高宗题"荆浩真迹神品"六字,并有元人韩屿、柯九思的两首题诗。

甲申之变，名画满市，竟至遍寻不见的旷世名画《匡庐图》，忽而飘飘摇摇，坠落凡间，如此天外宝物，孙承泽自然要倾箧易得。于是，这一日，便是"松风谡谡满我茅亭，暑气已避三舍也"。原来，庐山之图，亦可消暑。

荆浩是五代时期北方的山水大师，笔下山高水长，物象千万，非有老笔，清壮何穷。荆浩又擅作云中山顶，白云生谷，谷落白云，清而不薄，厚而不浊。元人汤垕称他为"唐末之冠"，孙承泽也评价他是"以山水专门，为古今第一"。

庐山本是历代诗人和画家的吟啸流连之地。唐代李白就说天下山水，庐山为最："予行天下，所游览山水甚富，俊伟诡特，鲜有能过之者，真天下之壮观也。"白居易也在山中筑有庐山草堂，并写下了著名的庐山诗文：阴晴显晦，昏旦含吐，千变万状，不可殚纪……

相传东晋顾恺之也曾画过《庐山图》，并为史家指为第一幅真正意义上的中国山水画。只是真迹久佚，亦无存世摹本。于是，荆浩的《匡庐图》，便被认定为画史上遗存最早的庐山画作，也是荆浩唯一的存世之作。

荆浩自号洪谷子，常年隐居在太行山洪谷，山静日长，吸纳万象，仅画松便数万本，又曾写下一篇千古雄文《古松赞》：

不凋不荣，惟彼贞松。势高而险，屈节以恭。叶张翠盖，枝盘赤龙。下有蔓草，幽阴蒙茸。如何得生，势近云峰。仰其擢干，偃举千重。巍巍溪中，翠晕烟笼，奇枝倒挂，徘徊变通。下接凡木，和而不同。

以贵诗赋，君子之风。风清匪歇，幽音凝空。

孙承泽说荆浩"其山与树皆以秃笔细写，形如古篆隶，苍古之甚"。然而我有所不解，荆浩明明每日照临太行山，却为何画出一幅《匡庐图》，何况他也并未游过庐山，会不会是顾恺之《庐山图》的摹本？晚于荆浩的北宋郭若虚在《图画见闻志》中对《庐山图》尚有记载，可见，荆浩在他的活动年代，便有可能观临此画，也未可知。

若是，荆浩便是将他的画笔，探伸进了东晋风流的清绝之地。这怎能不让人想起永和九年（1353）的兰亭："此地有崇山峻岭，茂林修竹；又有清流激湍，映带左右，……仰观宇宙之大，俯察品类之盛，所以游目骋怀，足以极视听之娱，信可乐也。"

荆浩是一个山水画家。我崇尚他的山水墨彩，但我同样欣赏他的山水赋文。荆浩有一篇《山水赋》，本是画论，却又是文辞绮美的山水篇章。也许，荆浩本该是一个文学大家，只是，他终将清丽的山水文字，付与幽致的山水墨彩。因而，读过《山水赋》，再观《匡庐图》，眼前便只见满幅淋漓的水墨词章。

且看荆浩如何描写四时景致：
春景则雾锁烟笼，树林隐隐，山色堆青，远水拖蓝；
夏景则林木蔽天，绿芜平阪，倚云瀑布，近水幽亭；
秋景则水天一色，霞鹜齐飞，雁横烟塞，芦渚沙汀；
冬景则即地为雪，水浅沙平，冻云匝地，酒旗孤村。

再看荆浩又是如何描写晓暮景致：

晓景则千山欲曙，轻雾霏霏，朦胧残月，气象熹微；
暮景则山衔落日，犬吠疏篱，僧投远寺，帆卸江湄。
或烟斜雾横，或远岫云归，或秋江晚渡，或荒冢断碑。

四时常作青黛色，晓看天色暮看云，君不见，如此精雅的文字，已经铺满了《匡庐图》的画幅。观荆浩的《匡庐图》，赏他的山水画笔，真若是在读他的美篇《山水赋》呢。

5.

山色变幻，日影西斜。孙承泽阅画良久，不禁赞叹：鉴观此画，方知李成、范宽、郭熙诸家，无不是由此脱胎而来。又叹曰，荆浩的画，非关仝、范宽所能及也。

关仝师承荆浩，终成后浪，也是五代时期最重要的山水画家。孙承泽藏有三幅关仝的画作，其中一幅便是《匡庐清晓图》。与荆浩《匡庐图》的画境相因相袭，此画也是一峰中耸，奇拔雄浑，环列数峰，揖拱相向。孙承泽不禁忆起旧时曾舟过浔阳，避风江上，遥望匡庐，宛然如在目前。而今再观此画，愈感一股清淑之气，浮动笔墨之外……

五代时期的荆浩、关仝、董源、巨然，俱是山水大家。在荆、关之后，巨然也画了一幅《庐山图》，举风扶摇，一度传至宋人黄应龙。明四家中的文徵明后来见到，居然为之连题九诗，仅以之七为例：

自言远游真不俗，曾见庐山真面目。
五老之峰披白袍，玉虹万丈时飞瀑。

明四家中的沈周和唐寅，自然也是击鼓传花，续写庐山。沈周和荆浩一样，并未去过庐山，却画出了一幅气势磅礴的《庐山高图》。沈周还配上了一首长长的题诗，诗的起笔便是：

庐山高，高乎哉！
郁然二百五十里之盘踞。岌乎二千三百丈之。

唐寅倒是携酒亲历庐山，画出了又一幅《匡庐图》。唐寅以古人为师，又以天地为师，笔若有神，极尽臻妙，画出了庐山的大美：峰峦幽深，群木翳之，风雨溪谷，飞流危栈……唐寅作画，不可无酒，也不可无诗。诗以山川为境，山川亦以诗为境，唐寅就题诗一首，述说的却是他酒后的伤悲，似乎山川都要为之动容：

匡庐山前三峡桥，悬流溅扑鱼龙跳。
羸骖强策不肯度，古木惨淡风萧萧。

孙承泽说他夏时每日晨起，便在书房前的青籐下，辄一披阅唐寅的山水图册十二帧，可见他对唐画奈何情深，更可叹唐寅本来天赋才情，唯放浪形迹，尽如这山间流瀑，恣意跌宕，却终究是一泓澄碧清泉。

到了近世，山水大师张大千泼彩写意，绘制了一幅墨韵披漓的巨幅《庐山图》。张大千也是一生未过庐山，然而，他却是——《信知胸次有庐山》：

不师董巨不荆关，泼墨飞盆自笑顽。
欲起坡翁横侧看，信知胸次有庐山。

从君侧看又横看，叠壑层峦杳霭间。
仿佛坡仙开笑口，汝真胸次有庐山。
远公已远无莲社，陶令肩舆去不还。
待洗瘴烟横雾尽，过溪亭前我看山。

山性即我性，山情即我情。张大千说他不必师法董源、巨然、荆浩、关仝，因为他胸中自有庐山，又只需泼墨飞盆，连横看成岭侧成峰的苏东坡都要笑赞他呢！

不过，张大千泼墨飞盆了一年半都还没有把画泼完，最后终于倒在自己的画幅下，让《庐山图》化作了生命的绝笔。五代之后，再无荆浩；近世之后，再无大千。从荆浩到大千，时空漫漫，跨越千年，陵阜坡陀，山脉相连。不识庐山真面目，信知胸次有庐山，所谓胸中丘壑，宇宙在乎手者是也。

只恐西风又惊秋，暗中不觉流年换。孙承泽写《庚子销夏记》，却写不完庐山的去日往事；读荆浩的《匡庐图》，也读不尽庐山的山光浮动。一卷如涵万壑，盈尺势若千寻。孙承泽居山，观山，游山，藏山，只是因为，孔子说过，仁者乐山。

……隔着数百年的山水之窗，周肇祥竟如相望万里，思绪纷飞。良久，又把荆浩的《匡庐图》从高悬处取下，悉心卷好，收置进古物陈列所的画柜，柜中顷刻便弥漫了孙承泽的古卷余香。

6.

智者乐水，仁者乐山，或可再加上一句：寿者乐园。在退谷建园的寿者孙承泽，便是当然的山水园艺师。不过，孙承泽更喜爱的却是倪瓒笔下的狮子林，入藏了他的《狮子林图》，日日观之，处处游之，沉浮于水墨之间。

倪瓒，号云林子，元代最著名的山水画大家，名列元四家，擅画幽林疏落，旷野清远。天下的文人墨客莫不尊崇倪云林，文徵明的父亲文梁就是因为耽迷于他的《秋山雪霁图》，遂建一怀云阁，又改名文林，撷取"云""林"二字。文徵明的画馆也承袭父意而挂匾停云馆，文徵明还仿画了一幅《狮子林图》，又因循倪云林的《狮子林图》，画了一幅《拙政园图》。

时序如流，玩之不穷。明清两代，徐贲、王翚、恽寿平、黄鼎等人也都观临过倪云林的《狮子林图》，他们各自摹画的《狮子林图》，走云连风，又轨之有度，却都是以倪云林的《狮子林图》为底本。

孙承泽也是对倪云林最为偏爱，甚至说，收藏家以有无倪画论雅俗。孙承泽自以为经眼其画最多，自然最有心得。他精心收藏的《狮子林图》，水木清华，户庭幽邃，傲世轻物，不污于俗，为云林得意之作。画中钤有孙承泽的鉴藏印章，那并非只是证明他已到此一游的签证，而是他生命的殷殷落痕。

孙承泽太了不起，他还藏有倪云林的传世名作《六君子图》，并说倪云林的生平妙迹无如此图。图中所画松、柏、樟、楠、槐、榆六树,天真幽淡,寂寥超逸,行列修挺,疏密掩映,是为六君子,画上并有元四家之首黄公望的题诗:

远望云山隔秋水,近看古木拥坡陀。
居然相对六君子,正直特立无偏颇。

《六君子图》画有六君子,《狮子林图》却另画一君子。倪云林一生作画,据说从不写人,空林、空舍、空山、空水,在他眼中,莫非世间竟无君子?惟《狮子林图》里画有一诵经之人,岂非云林子之君子乎?

倪云林一生画出了太多的枯木寒水,《狮子林图》却是他唯一的园林画作。其时正值元季乱世,诸多文士避世入禅。倪云林也是悟禅之人,"逃于禅,游于老,据于儒",此语便出自他的《立庵像赞》。故而,我猜想,画中的孤茕一人,或为邀他绘画的如海禅师,也有可能,那隐出的君子,其实就是云林子入禅的自画和自赏。

狮子林,建于元末,是苏州著名的古典园林,1373 年,年已 73 岁的倪云林过游狮子林,曾赋诗一首:

密竹鸟啼邃,清池云影闲。
茗雪炉烟袅,松雨石苔斑。
心静境恒寂,何必居在山。
穷途有行旅,日暮不知还。

日暮不知还,倪云林又持之澹澹诗笔,对景造意,绘写了《狮子林图》,

柴门梵殿，长廊高阁，丛篁嘉树，曲径小山，给狮子林留下了一幅殊可珍赏的历史原图。画中的图景是狮子林的临照，笔墨的气息却是云林子自家的天香。倪云林画《狮子林图》时，距他的离世已经不到一年。他终于要燃尽了生命的余烬，而以云林的残墨，给历史涂抹一纸别样的园林寒翠。

阅画日久，孙承泽却是已把狮子林，看作自居的退谷，又把画中廊庑间手持经卷的君子，视如平日诵经的自己，恍惚间，竟已觉得，此图是倪云林只为自己所绘，甚或就是自己的前世之笔。寿者孙承泽沉浸狮子林以至如此，谁说不是寿者乐园呢。

而此时，远在苏州城里的狮子林，在时光的斜照里，却已是逐岁蒙尘，日夜无隙而不知其所终。

7.

孙承泽之后，却还有一个寿者，更加痴迷于园林，更加贪恋于《狮子林图》，他就不只是真君子了，更是真命天子，如此这般，此人便只能是乾隆皇帝弘历。

乾隆在位六十年，居然心系《狮子林图》一甲子，御赏于斯，查考于斯，品鉴于斯，弘扬于斯，直把倪云林的《狮子林图》列为"上等收一"，后又编入宫廷书画集录《石渠宝笈》。终其一生，乾隆曾两次御笔临摹《狮子林图》，又十次御题画幅。乾隆固然是有历代无量名迹的书画皇上，却更不枉为坐拥狮子林的帝国狮王，只因那一园，只因那一图。

孙承泽离世后，《狮子林图》遂递藏于退居柘湖的詹事府詹事高士奇。高士奇同为收藏大家，受到孙承泽的影响，也写了一本著名的书画消夏之作——《江村销夏录》。高士奇精赏《狮子林图》，还在画幅上钤上了"高詹事"和"竹窗"两枚私印，雁过长空，影沉寒底。

《江村销夏录》编于康熙三十二年（1693），但书中并未有《狮子林图》的记述，此画其时或已传入他家，或已归藏清府。再往后，初见于清宫文献时，便已是乾隆四年（1739）。这一年，乾隆御题了一首《倪瓒狮子林图》：

借问狮子林，应在无何有。
西天与震旦，不异反复手。
倪子具善根，宿习摩竭受。
苍苍图树石，了了离尘垢。
声彻大千界，如是狮子吼。

此时，乾隆还在困惑之中，倪云林画幅中的狮子林，应在无何有——究竟在哪里？从来没有一幅画如是狮子吼，能让他如此念兹在兹，念念不释。

又过去了整整十八载，到了乾隆二十二年（1757），在第二次南巡途中，乾隆依据倪云林的画本，踏遍了整个苏州府，才终于寻访到已然衰颓败落的一代名园狮子林。

此时，我都不禁要为乾隆暗自赞叹！乾隆，一个狮子林里的守梦人，终于让孙承泽、高士奇，让狮子林里所有的赏园人魂有所归，梦有所依。

然而乾隆却只是说，我今能找到狮子林，幸而有赖于《狮子林图》啊！又喟叹道："翰墨精灵，林泉藉以不朽。地以人传，正此谓耶。"

我欣赏乾隆的为人与为言，林泉借以翰墨，名园赖以故人，狮子林之所以重现天日，还不是因为倪云林的一纸名画，自然也是由于乾隆的襟怀与痴绝。

皇帝都不贪功，岂容他人染指？明代画家杜琼是仿倪高手，曾仿画了一幅《狮林图》，却又不说明情由。乾隆反复参看二图后，两次题跋直言不讳："倪家粉本杜家摹"，"布景笔法全似云林又不言"——对呀，你抄了人家的画，你怎么都不言语一声呢？由此也可见出，乾隆真是一个明君。

乾隆传旨，参照《狮子林图》，重修狮子林。还让词臣画家钱维诚依照修建的狮子林，摹画了另一幅《狮子林图》。后来又授意宫廷画家方琮、董诰，也先后仿画了《狮子林图》。在以后的历次南巡中，乾隆必携图游观狮子林，以图观景，以景赏图，由古来今，由今返古，臻享园中之乐，极尽画事之趣。

但是，乾隆又已不满足借南巡游观狮子林了，更想日日只为园相守，夜夜住观狮子林。于是，乾隆又分别下了两个诏令，于1771年和1774年，在京城长春园和避暑山庄文园两地，以倪云林的画图为蓝本，再去兴建两个狮子林。从此，南北三个狮子林，便让乾隆触目即景，步步赏心，也遍地摇曳着漫天的云林风月。

乾隆尽赏倪云林的《狮子林图》，却疏忽了画幅上的一枚孙承泽的印章，更记不得,曾经有一个退谷的幽人,早已收藏了他的心物经年,但屈指西风几时来,又不道流年暗中偷换。

又过去了许多朝事,当寒鸦飞临在紫禁城的黄昏,当《狮子林图》终被收进了古物陈列所,却有一人,真书古雅,道合神明,在堆叠的文牍上,一遍遍书写着孙承泽的名字,他就是退翁孙承泽的影子,退翁周肇祥。

8.

前面说过,孙承泽在《庚子销夏记》中,记叙了他之所藏《狮子林图》和《六君子图》,其实,孙承泽原本还藏有倪云林的另一幅《徐卿二子图》,谁知他后来竟拿去与人换取了吴镇的名画《松泉图》,所以便未能在画记中写载其状。

我未见过倪云林的《徐卿二子图》,只知有唐代诗人杜甫的《徐卿二子歌》,"君不见徐卿二子生绝奇,感应吉梦相追随……"想必此图应是杜诗的画传吧,却甚是不解,倪云林何时去改画人物了?其实,明代大画家董其昌早就说过:"倪云林生平不画人物,惟《龙门僧》一帧有之。"这样说来,《徐卿二子图》《龙门僧》,再算上《狮子林图》,倪云林绘写人物,至少已有三图。

虽然《徐卿二子图》仍是未知,但是,所换取的吴镇《松泉图》却绝对是画史经典。孙承泽早年仅见过《松泉图》的沈周临本,日后若能得到吴镇的原本,肯定会在所不惜。何况,孙承泽既已藏有倪云林的两幅传世名画,若仅以余粮去接济他人,又换来吴镇的置顶之作,岂不正好?

想必是更偏爱吴镇一些吧，他后来甚至还以赵孟頫的《芭蕉美人图》，交换了吴镇的另一幅《鸳湖图》。孙承泽的不少藏画就是如此地腾笼换鸟得来的。

吴镇，字仲圭，自号梅花道人，与元代画家黄公望、倪云林、王蒙齐名，并列元四家，却终生不仕，卖卜为生，仅以诗文书画自娱，其画风苍茫沉郁，其画韵简淡高洁。临终前自垒坟墓，自书墓碑。我曾寻访到魏塘的梅花庵，在吴镇的墓碑前，长久地怅叹，不尽地伤逝。

吴镇一生与岁寒三友为伴，尽取松竹梅的风韵。画梅，临风带雪，停霜映日，花细香舒，离披烂漫；画竹，枝枝著节，叶叶著枝，风晴雨露，翻正偃仰；画松，扶疏曲直，耸拔凌亭，矫若游龙，高潜入云。冥冥中，我竟觉得，吴镇才是松竹梅的真身——松的风骨，竹的风影，梅的风神。

吴镇画松，最早的是一幅《双松图》，双松耸立，枝干龙钟，相互顾盼，俯仰向背，其缘起或是荆浩的《双松图》。旧传邺都青莲寺的高僧大愚曾写诗向荆浩乞画，诗中写道："不求千涧水，止要两株松"，荆浩果真画了两棵松相赠并回诗道："笔尖寒树瘦，墨淡野云轻。"

这个故事，传之久远。北宋的郭熙早早听说了，就先画了一幅《双松图》，后编入《石渠宝笈》。至清中期，郑板桥也据此画了一幅《双松图》，并有一题："松柏之在岩阿，众芳不及也……松柏之质本于性生，春夏无所争荣，秋冬亦不见其摇落。"

如果说，吴镇初画《双松图》还是摹古，那么，十年之后，他画《松泉图》，则全然是他自己的性味。画幅上的题诗也写得甚佳："长松兮亭亭，流泉兮泠泠。漱白石兮散晴雪，舞天风兮吟秋声……"孙承泽称此画"境界甚奇，以淡墨作一坡陀，巨泉飞落其上，又以古松一株夭矫覆之"。又评说画幅上的长篇诗题："诗、字俱劲逸不可一世，可谓灵心独绝，不可以画笔观也。"

寥寥数语，字字如炬——境在一个"奇"字，心在一个"独"字，松在一个"矫"字，泉在一个"飞"字，诗在一个"逸"字，字在一个"劲"字。孙承泽的画评，钩玄提要，皆为点睛之笔。

北宋丞相王安石留下的两句诗，也似可借来题画，尤可抒其高古之气："森森直干百余寻，高入青冥不附林"；"龙甲虬髯不可攀，亭亭千丈荫南山"。想必王荆公的《天香云峤图》也是如此气象，此画同著录于孙承泽的《庚子销夏记》。

9.

明人恽向这样说吴镇："仲生所不可及者，以其一笔而能藏万笔也。"如此，吴镇便是一笔藏万，亦是万笔归一。

吴镇的《松泉图》，与十年前的《双松图》相比，减了一松，却增了一泉，这一增一减之间，画意却有万笔的不同。一松，才愈见其高；一泉，才愈见其逸。一松，才愈见其静；一泉，才愈见其动。一松，才愈见其独绝；一泉，便在这画幅之上，除此草木之扶摇，更添了水韵之润泽；除此瑟瑟之松风，更添了潺潺之清音。

松之在石，石之在崖，崖之在涧，涧之在泉。有松而无泉，是为景；有松而有泉，是为境。景为物景，不过物象；境为心境，乃为心象。心象，亦即是董其昌所倡言之——意中象。

孤嶂石飞，横崖泉落，一松欹斜，树影欲高，只是，这一株孤松却似曾相识。忆得唐人景云有一首《画松》诗：

画松一似真松树，且待寻思记得无？
曾在天台山上见，石桥南畔第三株。

想不起是否在天台山上曾见了，也许，古干槎枒，奇崛竦立，只是来自遥远的记忆影像，而那影像或许原本就是吴镇其人，禀性孤耿，清高持节，犹如这一株遗世独立的孤松，高入云表，岁寒不凋。

史上画松的名家甚多——

在李唐那是苍劲，在马远那是雄奇；
在赵雍那是旷远，在钱选那是意趣；
在唐棣那是汲古，在王蒙那是翁郁；
在戴进那是浑朴，在沈周那是诗意；

在唐寅那是风情，在吴伟那是恣肆；
在陈淳那是隽永，在仇英那是仙逸；
在弘仁那是出尘，在梅清那是清怡；
在李鱓那是工致，在乾隆那是御笔；

在倪云林那是孤寂。

倪云林小吴镇二十岁，两人寿数相当，运程相近，性情相仿，气节相似，行迹也多重合，却都高标迥立，孤洁自好。倪云林画松，皆如其性之孤冷。不过，他晚年所作的《幽涧寒松图》，瑟瑟幽涧松，清荫满庭户，是松泉景致，然而，又是别样的林泉高致。

霜天万类，各表其美，方为天地；世间之物，各历其时，才是春秋。倪吴二人，有着太多的相和与不和，相同与不同。

黄鸟于飞，集于灌木，其鸣喈喈。

倪云林擅长焦墨，古淡天然，枯笔清奇，惜墨如金，常见疏木寒烟；吴镇喜用湿墨，皴斫分晓，氤氲浸染，滋润融浃，总是遥岑浮黛。二人所绘松泉，云林荒寒，吴镇幽致；云林枯疏，吴镇清润；云林萧落，吴镇苍茫；云林冷逸，吴镇雄浑。

取吴镇的《松泉图》，尽可比对倪云林的《幽涧寒松图》，其景相异，其境相映。两幅名画，观瞻其一，已是大观；再观其二，则为观止。妙观吴倪两家的松泉石上流，始知天地有大美而不言，又知天地有大美而不同，再知天地有大美而不尽，还知天地有大美而不现……

原来倪云林的《幽涧寒松图》，孙承泽和周肇祥两个退翁都无缘以见。只是吴镇的《松泉图》，孙承泽专此写下几行文字，便付与风月。风长月久，流年飞逝，时间的摄影机终于拍到了一个熟悉的身影，那是周肇祥在古物陈列所展开画图，并将这几行已渐褪色的昔日文字，仔细读过：

151

吴仲圭一代高士，绕屋植梅，隐居读易，知元之将乱也。自称梅花和尚，喜画竹而松尤妙，备见孤高特立之致。《松泉图》，尚见沈石田临本，今见庐山真面目矣，退谷八十一老人记。

10.

读罢吴镇的《松泉图》，又于幽僻一隅偶识他的另一幅《松石图》，并邂逅到宋人释天石的一首松石诗："偃盖覆岩石，岁寒傲霜雪。深根蟠茯苓，千古饱风月。"只可惜如此混搭的松石诗画，孙承泽在退谷里却未得一见，故而未能载入《庚子销夏记》。

吴镇的《松石图》，崖石堆叠，老松古崛，遥山远水，雄浑苍润。画幅上置有董其昌的题款："梅花庵主苍松图"，遂知吴镇与董其昌，两人必有时空交错之因缘。过去读董其昌的《画禅室随笔》，就曾见他赞赏吴镇——"大有神气"。

董其昌，字玄宰，明代鉴藏大家，更是声名显赫的书画领袖，继起华亭，风流蕴藉，超越诸家，独探神妙。他早年学画，临池染翰，挥洒移日，便是始于黄、吴、倪、王之元四家，并由此望见古人门庭，膜拜之，仿写之，赏鉴之，收藏之，终于大成，旷古绝今。

董其昌取法吴镇，心摹手追，曾画过《仿梅道人山水册》和《仿梅道人山水图》，气韵俱盛，笔墨积微，精深流逸，独得玄门。在 2010 年的翰海春拍上，董其昌的一幅《仿吴镇山水》曾拍到了 2240 万元。董其昌与吴镇渊源颇深，一生都怀着对吴镇的敬意，如闻吴镇真迹，必欲重价购之。他曾藏有吴镇的《清溪垂钓图》，称此卷是吴镇的得意之笔，又不禁记起沈周的诗云："梅花庵里客，端的是吾师"，原来他也要和沈周一起，拜吴镇为师呢。

董其昌师法黄公望，曾言"元季四大家以黄公望为冠"，自然要临仿他的山水图，并揣摩其妙法。一日，董其昌游走吴中山，策杖石壁下，竟如直面黄公望的山水大幅，居然对景呼唤："黄石公！"董其昌藏有黄公望的旷世名作《富春山居图》，也曾过眼《天池石壁图》的多幅赝本，却不知黄公望的天池真迹，早已传入孙承泽的退谷山涧。

董其昌赞赏王蒙：精于绘理，自出笔意，苍莽秀润，若于刻画之工，元季当为第一。他临仿王蒙的《一梧轩图》，不久即归藏孙承泽，并被写入《庚子销夏记》。孙承泽说，此幅画境已与王蒙不相上下，而设色之妙，王蒙都有所不如。董其昌还藏有王蒙的《松山书屋图》，后来也被孙承泽收入退谷别墅，以至时值炎夏，孙承泽观画后竟说，时久旱热蒸，觉冰雪在怀。

其实，董其昌还是最为推崇倪云林，一生中一再临仿，又题诗甚多，直言"元季四大家，独倪云林品格尤超"，甚至说他韵致超绝，在黄公望、王蒙之上。还称赞《狮子林图》"高自标许如此"，又随口而出：哪里能想到，三百年后，自己却会与此画旦暮相守呢！——哦，原来，孙承泽珍秘的《狮子林图》，竟也是董其昌的旧藏。

董其昌藏画极富，名迹累累，有李思训的《蜀江图》，董源的《潇湘图》，巨然的《山水图》，赵大年的《夏山图》，范宽的《雪山图》，米元章的《云山图》……以致他都不把自诩有一船书画的米芾放在眼里，竟然说"米家书画船不足羡矣"。

不过，我已隐隐发现，孙承泽所藏的诸多煊赫名迹，似乎都是出自董家。不知何故，董其昌与孙承泽原先并无交集，然而，在其生前身后，董其昌的许多画作和藏画便已归于孙承泽了。

到了 1660 年的盛夏，虽然董其昌已经去世七年，但孙承泽观画著书，却似乎才开始与旧日素来隔膜的董其昌执画论道。退谷的云影天光，松风阵起，犹如明清之际两大藏家的风云际会。

11.

董其昌以古为师，通览古今，他出入元四家，又追慕宋元诸家：学巨然，他画了《仿巨然小景图》；学郭恕先，他画了《仿郭恕先山水图》；学李成，他画了《仿李营丘寒山图》；学王诜，他画了《仿王诜烟江叠嶂图》；学米芾，他画了《仿米元章笔意》，又画了《仿米家山水图》。

学范宽，他说范宽山川浑厚，瑞雪满山，寒林孤秀，物态严凝，俨然三冬在目；学赵大年，他说赵大年写湖天渺茫之景，虽师王维，却未能尽其法也；学赵孟𫖯，他说赵孟𫖯"为元人冠冕"，又去画《仿赵孟𫖯秋江图》《仿赵孟𫖯林塘晚归图》《仿赵文敏溪山红树图》。

颇有意思的是，董其昌家藏赵伯驹的《春山读书图》、赵大年的《江乡清夏图》、赵孟𫖯的《鹊华秋色图》三幅名画，他便兼采三赵笔意，画了一幅奇画《仿三赵画》。

董其昌访古师古，求古摹古，又徒生怅然：恨古人不见吾耳！我不禁要问董师，尔恨古人不见尔，尔又如何见后人？生若草木，荣枯有时，叹不能风月同天，今古同俦也。嗟乎，尔之迢递访古路，风景尽在山巅！

画史真如一幅山水大轴，平远、深远而高远。孙承泽观史，由远及近，看古人愈走愈近；董其昌观史，却是由近而远，看古人越走越远。董其昌阅遍明四家的烟墟板桥、篱径茅店，望穿元四家的松林寒涧、渡艇刹竿，又掠过宋人的菰渚柳堤、戍垒沙岸，终于窥到五代的渺渺其崖，悠悠远山。远山如黛，远水如烟，竟似有董其昌的几行清隽小诗若隐若现：

只谓一峰秀，不知犹数重。
晚来云影里，更见两三峰。

董其昌远观五代山色，峰峦缥缈，秋水烟岚，浮光杳霭，孤鸿落照，那一峰之秀，分明是董源笔下的江山风物，淡墨笼染，云收天碧。

董源，南唐后主李煜的北苑副使，人称董北苑，是五代的南唐画家，鼎跱百代，标程前古。黄公望说：作山水者必以董源为师法，如吟诗之学杜甫也。似可再加上一句，如咏词之学李后主也。董源滥觞了宋元的山水画卷；与此同时，李煜掀开了宋词的唯美序篇。

南唐何其幸焉，立国三十八年，登位过一个能写得一手金错刀的词帝李煜，又走出来一个江南水墨山水的宗主董源。当北宋的季风吹落南唐最后一缕残云，在历史的记忆浅表，再不闻万物的悲秋之声，南唐便只有诗画的缱绻，便只有风月的清明。

董源何其幸焉，侍奉一个诗才卓绝的天之骄子，尽可把南唐后主的靡丽词章，蕴于毫末，出之楮素，又可把一朝诗君的凄美幽思，付诸山水，寄予霞绡。

一重山，
两重山，
山远天高烟水寒，
相思枫叶丹。

菊花开，
菊花残，
塞雁高飞人未还，
一帘风月闲。

李煜的一首《长相思》，写尽了花间的一帘风月闲，而相思中，那山远天高的烟水，塞雁高飞的云间，莫不就是董源的潇湘图卷？君臣二人，既是情志相投的挚友，又是游走山水的同伴，如此的主仆，世间百代，绝无仅有，望若而叹。

董源以吴楚山水为稿本，墨染云气，丹碧掩映，晴雨晦明，天色流变。宋人沈括说他画笔草草，近视几不类物象，远视则景物粲然。因为，董源的远山，萧然有卓绝之姿，只在烟尘之外；董源的遥水，泠泠有清渺之媚，原是玉壶冰心。

12.

董其昌到处搜寻董源的画幅，一不小心，就寻到了董源的绝世佳作《潇湘图》，那是最美潇湘——江岸苇渚，映带千里，幽林深蔚，烟水微茫。董其昌总不小心，又先后收进了董源的《蜀江图》《夏山图》《云山图》《溪山图》《商人图》《征商图》《寒林重汀图》《溪山行旅图》《龙宿郊民图》《秋山行旅图》《秋江行旅图》，尽是烟霏雾结，满纸云霭，平沙远渚，方外清流。董其昌一生都在收藏董源，董源的存世名迹也大都为他所尽藏。

董其昌之于董源，不仅是其第一藏家，更是其第一仿家。能藏，方能见其精妙；能仿，方能知其幽微。藏董源，难而又难；仿董源，不难而难。摹仿本在似与不似之间。似或不似，不难；似而不似，尤难。不似，则无一是处；太似，或又丰神尽失。清人方薰便说，摹仿古人，最初唯恐不似，既而又唯恐太似。不似则未尽其法，太似则不为我法。法我相忘，才能平淡天然。

董其昌以沈周为例，说沈周凡遇诸贤名迹，无不摹写，亦绝相似，甚或超乎其上，唯有倪云林的淡墨最为难学。沈周却能老笔密思，与云林的笔墨若近若远，若即若离，尽得倪云林萧散秀润之神韵，因而最为逼真，也是沈周平生最为得意之笔。

太湖之滨有一座弁山，赵孟頫、黄公望都曾登临弁山，传写神照，绘制《青弁图》，又俱为绝顶之作。只是，董其昌偏说山川灵气无尽，因而在二人的笔墨蹊径之外，又别构一境，此中方得摹古的旨趣。

董其昌藏有赵孟頫画洞庭两山二十帧，皆学董源，由此旁窥了仿写董源的妙秘之道。董其昌却更要把五代的气息，南唐的精神，江宁的烟雨，后主的风情，丝丝缕缕，融入董源山水的描摹之笔，映现一个他印象中的古美画境，寥廓而虚灵，混沌而清澄，苍茫而简远，浮幻而天成。

董其昌仿董源，有时他会自说："仿吾家北苑。"原来他早已自视得了董家的真传。

他仿董源画了《夏木垂荫图》，孙承泽说他仿得真好，颜色苍翠欲滴，就是董源自己亦未必能及也；他画了《山水卷》，孙承泽说他表面上是仿米芾，实则是全学董源，此卷不知者以为仿米芾，哪知是仿董源呢；他画了《仿董北苑画》，孙承泽说他全用董源画法，而不重蹈元人一笔一画矣；他画了又一幅《仿董北苑画》，孙承泽说他以临董源的画为胜，南宋元明诸家未敢望其项背矣。

董其昌说黄公望"诗在大痴画前，画在大痴诗后"，他自己又何尝不是如此？董其昌原本就是一个诗人，又极爱四处题诗。何况，在他眼中，董源是一个诗性画家，无诗便不可以仿董源。董其昌的《夏木垂荫图》作于1619年，原本有题无诗，七年之后，七十二岁的董其昌又补上了一首诗题，如此，临摹董源的夏木垂荫之笔，便更加纵逸多姿，碧玉妆成了：

柳条拂地不须折，竹枝入云从更长。
藤花欲暗藏猱子，柏叶初齐养麝香。

在董其昌离世后，他一生收藏的董源山水散佚殆尽，多归商丘收藏大家袁枢所有。而他的许多摹仿董源之作，却是迢迢间风月，平落于遥远的退谷，让孙承泽在一幅又一幅的忘情赏鉴中，慢慢地度过这个炎热的夏天。

据孙承泽在《庚子销夏记》中所述，《夏木垂荫图》是在董其昌去世后，由其孙带到京城卖给他的。起先我总有疑惑，孙承泽究竟有何妙法，能获取董家的旧藏，又如何能尽收董氏诸多的仿古画作，原来，古物也自有其聚散的因果和宿命，天机和法门。

我仔细探循着古物的法门，移步换景，移形换影，我的视线，便从清初的退谷，投向民国那间我已渐熟悉的古物陈列所，望见所长周肇祥，正在将董源的《龙宿郊民图》和董其昌的《夏木垂荫图》，二帧并置，目光如鸟，看董其昌如何仿董源，看董其昌如何以古人的法度，运自己的心思。

而我又分明望见，周肇祥提笔吮毫，墨着缣素，远摹董源，近仿董其昌，画下一幅清雅的山水图，百滩流水，万壑松风。

13.

《庚子销夏记》记有孙承泽所藏的十六幅北宋绘画，方才知晓，那些早已形成我们集体记忆的国之瑰宝，当年就庋藏在孙承泽的退谷里。然而，当我读罢《庚子销夏记》，心中却有一丝怅然。孙承泽明明藏有崔白的名画《芦雁图》，却未见书中有一字提及，莫非芦雁早已远离此地飞临别处？此情既久，或不可究，只知，民国时分，古老的芦雁便已掠过悠悠时空，雁落平沙，潜入了周肇祥的古物陈列所。

崔白是北宋名家，擅画花鸟写生，敷彩清澹，笔踪难寻，为宋神宗所赏识，授为待诏，其代表作便是《芦雁图》和《寒雀图》。《芦雁图》本是孙承泽心爱的旧物，他曾经自表芦雁，在《芦雁图》上题诗一首，隐喻自己的清绝幽寂：

白露苍苍已结霜，蒹葭深处独徜徉。
羽毛无损性情适，不羡高冈有凤凰。

我喜欢这诗意,甚至也想象着自己也是情适一羽,聊以孤赏。只是我尚未观到此画,更谈不上赏此诗题,也一直遗憾从未见过孙承泽的书迹。孙承泽本是一个书法鉴藏大家,虽然他不以自己的书法名世,但却让我不由得对他的书迹产生好奇和期待。

孙承泽饱览诗书,对书法颇有造诣,他曾写有书帖专著《闲者轩帖考》,也编纂过《研山斋墨迹集览》《研山斋法书集览》,更不用说,他一生中收藏了那么多最重要的法书名帖:《王羲之裹鲊帖》《王献之地黄汤帖》《陆柬之书陆机文赋》《孙过庭书谱》《范仲淹二帖》《苏轼苦雨诗》《黄庭坚松风阁诗》《米芾天马诗》《秦少游论书帖》《赵孟𫖯临绝交书》……

东晋升平二年(358),王羲之书小楷《曹娥碑》。孙承泽藏有王羲之《曹娥碑》的宋拓本,此本曾入藏宋高宗御府,弥足珍贵。孙承泽竟以此书喻为曹娥之美,静婉贞淑,如见其人,真可倾国,又可称量天下之书。孙承泽读帖那日正是初伏,天气蒸雨,数年来无此奇热,他却说阅此帖殊觉清风习习,恰似赤脚踏层冰也。

"居高思坠,持满戒盈"的谏诤名言,出自唐人魏徵所撰《九成宫醴泉铭》,后由大书法家欧阳询书丹而成。《醴泉铭》乃欧阳询晚年经意之作,字形随势赋形,气韵疏朗萧然,被赵孟𫖯推为楷法第一。孙承泽早年曾得《醴泉铭》善本,得而复失,后又失而复得,世事难料,此言不虚。孙承泽称此本如草里惊蛇,云间电发,拓法甚精,真乃宋人本也。又说欧阳询书多带隶法,而后来的拓本多失书家妙旨,故必以旧本为贵。

孙承泽还极赞孙过庭,说他是有唐第一妙腕,所写《书谱》,天真潇洒,掉臂独行,于王羲之无意求合又无不宛合。又忆起自己弱冠之年,即见文徵明的著名丛帖《停云馆帖》收有此帖，一见倾心。后又见过宋人刻本，更加喜爱。直到甲申年见商人售此真卷，阅之惊叹欲绝，却因索价太高，只能放弃，以至惜惋竟日。没想到，六年之后终又复见，始得购藏，并于庚子之夏取出披阅，感慨良多。

孙承泽又说到宋代书法四家，黄庭坚把苏轼列为第一，称他的书法蕴含文章忠义之气，孙承泽因此赞叹，此乃苏轼知音也！南宋词人姜夔曾说"人品不高，落墨无法"，清代学者何良俊也说"人品高旷，故神韵超逸"，因而古人向来最为看重书人的人品。

苏轼被贬黜时，他的书画又多因元祐党案，被付之水火，故而存世稀少。孙承泽旧时曾藏有苏轼的书法《苦雨诗》，被公认为苏轼最属意之书，指顶行楷，神韵备足，却于兵乱中遗失。未承想数年之后，孙承泽又从商人手里买回故物，续写了另一段书画奇缘。

14.

读过《庚子销夏记》，我更想一睹孙承泽的书法神采了。孙承泽忆旧，说他年少时临米芾的法帖，不得其运笔结构之妙，徒得离奇，走了弯路，近年再玩赏米芾的墨迹，才从中悟得晋书的妙法。孙承泽是一个用心的学书之人，他出入晋唐，研习名迹，鉴藏法书，刊集丛帖，尤重风韵散淡的晋人帖学。

朱彝尊，号竹垞，清初大学者。偶阅他的《曝书亭集》，见书中记载，康熙九年（1670），他从济南来京访见孙承泽，观赏名帖《汉丹水丞陈宣碑》，还请孙承泽为自己题写了"竹垞"二字。朱彝尊是何等牛人，竟迢迢路远讨得孙承泽题写的名号，可见朱彝尊对其人其书的拜服。

孙承泽八十大寿时，大收藏家梁清标特赋诗一首：

藤荫古坞历春秋，故纸婆娑自校雠。
海鹤丰神犹健饭，闭门床下写蝇头。

这首诗倒像是一篇纪实，写出了八十岁老人孙承泽每日的四件事：乘凉，读古旧图书字画，吃饭，写蝇头小楷。我尤其佩服老人尚能书写蝇头小楷，说明他元气充盈，笔力雄健，便又联想到人书俱老、笔致精微的文徵明，两人也多有相似。只是不知何故，孙承泽的墨迹传世甚少，寥若晨星，又不知去何处找寻。

茫然若迷，古籍学家杨璐先生忽来一纸，原是孙承泽的尺牍《方蛟峰集璧帖》，竟令我有人生初见、见字如面之感。方蛟峰是南宋政治家，此帖出自《昭代名人尺牍》，隐约可见苏东坡的韵致和赵孟頫的笔意，风骨内柔，神明外朗，清和秀润，风韵绝人，虽不知其书之缘起，却已令我珍赏不已。在晦暗的光线下，孙承泽的墨书犹散发着沉郁的乌光，我看到，那迷蒙的光韵，依然摇曳着当年退谷的风月。

读孙承泽的夏日长文，我注意到他说，唐人书法中最令他心折者，唯有孙过庭《书谱》和陆柬之书陆机《文赋》。陆柬之所书脱胎于《兰亭》，风骨内含，神采外映，字字圆秀，精绝一世。然而，当我观览全卷，才发现卷后附有赵孟頫、揭傒斯等多人的题跋，居然还有孙承泽的跋文，笔致圆润，神俊超逸，温厚精严，冲夷和易。如此踏破铁鞋，竟至不期而遇，见此邂逅。

后来，翻阅往年的拍卖图册，又偶然得知，在 2006 年的西泠春拍上，曾拍出孙承泽为《唐人临孝女曹娥碑》书写的跋文原迹。孙承泽称唐临晋帖，下真迹一等，以其风流未远，摹仿似也。又说此书真乃稀世之珍，岂人间所得而亵玩者哉！览其笔势：尽取晋法，萧散古淡，妙于翰墨，沈著飞翥。

没想到，时隔数日，我竟又寻到孙承泽为宋拓《黄庭经》书写的一段跋文墨迹。《黄庭经》是王羲之的小楷书作，其法极严，其气亦逸，相传为王羲之以书换鹅之经，有诸多名家临本传世。孙承泽的这一段跋文，也写得虚和圆融，跌宕流美，兴之所至，毫端毕达。此帖原为宋高宗玩赏之物，孙承泽称之为"不世之珍"，说他每日清晨都要坐小窗下，旭光满室，开卷欣然。

此时，也是炎炎夏日，也是清晨时分，也是风影窗下，也是遥想故人，我观赏着这几帧如幻如影又如诗如画的罕世妙迹，忽而想到，孙承泽的存世法书固然少见，但是，在那个庚子年的夏天，他一定会在更多的历代书画法帖的边角，洇染上松柏掩映的斑斑墨痕，遗落下退谷溪涧的夕阳照影。

少顷，我看见，孙承泽从窗下起身，拈起毫颖细笔，展素落墨，又写下一篇诗题，起落转换，高下疾徐，潇洒古澹，优雅飘逸。

15.

孙承泽虽然不是书画名家，但却是清初第一大书画鉴藏家。1676 年，孙承泽离世，从此，他的书画珍藏便开始了远哉遥遥的飘零之旅，或归于望族，或收于藏家，或流转于市肆，或湮没于烟尘，退谷别墅也渐渐成为一座空舍,多少年后,这座空落的房屋,连同经久不散的故人气息,也一同转给了周肇祥。

其实,孙承泽在世时,他所藏的书画碑帖便已减去大半,许多都失之战乱,孙承泽自己便说,甲申三月之变,历代秘珍一朝散佚。当然,有失必有得,失之东隅,收之桑榆,乱世之中,孙承泽也收进了明朝内府和私家的许多流散之物。

孙承泽散之友人的书画也不少,有些是交换,有些是赠予。如此,便不能算是简单的亏损,也许,孙承泽得到了更多,那是友人的相知,收藏的佳趣,还给满则招损的宝物安排了更好的归路。

唐代画家阎立本的《孝经图》,原为明朝大内旧物,从宫中流出后,初为孙承泽所藏,再往后,便传至收藏大家宋荦。孙承泽是宋荦父亲宋权的好友,宋荦也以孙承泽为师。《孝经图》经孙承泽之手递于宋荦,当是这一唐代名物最好的去处。

给孙承泽题诗贺寿的梁清标,同为北方收藏家之执牛耳者,仅藏书就多达十万余卷,而且也是孙承泽一生的好友。孙承泽所藏的一些重要的书画,如荆浩《匡庐图》、韦偃《牧放图》、黄庭坚《诸上座卷》、宋徽宗《柳鸦芦雁图》,后来都陆续转予了梁清标。

孙承泽还有一收藏至友曹溶,曾以北宋画家王诜的《烟江叠嶂图》赠予孙承泽。孙承泽说王诜文藻风流掩映一代,水墨山水仿李成,青绿山水仿李思训。似相识,这是一幅怎样的画卷呀:春风摇江,暮云卷雨,浮空积翠,寂寥迷离,悠然有海阔天空之妙,直看得古董商张云庵心旌摇曳，爱不释手……孙承泽遂又慨然转赠于他。

孙承泽的许多旧藏释出后，宛若高山落泉，又如一江春水，滚滚东去，经过后世的层层递藏，代代传承，最终从退谷潺潺流进了紫禁城，成了清宫的御藏，并于民国时期归藏于古物陈列所。

当熹微的光线投进古物陈列所的窗棂，周肇祥正在窗下恭笔誊写《古物陈列书画目录》，只见孙承泽旧藏的书画均已编录在册，尽是李成、荆浩、倪云林、吴镇、董其昌等人的诸多画迹，更有陆柬之书《文赋》、孙过庭书《书谱》、崔白的《芦雁图》、李公麟的《摹韦偃牧放图》、黄庭坚书《松风阁诗》、赵孟坚的《水仙图》、钱选的《山居图》、赵孟𫖯的《枯木竹石图》……

而在古物陈列所的窗外，风雨潇潇，清尘影影，筼筜怀风，群鸦落遍。本是空寂的院落里，却不时传来一阵阵喧响。

1933年，故宫发生了一件惊天大事：文物南迁。周肇祥在中南海成立了北平市民众保护古物协会，自任主席，通电全国反对故宫文物南迁，却遭秘密逮捕。与此同时，19557箱故宫文物悄然启程，舟车南渡。

多年以后，10000余箱文物运回北平，2972箱文物运至台湾，2221箱文物滞留南京。孙承泽的旧藏书画，大多都已渡海去了台湾。周肇祥望天徒叹，又望洋兴叹。一部大清三百年的书画传奇，到此戛然而止；两个退翁的退谷风月，从此黯然无光。

周退翁拱手他身前的孙退翁，而孙退翁却不见他身后的周退翁。风月无情人暗换，旧游如梦空肠断。欧阳修的一首《蝶恋花》，说尽了两个退翁的书画因缘，却写不尽一迳退谷的山林遗墨，空谷余音。

16.

我又从岁月中返回到退翁亭，退翁亭却还在岁月中。

那些年间，先后有两个礼部尚书去退谷看望过孙承泽，自然也都与孙承泽同游过退翁亭，诗人笔下的退翁亭或许是退谷最具诗意之地。小亭前，溪水岸，礼部尚书王崇简留下了一首诗韵清扬的《题孙北海退翁亭》，礼部尚书胡世安则写出了一篇文辞翰藻的《退谷赋》。这一诗一赋，后来都被孙承泽辑入《太平广记》。

王崇简《题孙北海退翁亭》
卧佛廊西去，深岩小径平。
地因荒刹旧，亭得退翁名。
旷野凭栏出，幽泉绕谷生。
柿林修竹里，随处作秋声。

胡世安《退谷赋》
兰若兮高下，亭榭兮纷寅。
泉石兮错落，松桧兮轮囷。
……
烟霞芜径，兰芷存圃。
人亦有言，闲者是主。

退翁亭，以退翁而名。而孙承泽，既不以书名，也不以诗名，但他无疑是一个书法家，也是一个诗人，只是他的行状，都为收藏家的大名所掩，而我却会更加关注他的书迹，他的诗迹，因为，那才是他真实表露的心迹。我喜欢孙承泽如此曼妙的诗吟：

漫启小窗看皓月，试烹藏茗听春潮。

在退谷里，我还曾捡拾到孙承泽遗落的闲笔佳句：

莺啼青谷口，犬吠白云隈。
睡起茶方熟，诗成雨欲催。

唐人许浑说"山雨欲来风满楼"，孙承泽偏要吟"诗成雨欲催"，都是山雨欲来，孙承泽却还有诗句妙成。诗人不可一日无诗，诗人也不可一日修成，难得有清明的诗境，必是精神上之大成者，这样的收藏家，便是不以物喜，不以己悲，抱一而为天下式。

孙承泽最欣赏文徵明的一句诗："去来不用留诗句，多少苍苔没旧题。"他自己也写下这样的诗句："非君多道气，谁为破苍苔。"未承想，脚下的离离苍苔居然也蕴含了那么浓酽的诗味。

孙承泽生前，他的重要著述大多没有刊行，连《庚子销夏记》也只有抄本。也许，他的一生只要拜观古人的书画，便顾不上整理故纸，更没有闲心去吟风弄月；他的一世也只要欣赏心中的山水，并不在意门前的苍苔，哪怕自己跌滑在地。

时隔六个甲子，也是庚子年的夏天，我刚刚读完《天府广记》，又去读《庚子销夏记》，晨读过，夜读过，晴读过，雨读过，却已记不清，曾有多少次被震撼过，感动过。我震撼，是因为如此历历的旷世名迹，却原来都是出自孙承泽的退谷；我感动，是因为那么满满的鉴藏箴言，却原来都是写自孙承泽的一个骄阳似火的夏天。

孙承泽择山而居，居山观画，不知他是以山观画，还是以画观山，只记得他曾有一妙喻：北望退谷，绿荫掩映，竟如董源巨然的妙画悬挂在山壁之上。欧阳修说醉翁之意不在酒，在乎山水之间；却原来，退翁之意不在山，在乎书画之间。书画便是孙承泽的山水。

在那个庚子年的夏天，当孙承泽把退谷书屋的276件书画碑帖逐一展读，并记入《庚子销夏记》时；

在这个庚子年的夏天，当我的手指一页页地翻过孙承泽鉴赏这些名迹的文字，并拂去历史的尘埃时；

当山谷回荡着三百六十年间清脆的莺啼，又悄悄隐于沉寂时；

当天空摇落下整整六个庚子绚烂的光影，又渐渐归于暗淡时……

我便读出了一首庚子之夏的漫漫长诗，在无边的风月之际。

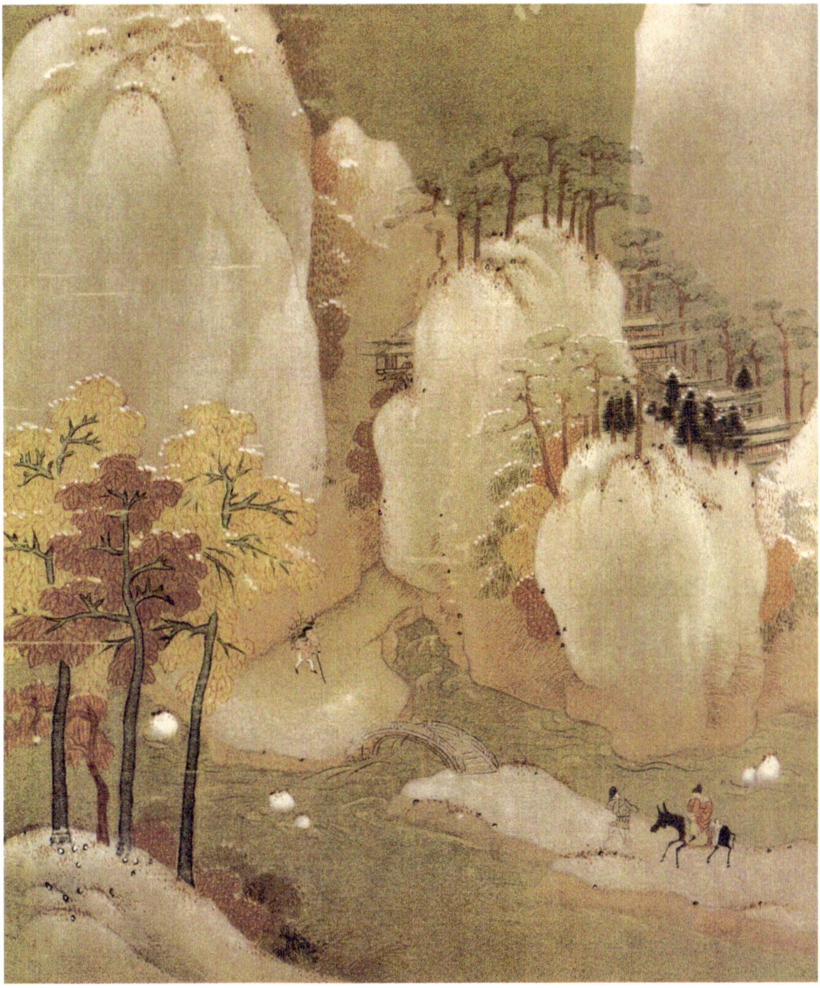

畅春园里的守望人

引言

北京市海淀区颐和园路 5 号，是北京大学西门。隔路相望，有两座孤零零的山门，突兀而立，相依相偎。雍正、乾隆年间，此处是两座寺院，一座叫恩佑寺，一座叫恩慕寺。如今寺院久已不存，唯余两座空落的山门。穿过山门或可进入佛寺，遁入空门；或可进入历史，方知寺院之地原先乃是畅春园的清溪书屋故址。

深秋的夕阳之下，我探进山门，寻访康熙皇帝的畅春园，却四顾茫然，秋水无迹。原来，佛教也好，历史也好，讲的都是一场空无。空无中，却捡拾到了我的朋友王原祁遗落了三百年的两句残诗：

雁叫寒汀秋水白，
马嘶断渡夕阳红。

1.

观 2020 年西泠印社春拍，见到一幅清初大画家王原祁的《仿王蒙山水》，渲染烟云，涵茹风雅。已知此画曾经清代收藏家钱培益、潘祖荫递藏，千寻之下，风流弘长。

王原祁的这一幅画作曾出现在 2012 年的匡时春拍上，其时画名为《层峦耸秀图》。六年后，这幅画作又再次出现在 2018 年厦门保利的秋拍上，缣素辗转，续写传承。直至此次春拍，重新更名，浮现西泠，宝若拱璧，珍比连城。

然而，我更关注的却是画幅上那一行简短的题识："癸未冬日仿黄鹤山樵于海淀寓直，王原祁"。我还注意到画幅上落有五方钤印，其中一方是"御赐画图留与人看"，另有一方是"西庐后人"。

我刚又读罢康熙的《畅春园记》，我的思绪，便从这画幅之上，倏然回落到三百年前的畅春园，千巡有尽，寸衷难泯，犁雨锄云，聊记岁月……

癸未年即是 1703 年，其时王原祁 61 岁，正值人生的晚秋。王原祁师古，其画题多为临仿先贤，这既是向古人鞠躬学习，也是标宗立派，指明渊源，达诂古卷，六法如是。

黄鹤山樵是元代著名山水画家王蒙的别号，王蒙与黄公望、吴镇、倪瓒同列元四家，笔意磊落，超然尘表，萧散秀润，纵逸多姿。倪瓒赋诗于他：王侯笔力能扛鼎，五百年来无此君；董其昌赞他为天下第一；王原祁也说他是元四家中的空前绝后之笔。

海淀寓直是王原祁入值康熙皇苑畅春园的值所。畅春园是康熙避喧听政的乡野御园，康熙说，光天之下，欢快祥和原为畅，四时皆春故尔春，畅春园即此畅春之意。康熙一年中多半的时间住在畅春园，身为康熙的书画侍臣，王原祁常年在畅春园中值守，侍奉康熙御赏书画。

钤印"御赐画图留与人看"，乃因康熙赐王原祁"画图留与人看"，故王原祁镌成此印钤于画幅。康熙赏识王原祁的文章翰墨，曾观其濡染作画，不觉日影西移。

钤印"西庐后人"——西庐即大画家王时敏，晚号"西庐老人"，清初四王之首，是王原祁的祖父，故王原祁落印"西庐后人"，既表明对先祖的尊奉，也自谓承续西庐真传。

王原祁在许多画幅上都留有题跋，或漫题数语，或凑成长款，记述了他作画的缘由、过程、心绪、思语，这不仅仅留下了珍贵的书迹，更是传下了遗世的文字。

在王原祁的水墨山水一侧，那些画跋的离离墨痕也是他的文字山水。1710年，王原祁曾画《红香夹岸图》，自言"画以达情，诗以言志"，并题诗一首：

桃花烂漫入春阑，
三月红香夹岸看。
不逐渔人寻避隐，
还从江上理纶竿。

谁说这诗题不是一篇心神怡逸的文字山水呢？所以，我观王原祁，赏画又赏画跋，便可以双份地欣赏他笔下的江上风烟，水流云澹。

我漫观了王原祁在畅春园的幅幅画卷，也阅遍了画卷上的款款画跋，让我在古老的丹青之下，也在漫漶的文字之间，隐约看到一个画师在畅春园的如幻背影，恍惚而明澈，古奥而清幽。

2.

王原祁，号麓台，清康熙年间的山水画家，清初四王之一。清初四王乃王时敏、王鉴、王翚、王原祁四位书画大家，王时敏、王原祁祖孙二人位列一首一尾，占据了赫赫四王的半壁江山。

王原祁以绘画供奉内廷，官至户部左侍郎。自1700年始，入侍南书房，后又入值畅春园，一年四时，从以笔管，临池染翰，挥洒移日。

在其画款上，我能查找到他在畅春园作画的最晚记录是1715年中秋，由此可知，栖止于畅春园，王原祁浸染了十五年的丹青，画出了生命的晚晴，淡而弥永，久而弥笃，晴峦云鹤，枫叶流丹。1715年的中秋之后，74岁的王原祁，驾鹤西游，松隐幽归，月落星沉，灵泉音绝。

清溪书屋是康熙在畅春园的寝宫，由此沿院墙移步往南，便是南书房的翰林们进出御苑的小东门，设有翰林直房。1703年，康熙亲诣此地，修建了一座三进院落，第一进院落是上书房翰林直房，后两进院落即为画院，这便是王原祁值守和作画之处了，也是距清溪书屋最近的宫房。

此年，此地，王原祁画下了我在西泠拍卖关注的那一幅《仿王蒙山水》。

如此看似寻常却又不寻常的山水画作，纵横离奇，莫辨端倪，却隐隐浮幻出王原祁在畅春园的流年画事，列星随旋，日月递炤，诗成珠玉，纸落云烟。

我最初曾想：王原祁入值畅春园后，便总是一遍又一遍地仿画王蒙，这其中，会不会有什么特别的缘故？或者，能不能探究出什么特殊的情由？

在此之前的1701年，王原祁刚刚入值畅春园不久，就曾画过一幅《仿王蒙山水》，也许是谦词，也许是对自己的画尚有不满，王原祁在画跋上只是自认痴钝，说自己未得古人高澹流逸的风雅。

再回到1703年，王原祁还曾画过另一幅《仿王蒙山水》，而且，他还落下了一段颇有心得的画跋，他写道：王蒙的画法变化，学之者每每不能得其端倪，我以为王蒙用笔实有本源，王蒙乃深得董源和巨然的精髓。

董源和巨然，是五代至北宋时期山水画的宗主，墨染云气，天藻临池。北宋大家米芾就说董源"格高无比"，说巨然"最有爽气"；元代大家黄公望说作山水画必以董源为师法，如吟诗之学杜甫也；董其昌说王蒙以董、巨起家成名；王原祁也说他少年时便得到祖父王时敏的指授，明白董源和巨然乃是绘画法派的正宗。

原来，王原祁仿画王蒙，是为了探求其画法的本源，以古为师，信而好古，如将不尽，与古为新。董其昌曾说王蒙其画皆摹唐宋高品，王原祁也说王蒙全然是师以董源和巨然，最终变成了自家的风格。

越过 1703 年，到了 1704 年，其间王原祁在畅春园里，又用了一年的时间感受皇苑内外的莺飞草长，水流云散，钟灵毓秀，落晚芳菲，在岁时变化中，修养心性，再仿王蒙，又完成了另一幅《仿山樵山水》。

这一次，王原祁题写了长款：我这一幅仿作王蒙的画，画了一年，历夏经秋，方知王蒙乃是在岁时变化中归于平淡天真。所以，我常说，画中可见人的心性修炼和诗书之气，从中可以学到养心之法呀！

这一段题跋，又说明了他仿画王蒙是为了学到养心之法，归于平淡天真的至境。余以为然，便把这一句画跋默默记下了：

余常谓画中有心性之功、诗书之气，可从此学养心之法矣。

3.

王原祁更有一幅耗时多年的《仿王蒙山水》，1701 年即落笔，却因畅春园的公务所羁，久而未成，直至 1705 年方才脱稿。跋文虽然不长，但却深有意味。

王蒙的画风繁密深秀，色墨郁然，山重水复，浑厚华滋。而名家大多用笔高简，以简为尚，却为何王蒙独用繁笔？原来繁简只在一念之间。王原祁明白王蒙乃是心绪简淡，大化天然，以繁为简，以变为简，又能借笔为墨，借墨为笔，笔墨之妙，变化无端。

与王原祁同时期的画家恽寿平也说：

古人用笔，极塞实处愈见虚灵。

又过去了一年，在1706年，王原祁再画《仿王蒙山水》。这一次，王原祁在跋文中依旧推赞王蒙，他说，王蒙的扛鼎之笔，力在神不在形，他以清坚化为柔软，以澹荡化为夭矫，犹如画中之游龙也。

1707年，王原祁继续仿画王蒙山水，却是别有感言。先祖父王时敏曾藏有王蒙《灵泉清集》和《丹台春晓》二图，是王原祁学画的最初摹本，自幼时便得以临观，并延续了一生。王原祁自检，这一次的仿画，不知能否得到其神貌之万一？

到了1708年和1709年，王原祁又先后两次仿画王蒙。展观画跋，可见王原祁在畅春园里心绪畅然。在1709年的画跋上，王原祁说他正在园内听候陪宴，兴致甚好，便不禁摹画王蒙笔意，并记其事；而在1708年的《仿王蒙长卷》上，王原祁更是题写了一篇长长的美文画跋，舒展开来原是一幅畅春园的美丽画卷。

拨开如木叶一般披离的文字，我见他在畅春园里踽踽而行——目光所及，心所畅然；移步换景，天地为春；临景抒怀，映写山水；借景生情，笔墨为真。

画家远望西山——都城之西，层峰叠翠，西山龙脉自太行山蜿蜒而来，起伏结聚，山麓平川，回环几十里……

画家近观御苑——芳树甘泉，金茎紫气，瑰丽郁葱，御苑在焉。此地遍是郊野风光却又如同蓬莱和阆苑的仙界，置身其际，便可尽享盛世之美景……

王原祁不禁喟然感叹：我入值畅春园多年，尽在晨光夕照之中，享受皇苑之清华，远眺西山之爽秀，令我旷然会心，能不濡毫吮墨，以真笔墨画真山水吗？古人如是，我亦如此。

此处，王原祁其言昭昭，言明了他仿画王蒙的又一个缘由——要以真笔墨画真山水。我已记不清，王原祁说过多少遍真笔墨，又讲过多少遍真山水，但只见他的笔墨山水，地遥天迥，风熏草暖，轩楹雅素，落月窗前。

过去读过李白的一句诗，早已忘记，忽而想起，觉得多少有些近于此时的王原祁，便取来借用于兹：

我闭南楼看道书，
幽帘清寂在仙居。

王原祁在畅春园的幽帘里，先后九次仿画王蒙，又九次题写画跋，以题解画，以画证题，循环往复，九曲流觞，其实，就是在勾勒一幅自己的心灵山水，描绘一隅自己的精神花园。

当王原祁落笔写下一段段画跋，当三百年的远风把这些跋文轻轻漫抚，微微飘摇，前后贯联，缀合成篇，我便看到，畅春园里的那个画家，挥毫命楮，精笔妙墨，乱叶飞丹，积雪凝素，终是以古为师，以心为法，淡沱似春，道法自然。

4.

1626年，王原祁的祖父王时敏也曾画过一幅《仿王蒙山水》，丘壑浑成，烟霭微茫，笔清墨润，运腕虚灵。三百年后张大千和顾麟士书写了题跋，又曾经收藏大家戴培芝递传。待我见到此画时，已是在2007年西泠秋拍的专场上。

王原祁少时在祖父身边学画，他一定是见过王时敏《仿王蒙山水》的，所以，王原祁的笔墨，仿王蒙，也兼仿王时敏，王时敏和王原祁祖孙二人的《仿王蒙山水》，也可比照着做壁上观。

王时敏不仅是王原祁的祖父，还是他鸿蒙初辟的书画师父。因王时敏曾任太常寺卿，故世称王奉常，王原祁也称他为先奉常。王原祁的许多画款上，总会讲到先奉常对他的教诲和影响。

王时敏也有一个好祖父王锡爵，王锡爵是明万历朝的大学士，又富收藏，嗜古成癖。王时敏自幼侍祖父侧，姿性颖异，淹雅博物，文采早著，画有别才，备受祖父喜爱，这也正如同王时敏与王原祁的祖孙情景一般。王时敏说他在祖父膝下，从来都是见王锡爵拥炉剪烛，谈经论道，而未尝一言及于荣华富贵。

如果说，王原祁和王时敏都有一个好祖父，那么，王蒙则有一个好外公赵孟頫。赵孟頫，元代初期的书画家和诗人，世称"元人冠冕"。王蒙少承家学，学画之初便受赵孟頫指授，终于大成。赵孟頫的诗文清奇高古，飘然出世，更是给王蒙以沾溉。秋日里，赵孟頫曾画一幅山水卷，又题一首隐逸诗。外公的好卷，王蒙当然观过；外公的好诗，他又怎能没有吟诵过——

霜后疏林叶尽干，
雨余流水玉声寒。
世间多少闲庭榭，
要向溪山好处安。

王蒙一生好隐，在山里晦迹隐世了近三十年，先后隐居过两个黄鹤山，便自号黄鹤山樵，画了《夏山隐居图》《青卞隐居图》《夏山高隐图》《溪山高逸图》《秋山草堂图》《春山读书图》，都是山中的隐逸之作。所以，王蒙隐在黄鹤山，才真正是以真笔墨写真山水呢。

只是不知，为何王蒙少有诗作，只在《草堂雅集》中收录有若干首，如他在元至正廿六年（1366），为友人刘性初所作《破窗风雨图》的一首自题诗：

纸窗风破雨泠泠，十载山中对短檠。
老矣江湖归未遂，画间如听读书声。

我倒是在王蒙的《幽壑听泉图》上，观到乾隆题写的一首隐逸诗：

落落苍松下，卜居绝四邻。
清风永今日，明月是前身。
有水隔尘世，无桥度客人。
山樵高致在，底辨赝和真。

不过，皇帝写隐逸诗，毕竟不伦不类。不如去读一首宋人叶茵的《山居》：

古木环池竹数竿，
疏篱补菊屋三间。
白云不放红尘入，
无怪山人懒出山。

也许，王原祁喜欢临仿王蒙，还有一个很重要的原因，就是对其隐逸世界的向往。其实，王时敏和王原祁也隐。只是，王蒙隐于野，王时敏隐于市，而王原祁隐于朝。大隐隐于朝，王原祁便是大隐，身不隐而心隐，身归于朝廷，而心没于草野。

以王原祁淡泊的心性，他原本也该隐去山里作画的，但是，他没有隐去的理由。他本无遗民思想，而且，他遇见了一个明君。康熙皇帝那么欣赏他，把他召到御前来讲画，作画，设画院，鉴定内府名迹，后来又命他充任《佩文斋书画谱》总裁，这部100卷的大书，是第一部中国书画著作的总集。

虽然，王原祁当时已是画倾朝野，但他却不是一个宫廷画家，他的画也不是宫廷画。他身处畅春园而不是紫禁城，他举目望远，眼前浮动的是西山的烟岚。

他固然不能像王蒙一样隐在大山深处，以山光水色为画屏，但是，他毕竟是在康熙的郊外苑囿，畅春园与西山未远，尽在目光所及，山水之象，露澄霞涣。

他既非伛偻于皇城之下，又非卧游在山林之中。在畅春园的画院里，他尽可近古，嗜古，摹古，集古，却又亲近天地自然。这样一个诗担挑云、月白风清之地，恰恰让他得其所哉，又神有所往。

他渴望世间的真山水，羡慕古人的真笔墨。如此，王蒙的真笔墨，又怎能不让他伫立于畅春园的冈坡之上，寄情于眼前云烟变灭的真山水？他屡仿王蒙，他早已浸淫于王蒙的真山水和真笔墨之间。

5.

本来，王原祁随其祖父王时敏，第一追摹的是元四家之首的黄公望，以黄公望为皈依。所以，讲王原祁，本应先讲黄公望。王蒙虽是一座壮阔的边城，但黄公望才是天下第一关。只不过，王原祁是后世的集大成者，所以，条条大路都会通往王原祁。

我看到，集大成者王原祁仿古，除了王蒙和黄公望，也仿了荆浩、关仝、董源、巨然、范宽、赵令穰、高克恭、赵孟頫、吴镇、倪瓒、董其昌。他观临古人，如同瞻望畅春园的夜空，轻云笼月，星汉灿烂。

而我先前偏偏从王原祁定标王蒙，因他自幼即从祖父学画于王蒙，独许幽寻；也因他多年临仿王蒙山水，颇得天机……冥冥之中，若有神意，便循着王原祁的画笔，一片闲心，孤云蓬迹，沧山映水，清风匝地，一路去寻访七百年前黄鹤山中的王蒙。

我不知王原祁是从王蒙走向了黄公望，还是从黄公望走向了王蒙。王原祁七十岁时曾言，自己一生都在学黄公望和王蒙，年已垂老，方知两家的画路其实是相通的。

黄公望，字子久，自号大痴道人。王时敏是清初学黄公望学得最好的画家，对于大痴笔墨素有癖嗜，王原祁自然也以子久为师，他吟诗道："四家子久是吾师，平淡为功自出奇。"

年少时，王原祁便在王时敏身边听他讲黄公望，学黄公望，一生仿画黄公望仿得最多。入值畅春园后，又在康熙的御前临仿黄公望，恭谨从命，自不待言。他说皇帝是天纵神灵，而自己乃是草莽之人，只能遵循先贤笔意，竭尽薄技。

王原祁仿画黄公望，总是感触颇深，他知道，从来论画者都讲究画面严整、渲染尽美，只有黄公望，运笔下别有空灵，渲染中别有洒脱，方得平淡天真之妙，恰恰仿之者唯此为难。

在入值畅春园之前，王原祁就已数次潜心仿画黄公望的《富春山居图》。1700 年入值畅春园之后，王原祁更是遍仿大痴山水，神与心会，心与气合，其中，最用心者，自然还是仿画《富春山居图》。

1703 年和 1708 年，王原祁先后两次仿画《富春山居图》，而他此生最后一次仿画此图是在 1710 年。那一天，正是立春，王原祁在畅春园侍直的余闲，偶拈此卷，用心追古，若以黄公望的平淡天真，发其苍古奇逸之趣。

从 1703 年到 1710 年，在畅春园里，王原祁用七年时间仿画了三幅《富春山居图》，而当年黄公望画《富春山居图》时，行乎不得不行，止乎不得不止，也是整整七年而成！

《富春山居图》是一幅史诗般的画作，落笔勾神，苍古奇逸，风骨清明，色墨隽逸，与宋元诸大家有超然独出之妙，在黄公望的诸多画迹中，被王原祁推为第一，却又令他自觉墨痴笔钝，难摹其妙，辍笔彷徨，徒生感叹：殆其人可及，其天不可及乎！

天不可及……所以，王原祁说，《富春山居图》的笔墨已入化境，学者须以神遇。他曾在画幅上落诗一首，画意悄然以思，诗心悠然以远：

清光咫尺五云间
刻意临摹且闭关。
漫学痴翁求粉本，
富春依旧有青山。

痴翁，即大痴，黄公望是焉。王原祁说，五十余年来，他遵从先祖父王时敏的教诲，所学者大痴也，所传者大痴也。然而，可及可到处，正不可及不可到处。古人笔墨如风行水面，哪里是今人所能企及的！

6.

然而，王原祁仿画《富春山居图》只是学大痴之一例，其实，他仿画黄公望的《春山图》、《夏山图》和《秋山图》，才不仅是真山水、真笔墨，而且算得上是真神奇……

世人尽说黄公望擅画秋景，他笔下的景观多是风高木落，秋韵纤妍，金华流丽,苍翠丹黄;世人皆知黄公望取法董源,北宋沈括说董源:多写江南真山,尤工秋岚远景。王原祁望远黄公望,亦如黄公望远望董源,山川相缪,郁乎苍苍,白云在空,好风不收。

王原祁久闻黄公望曾画过一幅《秋山图》。他年少时就听王时敏讲,很多年前曾在丹阳见到过黄公望的《秋山图》,墨飞色化,神完气足,真正是大痴生平第一,神逸超绝今古,但几十年过去了,此画不可复睹,临本亦无,艺苑论画也不见有人说起,一世名迹就此湮没。

这件事被王原祁一再说起,话语间充满了惆怅和遗憾。虽然黄公望的原画早已杳不可及,不知所终,但画中的秋山还在,一定还在那片弥漫的云烟里,一定还在遥远的水中央,那里,是王原祁永远的梦幻。

蒹葭苍苍,白露为霜。
所谓伊人,在水一方……
溯洄从之,道阻且长;
溯游从之,宛在水中央。

几十年间,王原祁追忆祖训,回环梦寐,甚至以《诗经》中之"秋水伊人"喻之,终于,他参以大痴各图,"以余之笔写余之意",画出了一幅根据自己想象而临仿的《秋山图》。

秋水如影,秋山如梦,王原祁的眼前仿佛又浮现出先贤笔下的秋山,真如水中之月,镜中之花,不禁自忖,不知当年黄公望的真迹如何?不知自己仿画的神韵如何?都说智者千虑,必有一失;而我愚者千虑,或有一得……

愚者只为一得，王原祁后来竟仿画了十余幅《秋山图》，我便观过他1709年腊月在畅春园画的《仿大痴秋山图》。观其画如观其人，我也仿佛见他，秋日映檐，花竹娟秀，笔墨生兴，漫为点染。

就在这一年的九月末，王原祁还曾画过另一幅《仿大痴秋山图》。其时，他正在畅春园入值，寒风迅发，气候萧森，动学士之高怀，感骚人之离思，遂作纸上秋山。他想象着黄公望作画时正在湖桥纵酒，而他却在畅春园簪笔待诏，虽然相隔四百年，但他却说彼此的心境是相同的。

王原祁是多么想走进黄公望的秋山啊，许多时候，他甚至只要画《秋山图》。他梦想着去与黄公望纵酒言欢，他盼望着要去黄公望的秋山中做一个仙家。当然，他只能潜入自己的画幅里，做一个画中人。他已经入画了，他的画也已经入诗了。于是，在一个飒飒的秋夜，暮云白石，清泉空蒙，他摹写黄公望笔意，颇有所会，便漫题一绝：

仙家原只在人间，
欲问长生好驻颜。
自是山中无甲子，
清泉白石大丹还。

7.

黄公望一生慕秋，《富春山居图》也是初秋的画笔。他也偶画夏山，这一点，他与王蒙不同，王蒙喜画夏山。王蒙隐居，夏日的山林里才是最适意的，所以王蒙画了那么多幅清凉碧翠的《夏山图》。而黄公望终日悠游，自然更是喜欢秋日的长烟一空，浮光跃金。

黄公望和王蒙俱是以董源为宗。董源最重要的作品是《潇湘图》和《夏山图》。以己所见，由董源的《潇湘图》分流而出黄公望的《富春山居图》，由董源的《夏山图》则分流而出王蒙的《夏山图》。

董源的《夏山图》之后，北宋画院燕文贵也画过一幅名作《夏山图》，且看燕家景致之夏山，云雾显晦，峰峦出没，沙碛平坡，水泽汀岸。七百年后，乾隆皇帝还曾题诗一首：

古秀芸芬岁月多，
锦赙珍重印宣和。
即看与物开生面，
浑是临池写擘窠。
如滴夏山常叆翠，
欲鸣晴峡渐增波。
高楼百尺轩而敞，
试一凭栏快若何。

赖有董其昌的记叙，我方知北宋的赵令穰尚有一幅《夏山图》；幸有王时敏的所藏，又有王原祁的临仿，我才知黄公望竟然也有一幅《夏山图》。

黄公望是秋天的诗人，他画《夏山图》，也许更多的是在向董源、燕文贵和赵令穰致敬。过去读南唐宰相冯延巳的《虞美人》："春风拂拂横秋水，掩映遥相对"，总是不解，春风怎能吹起秋水？现在知道了，黄公望的秋笔也能画出夏山。

不过，正如王原祁从未见过黄公望的《秋山图》，我也从未见过黄公望的《夏山图》，便只能借观王原祁的仿笔，感受黄公望的流风遗韵。

然而，据说，黄公望的《夏山图》，却原来也是一幅仿古之作，仿自董源的《夏山图》。如此，王原祁仿黄公望的《夏山图》，画题实在应为——《仿黄公望拟董源〈夏山图〉》。王时敏便是这样仿画题画的，王原祁又怎能不随祖父如此这般？

因而，观王原祁的《夏山图》，便可旁观王时敏，近观黄公望，远观董源。从董源到黄公望，又到王时敏和王原祁，夏山绵延，夏水悠远，翠岩森列，松岭云峦，而董源终是在夏山最深处。

我已知王原祁画过两幅《夏山图》，一幅是在 1700 年。大约在冬季，王原祁获观了同辈画家王翚临仿黄公望的《夏山图》，颇有感悟。王翚比王原祁年长十岁，同为清初四王之一。到了春季，王原祁也仿黄公望画了一幅《夏山图》，并题诗一首：

斜风细雨打篷窗，
北望扬州隔一江。
无限云山离绪写，
西园犹记倒银缸。

另一幅是在 1713 年，那时他正遵康熙旨意，忙于万寿图馆的督理之事，因而拖延了一些时间方才完成。他说这幅画只是约略为黄公望《夏山图》的大意，难以尽美，因为仿黄公望不难于雄厚华滋，而难于平淡天真。

也许是他公务繁积,难有平淡天真的心境吧?也许是他沉浸秋山,夏山只是他暇时偶尔添缀的些许散笔吧?倏忽而过,便不复来。

确实,王原祁仿画了这一幅《夏山图》后,便又去仿画黄公望的秋山了。画不完大痴的秋山,写不尽大痴的秋水。秋山上有黄公望濡染淋漓的秋韵,秋水里有他心中思慕的伊人。地闲心远,天高水长,笔墨缱绻,只在秋山!

8.

王原祁追摹黄公望,虽在冬季偶画夏山,却在四时都要落笔秋山。然而,君却有所不知,王原祁仿黄公望,居然还画过一幅《春山图》,那是在 1708 年的夏天。

王原祁的时节真是颠倒了,你看他,彼时在冬季画夏山,此时又在夏季画春山。可见他的画,多是写心中的山水,也多是写心中的春天、夏天和秋天。

但是,谁承想,黄公望一生并没有画过《春山图》,王原祁也知道黄公望并没有画过《春山图》,既然如此,那他又是如何仿黄公望画《春山图》呢?

已知画史上最早的《春山图》是一幅青绿山水,理深思远,虽巧而华,作者是大唐画家李思训,世称"大李将军"。其子李昭道,世称"小李将军",也作春山,人皆称道其《春山行旅图》。

及至北宋，燕肃最著名的画作便是《春山图》。燕肃是画家，也是诗人，春山咏诗，以诗入画，因而，《春山图》自然便是一幅春山的诗画。

北宋画院画家屈鼎的《春山图》，也是千古流传的名家名作，其形迹和画迹可见宋刻本《东坡集》《图画见闻志》和《宣和画谱》。

南宋的大画家赵伯驹更有一幅著名的《春山图》，山川深秀，树木丛密，匠壑有情，羽鳞生动，画幅上还有乾隆的御笔亲题。

到了元代，宫廷画师商琦也画过《春山图》，但全然已是元人的兴味了。"台北故宫博物院"还藏有一幅元代佚名的《春山图》，笔墨寒涩，冷逸枯寂，却并无阳春的气息。元人啊，偏偏元代翘楚黄公望却从未画过《春山图》，这似乎是有些令人奇怪。

也许，仅仅是因为董源没有画过《春山图》？

然而，试想，如果董源画过《春山图》呢？

是啊，王原祁也这样想，如果董源画过《春山图》呢？如果黄公望拟董源也画过《春山图》呢？既然王原祁仿画了黄公望的《秋山图》和《夏山图》，为什么就不能在连续的想象中，再画一幅《春山图》呢？

何况，王原祁在畅春园里，畅以为春，春以为园，园以为梦，梦以为山，又怎么可以不画春山呢？

黄公望虽然没有画过《春山图》，但是他在《天池石壁图》和《陡壑密林图》中都有春山的笔意。于是，王原祁借用了黄公望的春山之笔，根据自己对黄公望的揣摩和想象，画出了一幅不可思议的《春山图》。

于是，我便不禁为王原祁击节赞叹！我甚至要说，这已不仅仅是摹仿，而且是在王原祁的一生中，实现了唯一一次对黄公望的超越！当然王原祁不会这样去想，他对黄公望亦步亦趋。别人也不会这样去想，人们至多认为这不过是一次墨戏。

王原祁在画《春山图》之前，一心都在仿画黄公望，他已全然领略了其气韵，掌握了其妙法，深知自有天然蕴藉溢于其笔墨之外，淡妆浓抹总相宜也。

不用别人去说他是当代的黄公望，他自己早已恍若大痴了。略早于王原祁的清初画家恽寿平曾说，王时敏就是黄公望的再现；他是没有看到，后世的王原祁才是黄公望的附体。

王原祁仿画黄公望，入乎其里又出乎其外。他画《秋山图》和《夏山图》，似乎是全然入乎其里了，其实已经出乎其外；而当他画了《春山图》，似乎已经出乎其外，却最终还是入乎其里。有一句古诗："一入春山里，千峰不可寻。"可惜这句古诗，居然不是《春山图》的诗题。

9.

王原祁仿黄公望，也仿元四家中的另一位大家倪云林，而且常常是在同一幅画作上兼仿黄、倪二位，理趣愈出，有象外之致。所以他的许多画题，便是《仿倪黄山水》。

我初有不解，你到底是仿黄公望呀？还是仿倪云林呀？一眼看去，黄公望是暖色的，倪云林是冷色的；黄公望是浮峦暖翠，倪云林是晚秋寒林。如果，夏虫不可语冰，那么，暖翠又何以寒林？

但是，王原祁偏偏要把两个不同的丹青大师捏合在一起，亦虚亦实，虚实莫辨；亦黄亦倪，倪黄不分。于是，就变成了另一个倪黄，也变成了另一个他自己。

一道残阳铺水中，
半江瑟瑟半江红。

其实，原本不用王原祁把他们二人捏合在一起，当年他们自己就曾合作绘写秋天。黄公望的画笔平淡天真，倪云林的画笔清寂高逸，合在一起，便是平淡而清寂，天真而高逸。

王原祁的仿画，转而游衍，渐欲入微，妙在丝毫之际，意存幽邃之中。他早已观出黄公望和倪云林的气韵约略相似，又均是以气韵胜出，他便专取二人的气韵，又敷以幽淡的设色，超越宋法，借色显真，苍润之中，凭虚取神。

1708 年 4 月间，王原祁正在畅春园侍直，公余之暇，他拈毫画了一幅《仿倪黄山水》。初看，像倪云林；再看，终是黄公望。他毕竟归附黄公望久矣，他已是黄公望的化身，他只能是在黄公望的底版上间仿云林笔墨，三分春色二分愁，更一分风雨。

1712 年 2 月下旬的一天，正值康熙皇帝没有临朝视事，王原祁便取了一张好纸，画下了又一幅仿倪黄山水。然而这一次，他在画跋上明明讲这是一幅仿倪黄合作，但画题却是《仿倪云林山水》，我想此时，在潜意识里，王原祁一定是又把自己当成了黄公望，而为黄公望代笔了。

王原祁把倪云林与黄公望相提并论，他同样最为尊崇倪云林，他说倪云林纤尘不染，平易中有矜贵，简略中有精彩，为元四家之第一逸品。多年来，在仿黄公望的同时，他也一直在仿倪云林。

其实，倪云林又是最难仿的，画史上少有人能尽仿其妙。明代画家沈周最是善仿倪云林，却也难仿其枯笔浅韵，墨淡如烟，往往是一仿即过，再仿还甚，以至沈周不禁慨然，掷笔留诗：

苦忆云林子，风流不可追。
时时一把笔，草树各天涯。

在一个九秋之日，王原祁提笔仿写倪云林。他晨夕摹仿，下笔如神，却不知神从何来，又往何处，只见得九秋客思三更梦，一夜西风满地霜。王原祁很少有对自己的画满意的时候，但对这一幅仿笔却颇为自赏，要知道仿倪云林难于上青天！

1707年4月，王原祁扈从康熙皇帝出行归来，间歇时画了一幅《仿云林山水》，云青青兮欲雨，水澹澹兮生烟。他想到自己这些年来簪笔碌碌，夙夜在公，为官所累，无以解忧，唯有摆弄笔墨，寄托情怀，肖其形神，如对古人。

也许，唯有此时，王原祁才最是神往倪云林的清寂，追慕他的高逸。他太喜欢倪云林的一首《秋林图》题诗：

云开见山高，木落知风劲。
亭下不逢人，夕阳澹秋影。

便应景写下一首绝句：

云林结隐卧江乡，
五百年来笔墨香。
借得溪山消寂寞，
不愁风雨近重阳。

10.

沈周仿倪云林难，仿梅花道人更难。梅花道人，即元四家的另一位大家吴镇。吴镇一生隐居不仕，达生知命；梅花之笔，清旷野逸。其墓在梅花庵侧，故世人称他梅花庵主。

沈周是仿吴镇的妙手，臻于出神入化之境，却仍然自认差之毫厘，以至曾赋诗感言："梅花庵主墨精神，七十年来未用真。"吴镇的墨法精气充盈，神采奕然，沈周竟说自己画了七十年都未曾完全仿真，甚可叹也！

故此，王原祁反而说沈周可谓深知吴镇矣。

吴镇更多的是继承了五代巨然的法度。巨然的山水，古峰峭拔，宛立风骨；林麓小径，远至幽墅。王原祁便说，梅道人传巨然衣钵。自然，王原祁也传梅道人衣钵。这像不像是螳螂捕蝉，黄雀在后？吴镇捕巨然，王原祁在后……

王原祁终日在畅春园侍值，碌碌清署，寄迹萧寺。落暮时分，便只有，溶溶月色，瑟瑟风声。偶尔在晚间仿梅道人，篝灯挥洒，长笺短幅，夜半始成，欣然就寝，一觉睡去，不知东方之既白。

1704年孟春之杪，王原祁在公务之余，难得放笔仿写吴镇山水。那一日，他心情大好，竟在画跋上落下了一连串的美词，仿佛变身文字大师：料峭乍舒，风日晴美，闲窗寂静，鸟啼花放……

王原祁回忆他十多年前冬日的归途，曾见溪山回抱，村墟历落，颇似吴镇的笔墨景致，虽用心摹仿，却难以如愿。十余年间心领神会，方知古人乃是以天地为师。原来，前人所说的以古为师，其缘起乃是以天地为师也。

到了这一年的秋日，王原祁再仿吴镇山水，他在吴镇的画中同样见到了宋元气韵，又说梅道人笔墨沉着，气韵浮动，可推为元四家之首。但我看他对黄王吴倪四家都是最为推崇，不分伯仲，并列第一。

再说《秋山图》。1706年10月，王原祁曾仿画吴镇《秋山图》。这幅画图，我只是耳闻，从未目睹，却一直想找来，看看他如何仿吴镇的秋山，更可比对他笔下的倪黄的秋山。

虽然此图已杳然其远，我却在故宫的文献中别有发现，知道他另有一幅

《仿吴镇秋山图》，落款时间是 1707 年 12 月，上面还有两首题诗，一首五绝，一首七绝，诗中自有吴镇秋山的沉落画影，历历落落，薄采其藻：

其一：

高峰积苍翠，访胜到柴门。
莫待秋光老，凄凉净客魂。

其二：

山村一曲对朝晖，
秋霁林光翠湿衣。
欲得高人无尽意，
更看冈复与溪围。

诗中有画，画中有诗，满幅满目，尽是苍翠、林光、朝晖、秋霁，高峰、重冈、山村、清溪，还有柴门和客魂。

又到中秋。1709 年中秋，乍霁新凉，兴会所适，王原祁再仿吴镇山水，土阜平坨，平沙浅水，暮烟凝紫，金波满江……三百多年后，也是一个中秋，我站在画幅前，皓月千里，山鸣谷应；又读到一段画跋，静影沉璧，心有神会。

王原祁写道：用笔忌繁，要取繁中之简；用墨要淡，要取淡中之浓。许多人学吴镇泼墨，命意不高，眼光不到，粗服乱头，挥洒自鸣，却终属隔膜，无非墨猪而已。

我欣赏其繁简浓淡之辨，而对墨猪一词会意一笑。墨猪之说传之久矣，最早出自东晋卫夫人，距今已一千七百余年，即使从王原祁算起，也有三百年了。然而，光景流连，江山未改，墨猪依旧，今古皆然。笔墨之道今不如古，于今还是只说古人。

王原祁仿黄公望历时五十年，仿吴镇历时二十年。二十年后，他写了一首诗，想着脱去俗尘凡迹，将自己身穿的缁素换成吴镇的天衣：

廿年行脚老方归，
庵主精神世所稀。
脱尽风波觅无缝，
好将缁素换天衣。

11.

前面已分别回溯了王原祁的元四家之路，西南定何方，路远惟迢迢。清人沈椒德就说王原祁专学黄公望，兼及王蒙、吴镇、倪云林，与元四家别有神契。

然而，王原祁遍仿元四家，自然免不了还要临摹早先的另外两个元代大家：高克恭和赵孟頫。这两个人相识同好，一北一南，雄踞并绝。王原祁说高克恭示变化于笔墨之表，又说赵孟頫发藻丽于浑厚之中。

高克恭和赵孟頫都是著名画家，也都是著名诗人；都爱画秋，也都爱吟秋。我读高克恭，欣赏他的一句"云梢露叶秋声古，万玉丛深翠蛟舞"；又读赵孟𫖯，他有一首《题秋江钓月图》，不禁让我钓起一夜秋思：

尘土染人衣袂，烟波著我舡窗。
为问行歌都市，何如钓月秋江？

高克恭原本学米家山水，仍带巨然遗风，又与黄公望气韵相通，淋漓中见澹荡。赵孟𫖯呢，你看他画的云山便知，他也同出米家山水，天淡云闲，与时舒卷，高山卧游，即达放逸。

王原祁的秋日，似乎总是要与黄公望有所勾连。时至1707年中秋，王原祁仿画高克恭，却又去追摹黄公望，与大痴若即若离，竟同他仿倪黄一般。他自言仿古不必太过拘泥，取高、黄两家相合之处即可。这倒正拟写了高克恭"不是梅边即水边"的诗意：

为爱吟诗懒坐禅，
五湖归买钓鱼船。
他时如觅云踪迹，
不是梅边即水边。

王原祁又去仿赵孟𫖯，先作春山，彼岸花开，意犹未尽，复写秋色。他最要仿赵孟𫖯的《鹊华秋色图》。赵孟𫖯以青绿山水之笔画山川秋景，静水流深，江村寥落，红树芦荻，豆蔻梢头，其设色不取色而取气，其妙处不在工而在逸。

王原祁的画笔如诗，诗笔如画，意在机先，笔随心止，且读一首他的画

今夕何夕

中题诗,看他的毫端如何涌出赵孟頫的翠芙蓉:

桃源处处是仙踪,
云外楼台映碧松。
惟有吴兴老承旨,
毫端涌出翠芙蓉。

高克恭和赵孟頫早年俱学米家山水,又为王原祁推开一扇远望北宋风景的篷窗。米芾和米友仁父子二人同为北宋大家,自立米家山水,独创泼墨画法,云烟晦明,碧虚寥廓,忘怀万虑,思属风云。

王原祁在畅春园望到了米家山水,然而,米画最为玄虚,在我眼中,那是哲人之笔。王原祁精通画理,又悟道玄学,他说,宋元诸家,都是实中取气,唯有米家是虚中取气,虚中之实,全在乎笔墨之外。——这便已进入到了老子之道,有无相成,虚实相生。

王原祁仿米家山水,方显出其思辨的本色。他在一段画跋上写道:人但知米家笔法之泼墨,而不知其惜墨,惟惜墨乃能泼墨,挥毫点染时要深思才能明白。王原祁仿过多幅米家山水,他的山水笔墨,也尽在泼惜之间。

1710年春末夏初的一日,王原祁在畅春园入值,赏溪园晨光晚色,观西山诸峰隐没,烟林清旷,迥出天机,心游万仞,参乎造化,方信米芾遗墨,得天地真髓,遂揣摩成图,便又是一幅仿米家山水。

我忆起,米芾倒是有一首《杂咏》,其诗意恰与王原祁在畅春园这一日的画意绝似，只可惜当年王原祁仿画米芾，未能录此诗以为画跋：

逶迤一水出苕丛，
碧底无沙冷照容。
独倚溪桥看风月，
西山紫翠暮三重。

12.

虽然未见王原祁题录此诗，但他和米芾一样，也在溪桥上看风月，便看到了后梁南唐和北宋初年的逶迤一水，澄江万里；也在暮色中吟诗远望，便观到了荆关和董巨的西山紫翠，郁郁青青。

1710年冬日，王原祁用荆关墨法，画《秋月读书图》。荆关，即五代后梁画家荆浩和他的弟子关仝。元代汤垕称荆浩为"唐末之冠"，且看他，有笔有墨，品物浅深，水晕墨章，随类赋彩；更有云中山顶，四面峻厚，高低晕淡，如飞如动。

从历史年代上来看，荆浩才是擅画秋山第一人，画作有《秋山楼观图》、《秋山萧寺图》和《秋山瑞霭图》。关仝追随荆浩，也喜作秋山，并画有《秋山图》。可惜荆关二人的秋山之作均已失传，只能从王原祁的《秋月读书图》上，依稀辨识荆关的高古笔墨；又从他的题诗中，悠然品味后梁的桂子飘香：

秋月秋风气较清，
声光入夜傍关情。

今夕何夕

读书不待燃藜候，
桂子飘香到五更。

荆关山水是北方画派，五代画史上，与之对峙的江南画派便是董巨山水。董源和巨然，一个是南唐的北苑副使，一个是开元寺的僧人，两个身世殊异的人，却成为中国江南画派的宗主。清初四王之一的王鉴就说，画史上董巨的地位，就相当于书史上的钟繇和王羲之，舍此则为外道。

从来多古意，临眺独踌躇。

如果说，黄公望是天下第一关，那么，董巨则是进得关来方能仰观的江南正殿，其余宋元先贤则或为配殿，或为御道也，均为清初六家所仰视。

清初四王再加上吴、恽，便是清初六家，其中的恽寿平曾说，王蒙之所以能够自立门户，抗衡倪黄，就是因为师法董源，得力深也。所以，王原祁追随宋元各家，不管他是先学黄公望，还是先学王蒙，最终还是要入得堂奥，拜到董巨前来。

董源作夏山图，巨然作秋山图，都是王原祁的千秋摹本。他仿黄公望、王蒙诸公，实则是登临此山，眺望彼山，远溯董源和巨然，向五代的山水之源跋涉。

王原祁学董源，笔墨积微，通幽入胜。董源的画气韵生动，神逸兼到，雄伟奔放中得平淡天真之趣，开以后诸家法门。王原祁从大痴入门，勤学不逮，渐有进步，但若想探画法究竟，还只能在公务之余用心于董巨。

王原祁的心境早已化入杜牧《登乐游原》的诗境：

长空澹澹孤鸟没，
万古销沉向此中。

1705 年重阳日，王原祁仿画董源。本来，康熙让他作一轴董源大幅，他未敢成稿，先以此试笔。虽是试笔，他却在画稿上写下了一行可以传世的金句：

学不师古，如夜行无烛。

1707 年 4 月，王原祁扈从康熙去苏州，康熙雨中去游虎丘，不知何故，王原祁竟未随行。他难得一日空闲，笔墨之兴油然而生，遂仿画董源并以记之。

1710 年，又是 4 月，王原祁在畅春园再仿董源。过去了整整三年，王原祁的情味，自然又丰富了许多。他明白元人各家，都可以在此溯本穷源，而他自己，虽已学习董源多年，却感觉还没有完全把握。

他同时也在仿画巨然。巨然是董源的门生，又是开元寺的僧人，但不知是不是中国画史上的第一个画僧？巨然的画似有佛性，水云萧散，烟霞浪迹，气象幽妙，动用逸常；巨然的山亦如一入定的老僧，静穆如初，真思卓然，烟浮远岫，溪山兰若。

就在 1705 年的重阳日，王原祁刚刚仿完董源，又去仿巨然。他说巨然在董源之后，取其气势却又有变化转折，融和淡荡，元季大痴、梅道人，皆得其神髓者也。自己的功力尚不纯熟，气韵也未能舒展。

1708 年冬天的畅春园，王原祁仿巨然始画了一幅雪景图。他平生所画的雪景图并不多见，这一次也没有一气呵成。两年后，1710 年的立冬之日，还是在畅春园里，吹灯窗更明，月照一天雪，王原祁才终于完成了这一幅笔墨雪景。

春夏秋冬，景状不同；四时晓暮，各极其致。王原祁画遍了《春山图》《夏山图》《秋山图》，虽偶画冬景，然而，山阿寂寥，千载谁赏，《冬山图》却终是阙如。冬山如睡，也许王原祁的冬山还沉睡在秋山的幽梦里。

天际边，似听见有一个声音念诵北宋画家郭熙的山水训：

春山澹冶而如笑，
夏山苍翠而如滴，
秋山明净而如妆，
冬山惨淡而如睡。

又听见清初画家恽寿平的低吟，却好似是记忆深处的回音：

春山如笑，夏山如滴，秋山如妆，冬山如睡。四山之意，山不能言，人能言之。

13.

且看王原祁，一生学古，溯流先古，力追古法，遍临古迹。然而，在他的攀古之路上，除了启蒙祖师王时敏以外，还有两个人对他甚为重要。

第一个人，是一个大神级的人物，自王原祁学画伊始，便在王时敏的亲炙下，得到了此人的神仙指路。王原祁俯仰今昔，一步一蹑，无论走得多远，都与大神的指向如出一辙。

这个大神，不仅是龙蟠一方的画坛领袖，也是王原祁的精神导师，而且，还是王时敏最为敬重的书画先生。更不必说，他名噪海内，就连康熙皇帝都对他推崇备至，褒扬有加。

他就是明末书画名流董其昌。

董其昌真如神人临世，凌跨唐宋，古法兼饶，穷微极造，秀逸绝伦。王时敏中年时多取法于他，追蹑后尘，取得真经，遂开一代摹古之风，清标玉立，逸韵风生。

王原祁自幼得道于祖父王时敏，祖父的慕古情怀对他的影响根深蒂固。我时时会觉得，他们祖孙二人，尤有深契，形同一人，不仅其仿古画风难以分辨，甚至其许多画跋，居然也都是非常相似。而且，在二人的相似之外，他们又都更像另外一人，此人便正是董其昌。

王时敏携王原祁膜拜董其昌，俱宗宋元大家，又都深受董其昌推崇黄公望的影响，最为认可董其昌之摹古。王原祁有言：学古之家，代不乏人，而青出于蓝者无几，唯有董其昌能够得到黄公望的神髓，所以，学习黄公望，还要再学习董其昌。

王原祁甚至说，唯有祖父王时敏能够传承董其昌的衣钵。那么，就是说，在此之后，也唯有他王原祁才是董其昌的传人。王原祁简直是笔墨不离黄公望，而行走学步董其昌。王原祁仰慕董其昌，手摹心追，深有契焉。

所以，讲王原祁，不可不说董其昌。虽然两人隔代，并未谋面，也非亲授，但董其昌之于王原祁，就是神一般的存在。王原祁说他：天姿俊迈，仙骨天成。对于王原祁来说，董其昌就是一个祖父嘴上时时叨念而他心中又时时尊崇的神人。

董其昌确实是大有神性。他通古贯古，学古变古，又开天辟地，独领风骚，提出南北宗论，廓清了画史的格局和分野，也一举奠定了他在画坛宗主的地位：

禅家有南北二宗，唐时始分。画之南北二宗，亦唐时分也。

他还把无款无印的一幅高古《潇湘图》，认定为董源作品，"董源画世如星凤，此卷尤奇古荒率"，从此被画史视为南派山水的置顶之作，开宗立派，奉为圭臬。

偏偏有一幅《万壑松风图》，史家早已断为董源所作，董其昌却说是赵孟頫之笔。究竟是董源还是赵孟頫，王原祁莫衷一是，便只好说：未知孰是，置之可耳？仿画此图时，也只是题写"万壑松风笔意"，而不写明仿自何人。不过，王翚却并不以为然，依旧认定为董源作品，并画了一幅《仿董源万壑松风图》。

董其昌的画作，也多为仿古。头上三尺有神明，他也头顶着诸多的大神。例如倪云林，虽寂寥小景，自有烟霭之色，若淡若疏，萧疏简贵，却是董其昌崇尚的最高境界。更不必说董源、巨然、米芾和赵孟頫。

不过，我虽然封神董其昌，却并不喜欢他的笔墨。

你说他是清奇，我说他是绮靡；
你说他是仙灵，我说他是散逸；
你说他是天真，我说他是纤弱；
你说他是风雅，我说他是浮丽。

这也是我与王原祁的品鉴之大不同。但是，这并不意味着我否定董其昌的神性。董其昌的诗画里确实少有烟火气，我曾读过他的一首题画诗，也不知他究竟神焉？或非神焉？

山木半叶落，西风方满林。
无人到此地，野意自萧森。

14.

简单说完了董其昌，再说另一个对王原祁甚为重要的人，他便是康熙皇帝。

康熙对于王原祁的重要是不言而喻的。如果说，董其昌是王原祁的世界里一个神一样的存在，那么，康熙却是一个真正的天子；董其昌离世六年后，王原祁才出生，而康熙却是王原祁朝夕侍奉的君主。

康熙乃英杰之主，仪表堂堂，神气清明，在位六十一年，经文纬武，寰宇一统，圣学高深，崇儒重道，尤有好学不倦之精神。朝鲜哲学家洪大容到畅春园拜见康熙后就说："臣见畅春园而知康熙真近古英杰之君也。"

我不知王原祁是如何从一个地方小吏，入得宫来，当上翰林院的侍讲学士和康熙身边的侍读学士，但知他深得康熙赏识，终日候在畅春园入值，为康熙讲授书画，康熙下江南时也要扈从随行，与康熙朝夕相近。

康熙不仅欣赏王原祁的笔墨，而且喜欢听他讲授画理，此时，王原祁便不仅仅是俯臣，还是康熙所倚重的书画帝师。但皇上终究是皇上，只不过康熙能让王原祁在御前倾吐才学，激扬宏论，又要让王原祁恭领圣思，迎合君意。

康熙欣赏王原祁，可能因为他自己也是一个董迷。康熙曾赞董其昌"每于若不经意处，丰神独绝，如清风飘拂，微云卷舒，颇得天然之趣"。

康熙怎会看不出董其昌与王原祁的渊源？王原祁的先师就是董其昌，董其昌的后学就是王原祁，二人神静心合，竟如一人。

董王俱师董源之古，董王俱慕米芾之古，董王俱摹倪黄之古，董王俱仿王蒙之古……王原祁简直就是董其昌的再世和显灵。康熙甚至已分辨不清御前的是王原祁，还是董其昌。在康熙眼中，王原祁便是今世的董其昌，而董其昌便是先世的王原祁。

王原祁既承董其昌，又深受康熙宠信，自然就奠立了他在朝野画坛的地位，一时名满天下。作为一个御用画师，王原祁可以享用的最大权力，便是可以在畅春园里随意行走，正难得收尽园中景致处处入画。更何况，康熙让王原祁在畅春园潜心摹古，毫端毕达，于是，千年画史都尽现于畅春园的画房，屋角檐底，山水大观。

王原祁的画房，室内是山水，室外是春秋。王原祁晴日赏秋，就连庭院里的一架葡萄也能触动他的诗心，画家不禁口占一诗，聊以寄兴：

庭院扶疏一架斜，
传闻名种自乘槎。
颗圆的皪垂珠箔，
光逗晶莹润玉华。
绿蘸虚窗成结绮，
碧倾新酿羡流霞。
摘来应共家丞赏，
秋实由来胜似花。

15.

1713年，康熙六十寿诞之时，王原祁奉旨主绘了《万寿盛典图》长卷，所记为寿典盛况。这是王原祁平生为数不多写今而非仿古之作。

画卷长近五十米，已是迄今所知尺幅最长的古代绘本。可惜原本已被烬毁，仅余其市井卷稿本、朱圭刻本和嘉庆二年（1797）的重绘本存世，今有褚朔维先生的严整考据为证。

此图承续了张择端《清明上河图》的写实传统，又沿袭了仇英《清明上河图》的精绘风格，画面随康熙銮驾的路线延展，起点始自畅春园，终至神武门，沿途数十里，辇路经行之处，百官朝贺，万民称庆，衢歌巷舞，击壤呼嵩。漫漫长卷，竟如逶迤长路，写满了锦坊彩亭，层楼宝榭，銮仪行辇，街景人流。

在2014年故宫展出的《万寿盛典图》重绘本上，我第一次看到了畅春园大宫门的图景，宫门五楹，坐北朝南，畅春园的御书匾额高悬在上，金碧辉煌。东、西各有角门一座，朝房五间。当我的视线穿越宫门，似可见园内三分景致：竹溪渔浦，鱼鸟近人，轩畅闲雅，风尘栖息。

这便是康熙的畅春园吗？这便是王原祁最后十几年间流光溢彩的畅春园吗？

清代皇家在京城西郊有著名的三山五园，三山即万寿山、香山、玉泉山；五园乃畅春园、圆明园、万寿山的清漪园即颐和园、香山的静宜园、玉泉山的静明园。其中，康熙的畅春园修建得最早，规模最大，是清廷五座皇家园林之首。

《万寿盛典图》展示了当年的畅春园一带，前后汪洋，直若薮泽，莲芡菰蒲，兼以水稻。畅春园建于明朝武清侯李伟的清华园旧址，依高为阜，即阜成池，叠山理水，弥望涟漪，是一座远山近水又衔山抱水的水景御苑。

且看那一片百顷芳湖，波面游鳞，一望漾渺，江岸湖畔、深柳疏芦。不知何时，不知何故，又不知何人，竟为这一片湖面起了一个如诗如画的名字：丹棱沜。

关于丹棱沜，远在明代，诗人王嘉谟就曾写过一篇《丹棱沜记》：

沜之大以百顷，连以数里，可舟可钓，负山丛丛，盖神皋之佳丽，郊居之选胜也……

清康熙户部尚书王鸿绪也曾赋诗丹棱沜：

西岭千重水，流成裂帛湖。
分支归御苑，随景结蓬壶。

康熙年间，有关畅春园的诗文甚多，但写得最好的，却是康熙的御笔美文。我以为，历代帝王的文章翰墨，最好的诗歌是曹操的《短歌行》，最好的绘画是宋徽宗的《瑞鹤图》，最好的文赋，则莫过于康熙的《畅春园记》。

只是，这一篇记文，却最终变成了一篇祭文，那曾经的御园啊，久已矣，岁远零落，故迹堪寻。而曾经的皇上，早已化为青烟仙逝；他的《畅春园记》，不知何时，也已随之风中飘散，今人多有不知。

王原祁自然是恭读过《畅春园记》的，他笔下的山水，也处处散落着畅春园的风月。时至今日，当我夜读康熙的畅春园遗篇，眼前浮现的，却还是王原祁在畅春园的悠悠烟水，澹澹云山：

当夫重峦极浦，朝烟夕霏，芳萼发于四序，珍禽喧于百族。禾稼丰稔，满野铺芬。寓景无方，会心斯远……

莹澈明镜，萦带芳流。川上徘徊，以泳以游……

1684年，康熙初建畅春园，自此时始，丹棱沜便有了皇家气象，云烟忽生，神变万状；1687年，康熙始居畅春园，从那时起，一代名园终于迎来自己的主人，舠飞霞伫，分沾天馔，燕寝凝香，昼漏熹微。

请读康熙的一首畅春园夜诗：

园亭气爽雨初晴，
新月胧胧透树明。
漏下微眠思治道，
未知清夜意何生。

畅春园的主人当然是康熙，只是，在我的文字里，王原祁才是畅春园的画传主人，而康熙，不过是园中一座尊贵的造像——如是1723年，在他的清溪书屋原址，雍正修建了恩佑寺，佛龛里所供奉的三世诸佛。

16.

我始终不解，雍正为何要在雍正元年（1723），即康熙去世的后一年，改建清溪书屋，修筑恩佑寺，为父皇荐福。也就是从此时起，畅春园便渐渐地改变了最初的模样。不过，在此之前八年，王原祁便已离世了，在我的心目中，那时的畅春园就已经不复以往了。

清溪书屋位于畅春园的东北一隅，柳汀竹屿，溪桥相连，虽是康熙的寝殿，但更是这个勤勉的帝王夜读之所，故而称谓书屋。

康熙听政理事在东南角的澹宁居。从澹宁居到清溪书屋，是畅春园的东区，其间坐落着康熙的藏书阁渊鉴斋，藏画堂佩文斋，还有上书房翰林直房和画院，空气中弥漫着花香、草香、书香和墨香。

王原祁白日在翰林直房入直，也会偶去渊鉴斋阅读秘藏古籍，或在佩文斋观览御藏书画。到了夜晚，他就会在直房后间的画院作画，风吹影动，待云听雨，轻荫笼树，笙歌瓦起。

当康熙忙完一天的政务，回到清溪书屋歇息，万几之暇，常于夜间展观古画，此时，熏香迟暮，花馔青灯，王原祁便会被从近在咫尺的画院传进清溪书屋，以他渊博的画理和卓绝的画才，侍奉康熙赏画。

君不见，他在畅春园的十几年间，只是为了得到康熙传唤的那一刻。为了那一刻，他在畅春园里时时地守候。然而，他又在久久地守望。当他悠然远眺，凝坐视之，拍起云流，恍若目接，有谁知，他究竟是在守望什么呢？

1714年，王原祁离世的前一年，他分别署二月、春日、仲春、四月、秋、秋日、新秋、中秋、深秋，画了九幅仿黄公望山水；1715年，乙未年，王原祁离世的这一年，他又分别署四月、晚春、七月、中秋，画了四幅仿黄公望山水。

过了乙未年的中秋，他终于要在秋风中飘然欲仙了，飘向秋光万里的远山。我知道，那是他自幼就梦见的黄公望的秋山，他就要望到了。

许多年来，在畅春园里，他一直都在守望着黄公望的秋山。他甚或冥想，若有一日，他伴随着黄公望，高卧于秋山之巅，揽峰岩之独秀，思湖山之佳丽，湍濑潺湲，烟霞缥缈，疏林野水，平远幽深，却只见江山灵气，吞吐变灭，蔚然天成，渐渐化作他的胸中丘壑，万状千名，莫能殚述。

他眺望远山，山色如洗，清风徐引。在他眼前，黄公望的秋山不断变幻着，化作了李思训、燕肃、屈鼎、赵伯驹的春山，又化作了董源、燕文贵、赵令穰、王蒙的夏山，还有唐宋元明诸贤的暮雪寒云，雨后空林，酒船棹月，怪石祥烟，满目的山色已是殊形妙状，横无际涯。

此情此景，恰如李白独坐敬亭山：

众鸟高飞尽，孤云独去闲。
相看两不厌，只有敬亭山。

于是，他自己也就慢慢长成了园中一棵守望的老树，皮老苍鲜，翔鳞乘空，蟠虬之势，欲附云汉。……霜露既降，秋声一片，他已幻化在唐人刘得仁的诗意中：

老树呈秋色，空池浸月华。
凉风白露夕，此境属诗家。

你看他，侍陪康熙观瞻古人画卷，赏鉴大家笔墨，尤为流目于先世的琼林玉树，杨柳含烟。原来，王蒙的繁笔夏木，让他悟透了黄鹤山樵暑夏时清隐守望的虚境；倪云林的焦墨烟树，又让他读出了云林子寒秋中孤独守望的况味。

然而，他又多么希望自己是一棵能够行走的树呀！王原祁是苏州府太仓人，但自从他28岁中第入仕之后，便已离家很多年了。康熙六下江南，他曾数次扈从苏州，却几过家门而未入，无非是望一眼乡里飘过的炊烟。在畅春园的十几年间，他旦夕入直，却只能以笔墨寄托乡思，以诗文排遣乡愁，在梦里望见家乡的明月：

几年梦里江南月，
一片相思寄碧云。
此日西窗消永昼，
青山笔底落秋旻。

畅春园的牡丹，并不似自己家乡的花草；竹深的莺啼，也比不过江南的四月天。云无心以出岫，鸟倦飞而知还，只是，无奈的他，身不由己，只能在畅春园里，像一棵会思念而不能行走的树，为康熙终日值守，却乡思如雨，乡愁如烟，烟雨潇潇，情系乡园：

眼饱长安花欲燃，
却教愁绝路三千。
竹深处处莺啼绿，
输与江南四月天。

在畅春园里，王原祁就是一个逐岁老去的守望人，孤独而平静，寂寥而坚执，守望着自己秋山之上的梦想，也守望着自己不被遗忘的乡园，在无数个不眠的夜晚，挑灯檐底，展素落墨，孤情绝照，寒夜生辉。

17.

为了探知旧时的畅春园，我曾翻阅清人高士奇的《蓬山密记》，见书中记载，1703 年 3 月，他被召入园，遍观园中诸景。高士奇特别写到了畅春园的牡丹："牡丹异种，开满阑槛间，国色天香，人世罕睹。"

原来，康熙最爱牡丹，园区湖岸尽是牡丹花海。康熙甚至还亲自编了一函《牡丹花谱》，御赐牡丹花名 90 余种，其中唯绿牡丹清雅迥常，世所罕有，故而康熙赋七绝以记之：

碧蕊青霞压众芳，
檀心逐朵韫真香。
花残又是一年事，
莫遣春光向日长。

我却想起王原祁独赏葡萄，还记得他赋诗葡萄藤架，写成佳句"绿蘸虚窗"，却未见他吟咏满园的春日牡丹。虽然畅春园里阶上窗下，与物皆春，但是王原祁却偏要以春为秋，知春守秋，只说"秋实由来胜似花"。

牡丹是雍容华贵的帝王之花，又有谁能与康熙共赏！

然而，花残岂是一年事？1722 年康熙故世后，满园的牡丹便随着主人的离去而香魂消散了。先是雍正皇帝修建了圆明园，后来乾隆皇帝又修建了春漪园，没有了主人的畅春园便逐渐沦为一座废园。

回头乐事浮云改，
瘗玉埋香今几载？

今日，康熙的畅春园早已荡然无存，湮没无闻，只有雍正元年（1723）和乾隆四十二年（1777）分别修建的两座山门茕茕孑立，形影相吊，虽然并非康熙时期的原筑，王原祁自然也是从未见过，但是，作为畅春园仅存的标志物，却可以借此定标园区景观的大致方位。

谁能想到，恩佑寺，这一座小小的山门，此前居然是康熙的寝宫所在地。我想象着面前的清溪书屋，松轩茅殿，古木繁花。从山门逶迤南行，脚下仿佛是当年的苔径露水，路绝纤尘，绕过印象中的莲池荷岸，筠廊曲折，灌木丛植，花覆茅檐，芭蕉一碧，我停下脚步，此处应该就是王原祁的翰林直房和画院了。

但实际上，我只是走到了一个普通的社区门口，人流往来，进出不息。或许，居民们少有人清楚这里曾是大清皇帝的宫苑，更不会知道一个清代大画家王原祁原来在此日日守望，夜夜守候，年年守岁，空岁问兹年。当然，也没人认识我。门卫问我：你找谁？我答道：找王原祁。

我真的是想找王原祁，找寻他隐现在光影中的面容，哪怕是找到一棵老树，树上一定还飘挂着他旧日凝望的目光。我往小区里面走，偌大的院落却全无一丝一毫往昔的梦痕。噫乎，曾日月之几何，而江山不可复识矣。

蓦然间，我却看到了一个葡萄藤架，坠满了珠圆玉润的葡萄，这可是王原祁的庭院三百年前熟悉的景物啊，也是偌大的畅春园于今唯一的岁月旧影，真如昨夜星辰，万世浮沉。葡萄藤架下，还挂落着王原祁的诗句。

我向院外走去，畅春园的草木在我的眼前扶摇。我努力辨识着记忆中的影像，莫非我前世的灵羽也曾飘临于此？我不知，我是因为畅春园而去寻找王原祁，还是因为王原祁而去寻找畅春园？

我环顾四方，踟蹰独行，虽然眼前遍是街道、楼宇、车辆、行人，但是已尽消隐在霭霭空色中，只有无有，空有空无。唯有我脑海中的畅春园，和光同尘，园色依旧，日穷寥廓，澄波远岫。

也许今天，我也是畅春园里的一个守望人，那么，我又为何守望？畅春园早已不复存在了，孤寂的山门不过是露出海平面的桅杆，时间的海平面上升了，历史沉没了。而我，只是一个姗姗来迟的访客，抚昔追古，望洋兴叹。

这么些年，我一直在探究王原祁，观赏王原祁，他临仿了那么多的历代名迹，连缀而成了一部完整的中国画史，煌煌赫赫，灼灼其华。他归溯历史又延续历史，重绘历史又守望历史，终于，深秋，深秋，我追循着他的步履，走进了畅春园。

置身于飘浮在空中的畅春园，烟霏云敛，天高日晶，我又与王原祁的一首题画诗不期而遇：

芳草芊芊水面齐，
竹凉荷净小桥西。
溪边路折云深处，

石磴高盘殿角低。

18.

我初识王原祁,缘于小时候家里的门厅悬挂的一幅王原祁山水。那时不懂得要观画款,只去看疏林坡岸,山石草木。还记得父亲曾指着画上的苔点对我说,你看他的画笔多么有劲!当时不解,但是王原祁点苔的笔墨却是深深记住了。长大以后才知父亲所言不虚,王原祁的笔端原来是金刚杵,如他自己之所言。

所以,从此以后乃至今日,每逢我再去观赏古画时,总要细品斑斑苔点,竟然发现,在这些精微之处的功力,前无古人,后无来者,似乎再没有人能够超过王原祁了。

我亦好古,也试着文字仿古,落笔竟若王原祁之点苔,深浅叠合,支离疏密,又好用古语,遍引旧典,据事类义,援古证今,然终不及王原祁之画图仿古,食古而化,大化古今。

王原祁仿古,初恨不似古人,后又不敢似古人;不似古人则不是古,太似古人则不是王原祁。所以,王原祁集画史大成,布墨神逸,清虚栖心,仿古仿到最后,却终竟还是他自己。

前几日,我陪好友去看望九十多岁高龄的父亲。父亲一生近古,尤嗜古董书画。说起王原祁,父亲缓缓而言:王原祁是整个清代影响最大的画家,在其身后的两百年间,他的仿古画风却蜕变而成了一种僵化的正统,泥古不化,抱残守缺,与王原祁原本的仿古精神相去甚远。

对呀，鉴古观今，怀古惜今，王原祁其实是一个今古的守望人。

父亲又说，东施效颦，是否错在西施呢？

言罢，父亲转身取出一幅王原祁山水手卷。我诧异地问父亲：我怎么没见过？父亲说这是他早年收的，一直压在箱底，他也很多年没有找见了，不久前偶然才翻了出来。

展开手卷，静观三米长幅，浅水遥岑，松磴逶迤，细雨沾苔，翠竹龙吟。我照例盯着苔点细看，简直与我小时候熟悉的苔点一模一样，竟似出自一笔，让我好像一下子就退回到了几十年前，归返懵懂少年。

又观画跋，王原祁在上题有一首五言绝句：

山色向南去，溪声自北来。
幽居可招隐，落叶点青苔。

落款是：

康熙戊子之秋，仿倪黄笔意，写于海淀寓直。

海淀寓直……原来，此卷居然也是畅春园之物，画于1708年的秋日。画是好画，诗是好诗，款又是好款，这令我大为惊喜，又心生怪怨，为何早也不见！

我忽见卷幅的幽隐处还描画一仙逸的高士，缟衣素袂，沉吟不语，凭栏畅襟，集虚观静，真若一个画外的守望人，却终不过是一个守望的画中人，于是，便让我窥到了画里画外的守望。

若我猜想，那一定是畅春园里的守望人之观照。

王原祁在畅春园里守望：

上摩清颢，
下瞰澄波，
霞绡孤映，
明月独举，
居庙堂之高，
处江湖之远，
既文既博，
亦玄亦史，
青松落荫，
白云谁侣？

秋山谁侣？秋水谁侣？秋风谁侣？秋草谁侣？

忽而，从云间降下一只飞鸟，依光觐日……几声翠羽……环回守望……独寻幽侣……口衔陶渊明的两枚诗草，落在了王原祁的寂寂庭宇——

霭霭停云，蒙蒙时雨。
翩翩飞鸟，息我庭柯。

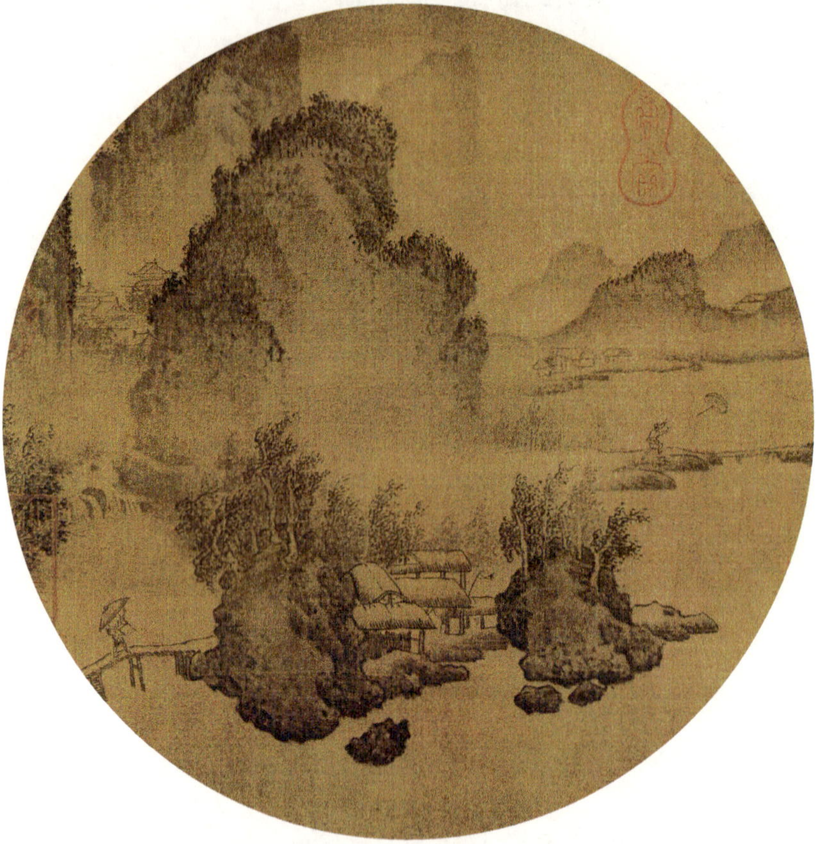

梁园的六月雪

泠泠七弦上，静听松风寒；
古调虽自爱，今人多不弹。
（唐·刘长卿）

谨以此文纪念
《梁园飞雪图》三百年。

1.

2020 年，庚子年。6 月 12 日，正值初夏，我写完了两万字长文《庚子年的夏天》，纪念孙承泽写作《庚子销夏记》360 年，也纪念我们这个极不寻常而又难忘的庚子年。

子夜时分，睡梦未成，茅檐人静，花影阑干，却隐隐听见远处传来黄庭坚的一声叹息："诗有渊明语，歌无子夜声。"我环顾窗外，未有人迹，草木扶疏，水榭吟风，便起身披衣，翻阅书架上的图册画卷。

先观一幅袁耀的《阿房宫图》（"台北故宫博物院"藏），落款是"庚子阳月"。居然也是庚子年，却是 1720 年，晚于孙承泽的《庚子销夏记》

又一个庚子，距今已经整整 300 年了。阳月即旧历十月。曹操有诗《冬十月》："孟冬十月，北风徘徊。"

再观一幅，便是袁江的《梁园飞雪图》（故宫博物院藏），落款是"庚子徂暑"，原来还是这个庚子之年。徂暑，即旧历六月，已是盛暑之始了。《诗经》里说："四月维夏，六月徂暑。"徂，犹始也，四月立夏，而六月乃始盛暑。

故而，袁江画《梁园飞雪图》之时，便又是一个庚子年的夏天。

袁江在盛暑六月的梁园挥洒飞雪，堆银砌玉，乾隆时期的性灵诗人袁枚却在六月解衣盘礴，独抱花眠：

不著衣冠近半年，
水云深处抱花眠。
平生自想无官乐，
第一骄人六月天。

夏山烟晚，月白风清，如此良夜何！而我，在骄人六月的一个庚子之夜，不经意间，居然接连观到两幅 300 年前的庚子画图，便颇感诧异，想来真如清代画家高其佩的题画诗中所言：

只道是人寻画理，
原来却是画寻人。

徒倚轩窗，却又不免心生感慨，想着 300 年的古今，不过是一瞬耳；庚子年的轮回，分明在一念间。

又想起了诗人曹操：

月明星稀，乌鹊南飞。
绕树三匝，何枝可依？

曹操之问，已是一千八百年……

玉漏迢迢，冷月无声，
伤今怀古，乌鹊旧梦，
平沙无垠，夐不见人，
枉凝泪眼，泣尽西风。

在这个庚子年的夏天，六月的夜晚坠粉飘香。光影插上了翅膀，无所不在，无处遁形，我的目光，便匍匐在天地间的光影里，终于化作了一只时间之鸟……

望久碧云晚，一雁度寒空。

2.

袁江与袁耀，有传说是叔侄，也有传说是父子，还有传说是兄弟。总之是传述杂乱，行状模糊，只知他们是江都人氏，其画署款多为邗上。邗字古意为水边的古邑，邗上即江都，为扬州代称。

古时扬州便是繁华胜地,三分明月,十里红楼。清代诗人王士禛写过一首《浣溪沙》,柔情绰态,逸兴悠然。兹录上阕:

北郭清溪一带流,
红桥风物眼中秋,
绿杨城郭是扬州。

扬州八怪之一的黄慎更是对扬州月、扬州梅和扬州雪情有独钟:

只今重对扬州月,
笑索梅花带雪看。

唐代诗人张祜早就说过,人生只合扬州老。过去有一个故事,讲某人发愿,想腰缠十万贯,骑鹤下扬州。苏轼写诗问道:

世间哪有扬州鹤?

只知有扬州月,谁知有扬州鹤?但扬州确实多美女,多诗人,多画家。光绪年间,汪鋆编成《扬州画苑录》,便辑录了清初以来的扬州画家五百五十八人。

不过,二袁虽为扬州人,却如飞鹤一般,只在天外仙游。因而,他们的画迹,如同他们的行踪,天生便是鹤排云上,永夜孤影。

其实,许多文人画家都有野鹤情结,又多以孤鹤自喻。我读清初画家恽寿平,他山窗夜坐,邀约好友王翚不至,便写下一诗:

岑然夜窗虚，青灯伴孤鹤。
彼美期不来，金尊与谁酌。

他又在八月间给友人罗牧的一首送别诗中写道：

长天孤鹤又西飞，
八月新凉到客衣。

袁江早年画有赖爽风清亭，亭柱悬挂一联，上面的文字历历落落，想必写的也是他自己的心绪：

每看孤云招野鹤，
频携樽酒封名花。

令人称奇的是，袁江、袁耀二人，既为野鹤，却同为清代界画大家，又素以绘制楼宇仙阁著称，笔墨相仿，几不可辨。他们绘写的宫苑琼林，风雨江岸，竟如画笔下的楚辞汉赋，六朝骈文，都是传灯一宗，益臻神化。

其中，又以袁江的《梁园飞雪图》挹取其盛，尽现界画的至臻之美。

此处，或可拈来唐代诗人岑参的吟鹤名句聊以补白：

池中几度雁新来，
洲上千年鹤应在。

3.

界画,古人以界尺引线而构图,通常绘写宫室亭台或舟楫屋木,与文人画的水墨彩绘相比,画笔更加精细,墨色更加精微,图画更加精致,神气更加精爽。读清人徐沁《明画录》,见有这样的叙述:

画宫室者,胸中先有一卷《木经》,始堪落笔。昔人谓屋木折算无亏,笔墨均壮深远空,一点一画,均有规矩准绳,非若他画可以草率意会也。

岁月遥永,再把史书往前翻过,原来,宋人刘道醇在《圣朝名画评》中也早已著言:

画之为屋木,犹书之有篆籀。盖一定之体,必在端谨详备,然后为最。

文人画讲究笔墨之灵,莫若川原浑厚,烟雨灭没,水定月湛,泉石幽深;而界画则须精笔细绘,无非层楼画阁,行宫御苑,翘檐拱角,华榱藻棁。

界画与文人画相比,更有设计感和仪式感,更多法度和规矩,端庄典雅,富丽华贵,自是汉唐古典精神之辉映,亦是宫廷贵族文化之观照。

界画始自晋代,隋初的董伯仁便画有《周明帝畋游图》《三顾茅庐图》,楼台人物,旷绝古今,杂画巧赡,变化万殊;他的好友展子虔同样擅长界画,天生纵任,触物留情,备皆妙绝,尤垂生阁。

唐代,则有唐朝宫室李思训、李昭道父子为界画名家,人称大小李将军。李思训笔格道劲，理深思远，《唐朝名画录》评为"国朝山水画第一"，代表作是《江帆楼阁图》；李昭道的代表作则是《明皇幸蜀图》，明人顾起元说其山水树木桥构工妙无比。

逶迤带绿水，迢递起朱楼。

其后，又有五代的卫贤，北宋的郭忠恕、赵令穰，南宋的赵伯驹、刘松年，元代的王振鹏，明代的仇英，直至清代的二袁，都是界画名手，千古一辙。

元代的大画家柯九思，诗、书、画三绝。虽未见他操持界尺，却知他独赏界画，曾为号称元代界画第一人的王振鹏题诗。你看，画家的题诗，题界画的诗，驰目骋怀，果真不同：

满地山河如绣，
迥岩楼阁凌风。
几度春花秋雨，
不知秦苑吴宫。

但是，我却从未见过，有哪一个大画家，为二袁的界画题诗。二袁其生也晚，生不逢时；其命也哀，花残月缺。

二袁之后，黯兮惨悴，岁月飘零。从此，界画抱明月而长终，《梁园飞雪图》托遗响于悲风。再回首，烟笼寒水，孤鸿落照，暮云渐杳，雪残鸡鹊。

徐沁又这样写道：

近人喜尚玄笔，目界画者鄙为匠气，此派日就澌灭矣。

4.

袁江，字文涛，大约生于 1662 年，卒年说法不一；袁耀，字昭道，生卒年均为不详。二人的画风极为相近，形迹也同样过于神秘，便似一泓流泉，清澈甘洌却又来去无踪。这恰好诠释了释道宁的一句宋诗：

鸟啼处处皆相似，
花落不闻流水声。

我倒觉得，袁江就是一个形而上学之形，在天成象，在地成形；而袁耀呢，可说是一个随形之影，却是袁江拉长了的一个光影，天授地设，互映生辉。

画史上确有那么一些遗世独立的超级画师，生平事迹均为人所不知，如明代青绿山水大家仇英，在世间竟如隐身一般。不似同为明四家的唐寅，故事实在丰富，可以铺陈开来许许多多好看的桥段。

这些天赋凛然的画师，或因出身低微，或因不擅诗文，便被视作匠人，下文人一等，游离在文人圈的边缘，以致除了姓名，没有人会去关注他们的平生，因而，他们仅仅只是画史上的"有名氏"。

他们的行迹真如空中鸟迹，倏忽隐现；又如江上明月，杳不可及。忽而想起我收藏的一枚闲章，所镌印文竟有此意趣：

漫扫白云看鸟迹，
闲锄明月种梅花。

相对无名氏而言，有名氏已然算是很幸运了。且看那些数不胜数的无名氏吧，书画也罢，诗歌也罢，历史上有多少风云际会，留得下一个个传世佳作，却留不下作者的声名万古香！

是啊，那些啸咏烟霞的无名氏，往往是首尾不辨的大神。这些大神，以萧散高迈之气见于毫素——勾拂点染，妙手丹青，善写山水，芙蕖万朵，本来有名有姓，却不贪恋浮名，偏偏要把自己的姓名隐去，只留清气满乾坤。

关于无名款画，画史上说法不一。明人沈颢在《画麈》中作了如此解读：

元以前多不用款，款或隐于石隙，恐书不精，有伤画局。后来书绘并工，附丽成观。

明人屠隆《画笺》，却又作如是说：

古画无名款者，皆画院进呈卷轴，皆有名大家，乃御府画也。

也许，无名款者并不尽是御府画。但起码，无名未必鼠辈，无名氏往往是英雄之辈。历史本是集于一卷的大书，而作者则多为无名氏。研究者的天职，是要探知这些无名氏，追寻历史的奥秘。

且不说这些无名氏吧，只说有名氏仇英，还有袁江与袁耀。其实，真的不用记住他们的平生,只需记住他们的名字。他们本来就是属于仙界,他们飘游在星空俯瞰我们栖居的世间。只是,我们的世间,他们也曾来过,而且,留下了神仙的画图。

其中,便有袁耀的《阿房宫图》,还有,袁江的《梁园飞雪图》。

5.

阿房宫,素有天下第一宫之美称,却毁于项羽的一把大火,最终沦为秦王朝的记忆之殇。这个记忆,写成文赋,莫过于唐代大诗人杜牧的《阿房宫赋》:六王毕,四海一;蜀山兀,阿房出……描为画图,便可见袁耀画于庚子之年的《阿房宫图》:五步一楼,十步一阁,廊腰缦回,檐牙高啄……

咏为诗句,唯有清代诗人丁尧臣的《咏阿房宫》,细细匀愁,味外有味:

百里骊山一炬焦,
劫灰何处认前朝。
诗书焚后今犹在,
到底阿房不耐烧。

如此隔离天日的阿房宫,袁耀画了,袁江又怎能没有画过?不知花落何夕,袁江确实也曾精笔画过阿房宫图,而且是由十二图连缀而成的巨幅通景大屏,这可能是袁江的第一大幅了。

然而,如此之最,却是无款,仅钤"袁江之印""文涛"二印,故而不知绘于何岁何年,仅有清末民初的书画名家宋伯鲁录杜牧《阿房宫赋》

全文并题识。

但是，当我拿二袁的两幅《阿房宫图》进行比对，却有发现，袁耀的《阿房宫图》，原来是摹写了袁江的《阿房宫图》之一局部。据此可知，袁江画《阿房宫图》在先，其后才有了袁耀的庚子之作《阿房宫图》。

确实，袁江的一些画作并无画跋，而且，我也从未见过他在画幅上题录自己的诗款。我曾查考李浚之编《清画家诗史》，此书辑录了清代二千画家的画款题诗。只是，这二千画家中，既无袁江，也无袁耀。或因，二袁从来不写诗；正如，刘项原来不读书。历史人物，未必都是诗书满腹。

但是，这并不是说二袁不读诗。其实，袁江不仅读诗，而且善读诗，是读诗的雅士。他的画款，也常见他题录的古诗。

我曾在《雪景楼阁图》上，看到袁江题录的一行无名氏的诗句，不过，诗笔下的雪景，颇似晚秋之情状：

万木尽如花落后，
四檐鸣似雨来时。

袁江还有一幅《雪山楼阁图》，题有一句宋人孔平仲的无名诗——以雪覆龙，或为雪龙；以雪映月，即是雪月：

斜拖阙角龙千尺，
澹抹墙腰月半棱。

袁江更有一幅《雪景山水图》，题录了唐代诗人郑谷的《雪中偶题》，渲染了僧舍飘雪、渔人晚归的雪景诗境：

乱飘僧舍茶烟湿，
密洒歌楼酒力微。
江上晚来堪画处，
渔人披得一蓑归。

我还见袁江在《山水图》的画款上，引录了李商隐的一句诗，把雪喻为田中白玉，树上银花：

有田皆种玉，无树不开花。

我有些诧异，虽然未见袁江写诗，但是他题录的古诗却都是相当冷僻，诗有奇思，孤踪独响。可见他酷爱诗史，读诗又是独有绝门。李杜诗歌万口传，至今已觉不新鲜，所以他既读无名诗，又读无名氏。

或许凑巧，袁江题录古诗的这四幅画图，居然全是他的雪图名作。又可见袁江对于山水雪图，情有独钟，夐然自得。

6.

袁江不仅是界画大师，更是雪图大家。除了上述四幅雪景山水，袁江还有《峨眉雪霁图》《江天暮雪图》《风雪归人图》《雪霁行旅图》，傅色古艳，笔墨超轶，综揽古今，传经久远。

自不必说，袁江最惊艳的雪景界画，便是 300 年前，庚子年的夏天，那一幅《梁园飞雪图》。

说也奇怪，他的影子袁耀却只勉强画过两幅半的雪景，其中的一幅，还是仿袁江的雪图，连画款都是仿写的："拟有田皆种玉，无处不开花意"；另一幅《平岗艳雪图》，雪铺平岗，风韵凄朗，却不见袁氏标志性的宫殿苑囿。那半幅呢，名《雪蕉双鹤图》，画的是雪打芭蕉，双鹤傲娇，却一无霜天，二无山水，三无宫室之丽，我不敢识。

且看袁江一生，云水自在，溪出深虚，画了那么多楼台山水的大景观，既有《阿房宫图》《汉宫秋月图》《仙山楼阁图》《天香书屋图》，又有《槛外长江图》《海屋沾筹图》《蓬莱仙岛图》《关山夜月图》。仅仅只是这些画名，眼前便已然霞蔚云起、岚色郁苍……

袁耀的一生，也是丹青流布，浏览不尽，奇姿崒崪，出而不穷：阿房宫、汉宫、九成宫、蓬莱、桃源、蜀栈、巫峡、浔阳、邗江，都渐次化为袁耀的笔墨山水，迤逦层叠，绚烂之极。

晚明画家沈颢早已有言："层峦叠翠，如歌行长篇；远山疏麓，如五七言绝。"二袁的这些大美山水图，堪称画史上的皇皇巨作；而倘若以赋为图，那便是文学史上的宏大叙事了。——《梁园飞雪图》即可化作《梁园飞雪赋》。

袁耀笔下的时节多为晓暮春秋，画题尽是春晓、春居、春畴、烟雨，秋月、秋涛、秋景、秋稔，只是不知，袁耀为何不擅雪景，少有雪图。

画史上既有人喜画雪景，便也有人不喜画雪景，明代大画家董其昌似乎是后者，他曾言：我素来不画雪景，只画冬景。明人唐志契便问：不知无雪的冬景与秋景有何不同？难道是"干冬景"吗？

倘若如此，那是因为，董其昌没有读过宋代诗人卢梅坡的《雪梅》：

有梅无雪不精神，
有雪无诗俗了人。
日暮诗成天又雪，
与梅并作十分春。

其实，董其昌也并非如他自己所言，我便见过他仿宋人的雪景山水册页，而且漫仿其意，不装巧趣，最为奇古，莫可名状。像他这样天赋极高而又入禅的大牌画家，又怎么可能不画雪景呢？他的《画禅室随笔》里，便写有四字：

瑞雪满山。

有一个佛语故事：有人问禅师，什么是大智慧？禅师也答有四字：

雪落茫茫。

袁耀的山水美图，本不输于袁江，但就是画不出袁江的物态严凝，飞雪飘零，只是天寒木落，蓬断草枯，蛮烟荒雨，风悲日曛，便与袁江相差咫尺，似乎是：

雪意未成云着地，
秋声不断雁连天。

却只见，袁江在雪国里徜徉，拈持区区一把界尺，描画出了梁园飞雪的那一片绝世风景。上下三百年，要说山水界画，便有二袁双雄，可谓无独有偶；但若论雪景界画，却只有袁江一人——

孤舟蓑笠翁，独钓寒江雪。

7.

我曾观过仇英临宋元六景图的最后一图，但却是仇英唯一的寒江雪照，此外，我再也找不到仇英的雪图了。而且，这还是一小幅，不过，在窄小的尺幅上，雪舟，雪岸，雪屋，雪竹，却更加清润新妍，妙绝时人。

我看袁江的画，总能想起仇英。确实，袁江源于仇英。风起蘋末，浪起微澜，早年时，袁江便初学仇英；泉流洒落，野径纡回，在袁江一生的画作中，直至他画梁园的最后一笔，处处都能欣赏到仇英的风雅曼丽，时时都能感受到仇英的仙逸气息。

明清之际，仇英是青绿山水间兀然独立的最高峰。而在他的身后，平林漠漠烟如织，寒山一带伤心碧，唯见袁江能学仇英的青绿山水，思慕前贤，伊人宛在，相看临远水，独自坐孤舟。

不过，清代还有一个画家顾昉也偶仿仇英。顾昉笔无纤尘，墨具五色，深入古人之室，清初四王之一的王翚便对他极为称道。他仿仇英的画我未见过，但他在画上的题诗我却在书中查到了，随笔录下，可心里念想的却还是袁江仿仇英：

千山罨画拥飞楼，
山自苍苍水漫流。
青鸟乱啼花细细，
石梁南畔是瀛洲。

我观袁江，如观仇英。在梁园，你看那山，你看那云，你看那树，你看那楼台，就连空气，都是仇英的优雅和缱绻。

1683年，袁江曾画过一幅《海屋沾筹图》，山峦突兀，烟漫云流，跳波走浪，奔水激集，画眼是一只空中翻飞的瑞鸟，横斜逸出，仙气袭人。观此画图，着色苍古，却最能窥见仇英的神韵和仙灵。

《汉宫春晓图》是仇英的旷世之作，大约创作于1540年，如是，那也恰是一个庚子年。袁江一定是受了仇英的影响，也画汉宫，却没见他画汉宫春晓，只见到他画汉宫秋月，有一幅名作《汉宫秋月图》。

仇英画春晓，袁江画秋月，而熙熙攘攘的诗人们偏偏还要去写秋晓，写春月。

北宋诗僧释道全是这样写秋晓的：

飘飘枫叶草萋萋，
云压天边雁阵低。

何处水村人起早？
橹声摇月过桥西。

苏东坡又是这样写春月的：

春宵一刻值千金，
花有清香月有阴。
歌管楼台声细细，
秋千院落夜沉沉。

不知释道全的水村是何处？也不知苏东坡的秋千院落在哪里？汉宫既非草萋萋的水村，又岂是夜沉沉的秋千院落？

此时此刻，只说汉宫。

却记得，秦观笔下的王昭君，阴山路上，目送征鸿，独抱琵琶，望眼汉宫：

行行渐入阴山路，
目送征鸿入云去。
独抱琵琶恨更深，
汉宫不见空回顾。

不过，绝代佳人王昭君一定没有去过梁园。没见有谁写她，梁园不见空回顾。

8.

仇英的《汉宫春晓图》原是宫苑百美图，写尽了宫女美态，灼如晨花，秀若芳草；而袁江的《汉宫秋月图》，只描宫苑，只染风月，偌大的苑围里，居然找不到一个宫女。

宫女如花满春殿，
只今惟有鹧鸪飞。

袁江也偶画人物，却只可远观，不像他画宫室，景物繁复，纤微呈露。在他的笔下，寸马豆人，皆为草木。他从来没有画过美人大图，他画的只是云出岩间和皓色楼阁。些许宫人，只是描缀，尽如点苔，清清浅浅。

于是，我便有了一丝最初的疑惑，袁江如何摹画仇英的汉宫？

郢人逝矣，谁与尽言？

直至一日，当我观到仇英的《汉宫秋月图》，才疑窦顿开，我才知，仇英也画汉宫秋月。仇英画汉宫是左右手，左手是《汉宫春晓图》，右手是《汉宫秋月图》。同是汉宫图，一幅是春山烟晓，一幅是秋宫晚照；一幅是美人百媚，一幅是楼台淹润。

月出皎兮，君子之光。

原来，先有仇英的汉宫之冰轮桂满，后有袁江的汉宫之秋晚烟岚。袁江的墨彩一如仇英，明净，纯粹，仙丽，安宁，生如夏花，笔墨奇香，神品幻出，悉臻其妙，自有一片冰心，又别具一份诗情。

残星几点，长笛一声。我观袁江的《汉宫秋月图》，忽而想到了唐代诗人赵嘏的诗句：

云物凄清拂曙流，
汉家宫阙动高秋。
残星几点雁横塞，
长笛一声人倚楼。

我上看云天，下看烟水，看懂了一半云天，便看懂了一半烟水；我左看仇英，右看袁江，看懂了一半仇英，便看懂了一半袁江。

我又想，既然仇英画不了雪山飞狐，总可以画画汉宫夏蝉吧？不过，我只观过他的一幅《竹梧消夏图》，夏山林馆，雨罢云归，孤闲清古，淡沱似春。这幅消夏图尺幅不大，年代不详，应该是他的仙笔偶作。

因而，我总是有些许遗憾。仇英心在汉宫，但他绘写夏宫和冬宫的美图却终是阙如。也许，他最该去画一幅《汉宫飞雪图》，倘若如此，便直可拿来袁江的《梁园飞雪图》以做比对了。

吹落清香缥缈风，此时又响起了赵嘏的笛音：

谁家吹笛画楼中，
断续声随断续风。

今夕何夕

响遏行云横碧落,
清和冷月到帘栊。

我喜欢"断续声随断续风"这一句,极像是我的意识流……我又遥想袁江少年时,从仇英的青绿山水学起,发翠毫金,丝丹缕素,天机神发,从古如斯,渐渐就浸染了仇英的天仙之灵。

当袁江步入中年,壮心落落,英华秀发,画了《画舫冲烟图》,再画了《春雷起蛰图》,还画了《独坐看山图》,又学着仇英的《竹梧消夏图》,画了《桐荫消夏图》。终于,路去几程天欲近,梁园疑梦还非……

他神遇了两个宋代的画师。

9.

第一个画师是郭忠恕。郭忠恕是北宋的界画大师,北宋大梁的绘画史论家刘道醇评郭忠恕为当时第一,可列神品。明代大家文徵明也对郭忠恕最为推崇:

独郭忠恕以俊伟奇特之气,辅以博闻强学之资,游规矩准绳中而不为所窘,论者以为古今绝艺。

郭忠恕有一幅著名的《雪霁江行图》,大雪初霁,风帆溯流,两只覆盖着白雪的木船在江面上航行……此图此景,似是从一大幅上裁割下来的一部分。那么,原先的大幅又当如何呢?不免令人遐思。

画幅上并无名款，因而本也是无名氏所作，只是因为宋徽宗指为郭忠恕真迹，并御题："雪霁江行图，郭忠恕真迹"，从此该图便以《雪霁江行图》为名流传于世，直至后来入藏清宫。

乾隆御览后，自然要在上面题诗一首：

大幅何年被割裂，
篙绳到岸没人牵。
江行应识当雪霁，
剩有瘦金十字全。

据说，在雍正年间，袁江曾被召入宫廷，封为画院祇候，或许在宫里也观过《雪霁江行图》。也有人说他从未入过宫中，谁知道呢？旧事如烟，随风散落，无论如何，袁江自有他的画缘。

清代乾嘉时人沈宗骞称，郭忠恕另有一幅《仙山楼阁图》可谓古今界画之极。我极想一睹真容，却不知这幅界画至今隐于何方。不过，沈宗骞晚于袁江七十余年，其时此图尚在世间流传，所以，若说袁江当年曾观临此图，也是极有可能。

此外，据明末画家陈继儒《妮古录》记载，郭忠恕还画有一幅《越王宫殿图》，画的是钱镠越王宫，曾为董其昌所藏。这幅画，或许袁江也曾拜观，惆怅怀贤，挹取遗芬。

然而，早在康熙年间，不论是何机缘，袁江肯定见过郭忠恕的另一幅更为著名的画作《明皇避暑宫图》。1702 年，康熙四十一年，袁江以唐明皇在骊山避暑游乐故事为题，观郭忠恕的《明皇避暑宫图》有感，双眸炯秀，妙在心传，画下了《骊山避暑图》。

《明皇避暑宫图》引笔天放，设色古雅，墨香横壁，阐发幽奥，清代大师恽寿平竟说郭忠恕的一抹山色，就胜却了唐代画家李昭道的无数纤微笔墨：

远山数峰，胜小李将军寸马豆人千万。

袁江师承郭忠恕，学习界尺线描，由此步入界画的殿堂，篆籀画屋，上折下算，一斜百随，咸中尺度……又见重楼复阁，层见叠出，向背分明，不失绳墨。不错，郭忠恕的《明皇避暑宫图》，正是袁江学习宋画的第一摹本。

当画家极尽细绘雕阁香闺，诗人却在悼古伤今，哀吟唐明皇失却爱侣的凄凄悲情。此处，且读白居易的《长恨歌》：

归来池苑皆依旧，
太液芙蓉未央柳。
芙蓉如面柳如眉，
对此如何不泪垂。

或可假想，如果袁江读到此诗，他的《骊山避暑图》是否也会抹上几缕淡淡的愁云？也许，他会在画款上题录《长恨歌》中的又一行诗句，如此，那才是诗画的天作之合：

行宫见月伤心色，
夜雨闻铃肠断声。

当然，如果是在《梁园飞雪图》上题写画款，袁江就要另择住句了。

10.

袁江神遇的第二个宋代画师是赵伯驹。赵伯驹，字千里，宋太祖赵匡胤七世孙，南宋宫廷画家，意趣高古，今古无及，曾为集英殿画山水通景屏风，也曾画绢本小幅《明皇幸蜀图》，秀雅超群，着色甚妙。

他的祖父是大名鼎鼎的赵令穰，字大年，赵匡胤五世孙，北宋宫廷画家，偶画雪景，师法王维。明代三大画家评说：莫是龙说他的画秀润天成，真宋之士大夫画；董其昌说他的画平淡天真，超轶逸尘；恽向说他的画往往逸气，每每侵入骨肌，秀则带嫩，平远则带浅近。

赵令穰最早画了《汉宫图》，赵伯驹最重要的画作恰恰也是《汉宫图》。赵伯驹的《汉宫图》本无名款，却有董其昌题跋"赵千里学李昭道宫殿，足称神品"，故定为赵伯驹作。原来，在仇英之前四百多年，赵氏祖孙便早已画了汉宫图，可谓山外有山，天外有天，又见山峦迭起，更能饶秀。

赏鉴大雅，袁江描画汉宫，不仅仅是学习仇英，更是双倍地师法赵宋宗室。行笔有本，观其汉宫笔法，继仇英之后，袁江更是直接系出赵伯驹。赵伯驹的《汉宫图》，甚至掩过了赵令穰的《汉宫图》，成为袁江学习宋画的第二摹本。

袁江初学仇英,画《汉宫图》;后学赵伯驹,再画《汉宫图》。两幅《汉宫图》,竟然萦绕了袁江的半生烟云。

当烟云散去,袁江远远望去,日起于东,有一处如梦如幻的皇家园林,台榭凌虚,飞阁流丹,山脚长坡,明潭萦回……

那就是梁园。

梁园在东,汉宫在西。汉宫,原指西汉长安的长乐宫和未央宫,唐代诗人杜甫诗云:"日月低秦树,乾坤绕汉宫",优美的诗句迎风带露,令人低回。只是,汉宫也早已继阿房宫之后,消逝在岁月的尘壒里。

然而,在历史的意象中,汉宫久已不只是一座繁华盛世的皇家宫殿,遮辇迎銮,钟鼓迭喧;而是四百年汉代历史上,一个永久的精神遗存,清风明月,俱寄情思。

亦如袁江之梁园情结,身为赵宋皇族,赵令穰与赵伯驹也有着浓厚的汉宫情结。越古千年,汉宫早已成为汉代历史的一个符图。从汉宫一词便又衍生出许多文化词语,例如,北宋的长调词牌《汉宫春》,马致远的元代杂剧《汉宫秋》。

1203年,南宋词人辛弃疾登临绍兴府的秋风亭,不由想起汉武帝的《秋风辞》,遂写下一首《汉宫春》,句意深长,尤为千古杰作:

亭上秋风,记去年袅袅,曾到吾庐。山河举目虽异,风景非殊。功成者去,觉团扇、便与人疏。吹不断,斜阳依旧,茫茫禹迹都无。

千古茂陵词在，甚风流章句，解拟相如。只今木落江冷，眇眇愁余。故人书报，莫因循、忘却莼鲈。谁念我，新凉灯火，一编太史公书。

词末一句，尤其令我感怀。每逢夜阑珊，月未央，读无眠，我总会想起这一句《汉宫春》——谁念我，新凉灯火，一编太史公书。

现在让我的思绪，从汉宫春词，再返回到汉宫画图，望不尽汉宫的林苑亭台，烟岚云树，燕舞花飞，香霏冉冉。

乾隆的御书房，曾藏有宋代佚名所作《汉宫秋》卷，卷前乾隆御题"萧景澄华"四字引首，并题御诗四首。奏请皇上，恭录其一：

满幅寒光秋意多，
凉生别殿罢云和。
尹邢相见惊真是，
俛泣低头叹若何。

袁江之后，前面提到过的清人沈宗骞也画有一幅佳作《汉宫春晓图》，点染并用，尤为自赏，并在其画学著作《芥舟学画编》中，留下一行名句。拈来于此，可算是对画史诸家《汉宫图》的一个归纳性的美评：

方外清流，但觉烟霞遍体；才华文士，可知廊庙雄姿。

11.

袁江先是师法仇英，后又神交了两个宋代画师。但是，要进一步读懂袁江，却还要追溯另外一人。只是，这个人，无名，无姓，不知何方人氏，然而，就是这个无名氏，临写了一幅古画，但这幅古画的主人，更是不知何许人也。

据说，袁江中年时，曾在一处谁也不知的乌有之乡，观到了这么一幅谁也不识的无名之画。这本是一件平常之事，人所无视，并无渲染，只有清人张庚在《国朝画征录》中略有记载：

中年得无名氏所临古人画稿，遂大进。

云里雾里，万物皆有果报；风中雪中，一切皆是因缘。事情就是简单到了不能再简单，奇幻到了不能再奇幻，袁江偶得了一幅无名氏临仿古代的佚名画，从此画技大进。

虽然，谁也不知这幅画里有何神笔，原画者又是哪位神人，但就是这幅神秘之画，让袁江完成了自己最后的蝶变，一步步地走向庚子年的夏天，让六月的梁园冰凝雪积，粉装玉砌。

此路三千今日始，
蓟门回首雪霜时。

清代画家崔华写的这一首题画诗，后一句让我读作"梁园回首雪霜时"。

读袁江的画，你总能读出仇英，也能读出郭忠恕和赵伯驹，甚至你还能读出赵令穰。但是，在或明或晦的画面里，尚有一些灵虚之笔，清迥自异，无人能懂。

特别是，在《梁园飞雪图》的画底，我似乎总能发现一些若断若续的墨丝，找到一些若隐若现的符记。也许，袁江的心隐，只有找到那个无名氏，还有那个佚名的古人，才能开解。

袁江毕竟青史有名，只是他的青史之名却与那个无名氏有关。不过，既然人们并不关心袁江的生平，又何以会在意一个原本与袁江也说不清交集的无名氏呢？

虽然，这个无名氏早已无从稽考，但我至今依旧耿耿于心，不能自释。

想知道那个无名氏，究竟是谁；
我会一直等他走来，管他是谁。

今夜故人来不来，
教人立尽梧桐影。

至于无名氏所临仿的那个古人，要探知就更加难上加难。我翻阅了许多古代画册，查找了许多文史典籍，自觉或不自觉地推断，有意或无意地臆想，如此情境，竟可入诗：

落叶聚还散，寒鸦栖复惊。
片云明月暗，斜日雨边晴。

前两句撷自李白，后两句取自石涛。落叶聚散，片云明暗，这既是一个求索者的写照，合起来，却也是一首绝妙的佚名诗。

诗风袭来，别有心情怎说？我凝视着一株临风老树，屈曲之干，纷披之叶，历乱繁枝，古木垂云。渐渐地，让我如入化境，便有了些许幻想，又在一株蜡梅的树皮斑驳处，隐约看到一个人的名字：郭熙。

我猜想，那幅画应该是一幅雪图；
我推测，那个佚名的古人是郭熙。

12.

我对于雪图的猜想，是因为，仇英和赵伯驹，都不以雪图名世，郭忠恕也只是偶写船行江雪。而袁江画下诸多雪图，特别是旷世之作《梁园飞雪图》，一定另有渊源和背景，那幅无名氏所摹古人的画作，或许就是袁江雪图的最终摹本。

我对于画者郭熙的推测，则源于郭熙的一幅雪图。

郭熙是北宋的宫廷画师，少从道家，本游方外。他的一些画作，据明人汪砢玉说，于画角有小熙字印；他的另一些画作，与许多宋代的佚名画一样，也常常无款。因而，在山水间，他也曾是一个无名氏，飘来飘去，杳无消息。

郭熙最具古意，落笔绝不一般。即使他画枯树，也要极尽苍古。唐志契就看他的枯枝多似鹰爪，知道没有数十年妙出自然的功力，不能仿其万一。枯枝尚且求妙，遑论其他。

郭熙不只是神乎技矣，而且神乎理矣，故而，元人汤垕才说，观其议论可知其画意。汤垕所指,便是郭熙的传世名著《林泉高致》——仅这四字,便已见山水林谷,泉深石乱,木秀云生,风流蔼然。

翻开书卷,眼前流淌的文字竟如山中清泉,飞瀑直下,珠玉四溅,字字晶灿。书中既多画诀,又多诗萃,难怪前人都说诗画相通。诗是诗中画,画是画中诗,信手择取四言,请教诸君:若非画焉?抑非诗焉?

春山烟云连绵人欣欣,
夏山嘉木繁荫人坦坦,
秋山明净摇落人肃肃,
冬山昏霾翳塞人寂寂。

郭熙最著名的画作是《早春图》,蛮烟寒云,幽壑荒迥,山骨隐显,林梢出没。此图我曾经一观再观,最玩味满幅的浑融缥缈。后来,我偶读清代画家李念慈的一首早春诗,却不禁暗自叫绝,那简直就该是《早春图》的诗题:

萧萧风雪下千峦,
客里相看泪不干。
欲典羊裘沽好酒,
却愁明日又春寒。

便以为,我观郭熙,无须乎多,一画一诗,已是足矣。

直到有一天,我偶会郭熙的《峨眉雪霁图》,悬崖邃谷,薄雾横腰,深涧松雪,平林远岫,如此的峨眉雪照,竟让我大为惊愕,我想起袁江分明也有这么一幅《峨眉雪霁图》,绝巇千秋雪,危峰百仞银。

透过时光的流泻,我居然寻见了郭熙洒落在袁江画图上的衣钵尘土。原来,却是不知,袁江也在默默地观临郭熙,仿画雪图。

比对这两幅相隔数百年的峨眉雪景山水,我突发异想:

在袁江那里,并未看到他仿画别家的雪图。如果那个无名氏所临仿的果真是一幅雪图,那么,会不会就是这幅郭熙的《峨眉雪霁图》呢?可以想见,当袁江看到了无名氏临仿郭熙的峨眉雪景,那一定会让他如获至珍,情思绵邈,目往神受,置为摹本,从此画技大进。

郭熙是春天的诗人,却更是冬天的歌者。他画了一幅早春图,却画了至少八幅冬雪图,因而是唐宋时期雪图最多的画者。妙合天趣,颇探幽微,郭熙早已画遍了世间的冰雪奇缘,终于又见峨眉金顶的佛光灵彩,雪山片玉。

然而,正是这幅少为人知的峨眉雪图,向我泄露了袁江仿画郭熙的秘密。

13.

袁江仿画郭熙笔下的峨眉雪山,危石倚云,迤逦层叠,风雪平远,浓荫锁黛。却不知为何,袁江并未描画山间那些隐秘的宫苑寺观,也未绘写山下那些逶迤的冰雪江河,这对于界画大师袁江而言,似乎不可思议。

不过，我又想，袁江仿画的毕竟只是无名氏的摹本，也许，那个无名氏，就只是临写了郭熙的山峦雪色，便已匆匆离去，只留下满幅的霜天烂漫。

南宋诗人杨万里有一首《芍药宅》，写花开一半，又花飞数片，难道，留花不住的惆怅，莫不也字字化作了袁江的峨眉玉屏，白雪飘飞：

昨日花开开一半，
今日花飞飞数片。
留花不住春竟归，
不如折插瓶中看。

应酬作画也是有可能的。雪天独酌，客来索画，清代画家蕴端便随手写下一画一诗：

正值天寒雪下时，
披裘独坐酒盈卮。
客来索画无烦想，
随手梅花一两枝。

其实，峨眉的美景，最能入诗入画的，还真不是峨眉山雪，而是峨眉山月。这是因为，早在大唐，大诗人李白便唱出一首著名的《峨眉山月歌》：

峨眉山月半轮秋，
影入平羌江水流。
夜发清溪向三峡，
思君不见下渝州。

李白写峨眉山月的诗,并不止这一首。月出峨眉,李白为友人送行,就曾随手写下一诗相赠。诗的结尾,居然是约朋友,"归时还弄峨眉月":

我在巴东三峡时,
西看明月忆峨眉。
月出峨眉照沧海,
与人万里长相随。

……

然而,袁江画峨眉雪景,既无楼阁,亦无山月。峨眉数峰,在他的心底笔尖,只是赋景雪色,皑皑一片。你看他,手中的界尺不见了,却只在雪山之上,思考人生。

显然,再怎么说,仅凭一幅画便推断那个神秘的古人是郭熙,确乎缺乏根据。只是,袁江除了他的一些画作,再没有留下什么,便只能设法剥出若干蛛丝马迹,铺陈发挥,敷衍成文。

当然,我也并不是没有做过其他的推测。事实上,我早已把擅画雪图的古人们排了一个队,找找看,谁最有可能是那个描画雪图的神秘古人。

因为那个无名氏仿画的也是一幅佚名画,而唐宋时期的古画多无名款,所以,我便只是在若干唐宋画家中,进行一次初步的排查和匆匆的巡游。

一千二百年前的唐代诗人贾岛,去了扬州,却寻不见他要找的故友,曾写下一首《寻人不遇》:

闻说到扬州,吹箫有旧游。
人来多不见,莫是上迷楼。

我会不会也像贾岛一样,寻人不遇、苦觅迷楼呢?不管怎样,江楼津馆,箫管弦歌,我已找出了十五个唐宋名家,便只是,闻箫而去,逸情云上。

14.

第一个人自然是唐代的诗人、画家王维。虽然诗人们把王维奉为诗佛,视王维的诗名盖过画名,但王维在画坛上早已是一个神一般的存在,并在身后九百年被董其昌推为画坛南宗之祖。王维也曾说自己"老来懒赋诗","前身应画师"。他有一首著名的诗,诗名就叫《画》,却真正是以诗赋画:

远看山有色,近听水无声。
春去花还在,人来鸟不惊。

王维绘写雪景的诗画同样俱佳,我记得他的诗中名句有:

清冬见远山,积雪凝苍翠。

还有:

隔牖风惊竹,开门雪满山。

王维另有一句"关山正飞雪",要是写作"梁园正飞雪"多好。

王维也是中国雪景山水画的开门人，开门便见雪满山，曾画有二十余幅雪景山水，其中有《雪溪图》《雪山图卷》《江山雪霁图》《长江积雪图》和《万峰积雪图》。

《雪溪图》，无名无款，宋徽宗题签，曾于1632年归藏董其昌。现为王维唯一的存世作品。

《雪山图卷》今已无存，明初赵原曾摹《雪山图卷》。

《江山雪霁图》也已失传。清初王时敏曾观临《江山雪霁图》，并于1668年悉心仿画。他称王维"用笔运思所谓迥出天机，参乎造化，非后人所能企及"。

《长江积雪图》原迹已佚，唯有一幅宋人仿画存世至今。

还有一幅《万峰积雪图》亦佚，唯明代大画家沈周的题诗在文献中尚有传录：

城中十日暑如炙，
头目眩花尘土塞。
僧楼今日见此卷，
雪意茫茫寒欲逼。
古桧修柳枝袅矫，
下有幽篁侧丛碧。
隔溪胶艇不受呼，
平地贯渚无人迹。

王维不仅有最美的山水诗,有最好的山水画,还有最经典的山水诀:

夫画道之中,水墨最为上。肇自然之性,成造化之功。或咫尺之图,写百千里之景。东西南北,宛尔目前;春夏秋冬,生于笔下。

第二个人是五代的荆浩。据史籍记载,荆浩共有五十余幅画作,存世名作有《匡庐图》。荆浩还有一幅《雪景山水图》,1930年出土于古墓,是一幅现存最早的古代雪图,也是荆浩唯一的雪图。画幅上有洪谷子白色小字款,荆浩的别号即洪谷子。

洪谷子在洪谷还曾写松数万本,画遍了松树的万千样貌:皮老苍藓,翔鳞乘空,蟠虬之势,欲附云汉。

不凋不荣,惟彼贞松,
势高而险,屈节以恭,
叶张翠盖,枝盘赤龙。
……

只是不知,其中能有几幅雪松图?另外,荆浩一生只留下一首诗,偏偏不是雪诗,是写他自己如何作画,恣意纵横之下,远山寒树,墨淡云轻:

恣意纵横扫,峰峦次第成。
笔尖寒树瘦,墨淡野云轻。

第三个人是五代的巨然。巨然多写夏秋之景,有《夏景山居图》《夏日山林图》《秋江晚渡图》《秋山问道图》;也绘春景,有《湖山春晓图》。

唯有一幅《雪图》，古峰峭拔，宛立风骨，积雪凝寒，凛若霜晨。同巨然的其他画作一样，此幅原为佚名，后经董其昌目鉴，定画者为巨然。诗堂正中有乾隆御题：

玩其林峦皴法，与王维雪溪同一神妙。

第四个人是五代宋初画家李成。北宋书画大家米芾当时就已作"无李论"，说李成真迹难得久矣。不过，到了清初，王翚又说，李成真迹虽然绝少，却有一卷《雪霁图》，笔墨灵异，丘壑变幻，卷尾有赵孟頫和董其昌的题识。此卷原藏董其昌，后归王时敏。

1666年，王翚在王时敏家中得见此卷。时隔一年，他追忆其意，仿佛为之，画下了一幅《仿李成雪霁图》。李成的《雪霁图》现藏"台北故宫博物院"；王翚所仿李成，我久未找见，却见过另外一卷，是王翚临摹王维的《山阴雪霁图》。

15.

还没完呢，我再接着往下说。

第五个人是北宋初期画家范宽。说荆浩和李成，就不能不说范宽，范宽早年师出荆浩和李成，荆、李、范的三人组，便是画史上最早的三大家。刘道醇的《圣朝名画评》更是把李成和范宽视为双子星，这样写道：

李成之笔，近视如千里之远；范宽之笔，远望不离座外。

范宽也是一代界画名手，绘制屋宇擅用界画铁线，又见淡墨笼染，陇水寒塞，故而有"铁层"之说。

北宋《宣和画谱》著录了范宽的 58 件作品，今传有《雪山萧寺图》和《雪景寒林图》。然而，我观《雪山萧寺图》，山径层叠，冒雪出云，楼观却隐于山后，毫不着象，不似袁江的《梁园飞雪图》，仙阁缥缈，壮丽人间，江山如旧，足征大观，这竟令我后来再细品袁江的《峨眉雪霁图》时，虽未见楼宇高阁，却也是略有释然。

第六个人是北宋后期画家王诜。王诜是宋英宗的驸马，宋神宗的妹夫，还是苏东坡和米芾的好友，《宣和画谱》称他风流蕴藉，真有王谢家风气。

王诜绮阁金门，锦衣玉食，本色却是个诗人，词彩遒丽，媚于语言。常见他，独上高楼，低徊囊昔，山水寄恨，感喟良多：

钟送黄昏鸡报晓。昏晓相催，世事何时了。万恨千愁人自老，春来依旧生芳草。
忙处人多闲处少，闲处光阴，几个人知道。独上高楼云渺渺，天涯一点青山小。

王诜又精于绘事，粉笔带脂，他的一幅《渔村小雪图》，江天雪意，冬水微惨，古淡天真，墨痕尚新，图上有宋徽宗和乾隆两帝相隔六百年的御题。此图历经千年辗转，还曾过王翚之手，现藏北京故宫博物院。王翚说王诜完全师法李成和郭熙，妙绝千古。

谁知此中还有一个故事。

一日，王翚从京师购回此图，却不承想，被好事者夺爱，不可复睹，徒生悲惜，遂于1678年闰月望日，继十年前追摹李成雪图大意之后，再次根据记忆，仿画了王诜的《渔村小雪图》。

好了，除了上述六人，尚有赵干《江行初雪图》之薄积小雪，许道宁《关山密雪图》《云关雪栈图》之崇山积雪，燕肃《寒岩积雪图》之万丈雪崖，梁师闵《芦汀密雪图》之寒冰融雪，宋人《雪麓早行图》之山高雪密，赵佶《雪江归棹图》之寒江雪色。

南宋时期，又有刘松年《雪山行旅图》《仿高克明溪山雪意图》之雪霁清冷，马远《晓雪山行图》之踏雪而行，夏珪《灞桥风雪图》之密雪覆盖，梁楷《雪景山水图》之雪寒荒凉。

还有一幅宋代佚名的《雪山行旅图》，我未能获见，只知乾隆曾题长诗一首，题诗的开篇便是春兰入室，闻香问梅：

雪山大图传李成，
郭熙行旅亦其次。
是图出入二家法，
帧中却未留名字。
自是北宋画院派，
又无画院之习气。
可称绝代最佳作，
是用长歌纪其事。

如此之多的唐宋名迹，还有更多的古代雪图，早已让我松轩醉雪，徘徊日曛。然而，哪一幅才是我要寻找的那个佚名的古本？我一时茫然，随笔零乱，竟如身临宋人释文准的雪诗中：

今朝腊月十，
夜来天落雪。
群峰极目高低白，
绿竹青松难辨别。

甚至，我读宋代诗人吴文英的《十二郎》，都辨不出，那迎面而来的，是暮雪，还是飞花：

迎醉面，暮雪飞花，几点黛愁山暝。

我再读近人王国维的《蝶恋花》，也辨不出，那满地银光，是雪霜，还是月华：

满地霜华浓似雪。人语西风，瘦马嘶残月。

既然袁江的雪山此图竟是如此地相近于郭熙的雪山彼图，那么，我现在也只能暂定，那个无名氏所临写的古画，或许就是郭熙的《峨眉雪霁图》。

当然，更进一步的细致考证，我还会继续做下去……

野芳发而幽香，佳木秀而繁阴，风霜高洁，水落而石出者，山间之四时也。

四时往返，我亦如是，或有一日，水落石出。

16.

歌古调，新声移入渔家傲。

元人许桢一口气写了四首《渔家傲》，我只记得了其中这一句，我理解他的心思，以新入古，与古为新。不错，我也慕古，嗜古。在访古的路途上，步履蹒跚，我只想去看看，三百年前的一场梁园雪。

《渔家傲》的词牌，我还寻到了李清照的一首雪梅词：

雪里已知春信至，寒梅点缀琼枝腻。香脸半开娇旖旎，当庭际，玉人浴出新妆洗。
造化可能偏有意，故教明月玲珑地。共赏金尊沉绿蚁，莫辞醉，此花不与群花比。

冷香问梅，此花不与群花比。其实，我之所以四处探知那个佚名的古本，只为拂去数百年的沉雪，寻见袁江远向梁园而去的漫漶足印。

明月白露，光阴往来，石老而润，水淡而明。

日复一日，在袁江的画图里，我分明看到了仇英的仙灵气息，郭忠恕、赵伯驹的界画技法，郭熙的雪图淡墨，更有他自己，一缕一缕，如烟如雾的画笔情思。

不知为何，画史上竟少有梁园雪图。我只观过明代画家沈士充作于1618年的《梁园积雪图》，天色清寒，树木笼雾，绝壑幽岩，雪溪平远，可见文人画家对梁园的一般心解和描写。

还有谁，能像袁江一样，画出《梁园飞雪图》那样的绝世佳作吗？

还有谁，能像袁江一样，即便是画梁园的雪树，也能是松偃雪龙，冰鳞玉柯，危干凝碧，绛树珠衣吗？

1714年，五十二岁的袁江试笔初画了《梁园飞雪图》，甫一落墨，便已见方茂其华：峭壁万仞，冬阴密雪，野霞暝漠，风遥鸟征……独立荒寒谁语？蓦回头宫阙峥嵘。

又过去了六年，1720年6月，庚子年的夏天，五十八岁的袁江终于完成了他一生的巨作——《梁园飞雪图》：江天阔渺，琼台艳雪，长松秀岭，碧殿朱廊……依依残照，独拥最高层。

《梁园飞雪图》，不是宋画，却又胜似宋画；不是明画，却又胜似明画；不是郭忠恕、赵伯驹、仇英，却又以三家为师，气势相生；不是郭熙，却又独往独来银粟地，一行一步玉沙声。分明是，游心太玄，妙造自然，陶铸古今，清明象天。

于是，便有一种感觉，人在梁园，人在青冥；于是，便只可读宋代词人曹组的《声声慢》：

重檐飞峻，丽采横空，繁华壮观都城。云母屏开八面，人在青冥。

261

今夕何夕

还可读清代诗人陶珀的题画诗：

踏遍罗浮最高顶，
冰魂清到鹤声中。

这一句，真是折芳馨兮，绝妙好词！方才知晓，原来，扬州鹤也有一颗冰魂到玉霄。

清雍正时，有一个盐运使董承勋，工山水，善写诗。他有一首长诗，淅淅沥沥，结尾只是这么一句：

安得置身图画里，
一编在手风泠泠。

而我却是：风泠泠，雪泠泠，如今置身图画里。

即便不言自明，我还是想确知，袁江画了最美的阿房宫和汉宫，为什么还要画梁园？袁江画了那么多皇宫庭院的垂柳笼烟，高松叠翠，为什么还要画梁园的冰散瑶津，林挺琼树？

念兹在兹，释兹在兹。念兹释兹，唯我梁园。

穿越到唐代，可见诗人周墀独羡春兰：

虽欣月桂居先折，
更羡春兰最后荣。

17.

向梁园，有人吟：

千年我向梁园来，
几寻遗址城东隈。

袁江是那么沉醉梁园，他肯定亲临过梁园旧地，但梁园皇苑也已雪泥化尽，久不可见。早在唐代，诗人高适便到过宋州，并创作了 69 首诗歌，包括著名的《宋中十首》。从诗中可知，那时的梁园，悲风秋草，也只残存一座高台的陈迹了：

梁王昔全盛，宾客复多才。
悠悠一千年，陈迹唯高台。
寂寞向秋草，悲风千里来。

高台名曰文雅台，是当年梁孝王邀集文人雅士唱和之地。到清时，残台仍在，诗人宋至路过台地，曾写下一诗：

梁苑风流歇，空余文雅台。
花时连步屧，雨过长莓苔。
小麦翻轻浪，秾阴借古槐。
萧闲一杯酒，不独忆邹枚。

梁园所在，周朝时为宋国，西汉时为梁国。梁园亦名菟园，是当年梁孝王刘武的皇家苑囿。《史记》记载：梁园方三百里，大治宫室，自宫连属平台三十里。《西京杂记》记载：园中有百灵山，山有肤寸石、落猿岩、栖龙岫。又有雁池，池间有鹤洲凫渚。

梁园是一个辽阔无际的超级宫苑，面积与阿房宫相当。园内列木成林，累石为山，山水相连，云出岩间，偌大的苑囿尤可见诸袁江笔端——舟楫楼阁，烟波云岫，瑶台琼岛，缥缈霞际。

梁园又是一个诗文书画的风月之地，梁孝王集诸游士，各使为赋。枚乘为《柳赋》《笙赋》，路乔如为《鹤赋》，公孙诡为《文鹿赋》，邹阳为《酒赋》《几赋》，公孙乘为《月赋》，羊胜为《屏风赋》……当时汉梁的文学家们都雅集于此，优游唱和，肆笔出之，词章炳蔚，神采飞动。

梁孝王和梁苑宾客的君臣遇合，天庭与诗人的天人际会，使梁园成为一座千岁流芳的诗文园林，闪烁着璀璨的艺术之光。如此的人文和艺术殿堂，自然要令阿房宫、汉宫等皇家独享的宫禁之地黯然失色了。

西汉辞赋家枚乘是梁孝王的宾客，最先写了《梁王菟园赋》，直可置为袁江《梁园飞雪图》之跋文。我能记得其中一语写别鸟相离："疾疾纷纷，若尘埃之间白云也"，真如袁江之梁园飞雪。其后，汉梁文人们写梁园的诗文，也如是，若白云，若飞雪，尘埃之间，疾疾纷纷。

唐代，诗仙李白也来到宋州，而且"一朝去京国，十载客梁园"，还在梁园与诗圣杜甫相会，留下了十多篇诗文。袁江一定读到过这首《梁园吟》：

梁王宫阙今安在，

枚马先归不相待。
舞影歌声散绿池，
空馀汴水东流海。
沉吟此事泪满衣，
黄金买醉未能归。

这首诗中的"枚马"，枚是枚乘，代表作是他在梁国时所作的《七发》；马是司马相如，代表作是他在梁国时所作的《子虚赋》。枚马即统指汉梁的文学家。

杜甫见到李白，诗酒临觞，咏叹斯久，也写下一首《赠李白》：

亦有梁宋游，方期拾瑶草。

时过千年，不只是李杜和高适，还有许多唐代诗人也都来梁园访古，追随枚马，踏风而行，思慕前贤，吊古伤今。

他们是一连串日月如新的名字：

王昌龄，储光羲，刘长卿，孟云卿，岑参，张谓，李嘉祐，钱起，耿湋，韦应物，白居易，李贺，杜牧……

唐代的诗人们都来梁王旧园了，留下了足印，留下了诗句，也终要黯然离去。高适《宋中十首》中的另一首诗，便写下了他此中的悲怆心情：

登高临旧国，怀古对穷秋。

落日鸿雁度，寒城砧杵愁。
昔贤不复有，行矣莫淹留。

这一首诗，想必袁江也读到了。

18.

也许，每个语词都各有所属，汉宫春也罢，汉宫秋也罢，若见汉宫与春秋相连，便都是好词。不过，我却从未见有人写"汉宫雪"，明代诗人张煌言也只是吟"汉宫露，梁园雪"，似乎一场飞雪，只能洒落在梁园。

就是清初画家恽寿平画一幅《竹石图》，霜柯翠竹，风梢吹落，也要想象着若有三尺梁园雪：

如在空山雨后听，
风梢吹落半簾青。
待他三尺梁园雪，
化作瑶天白鳳翎。

如果说，梁园本已是一个古典的意象，那么，梁园雪便更加悠扬而唯美，飘落而见一个艺术的情思。

古人多情思，古诗多雪辞。譬如我一夜之间，便可在宋人吕本中的诗中，扫出一尺深的雪：

一夜雪深一尺，

与谁取酒同斟?

如此,便在这雪夜,呼朋唤友,踏雪远沽,问君能饮一杯无?可是,袁江向往的并不是杯中的雪酒,而是一场飘飘洒洒的梁园飞雪,那雪啊,回散萦积,飞聚凝曜,值物赋象,台如重璧。

说也奇了,偏偏在梁园,只是飘着风,只是舞着雪。你看,自从岑参随口一句"梁园日暮乱飞鸦",一千多年了,都没有诗人再去附和他,可见梁园飞鸦并不入诗入画,而他的"花扑征衣看似绣,云随去马色疑骢",写得才是真好。

当然,最好的还是他写雪的名句:

忽如一夜春风来,
千树万树梨花开。

梁园不是汉宫,也没有人去吟梁园的春晓,也没有人去唱梁园的秋月。梦回梁园,只为看雪。

后人将梁园称为雪苑,或是因为南朝宋文学家谢惠连在梁园写了一篇《雪赋》:

其为状也,
散漫交错,氛氲萧索;
蔼蔼浮浮,瀌瀌弈弈;
联翩飞洒,徘徊委积。

《雪赋》对后世影响颇大，以至于唐代诗人罗隐还续写了《后雪赋》。我诵读罗隐，更是格外留意他描写雪花的那些美雅之词：

莹净之姿，轻明之质，风雅交证，方圆间出……

不只是罗隐，我看到，唐代诗人们对于梁园飞雪也都有一个集体记忆，袁江不可能不闻不知：

猿岩飞雨雪，菟苑落梧楸。（高适）

梁园二月梨花飞，
却似梁王雪下时。（岑参）

五言凌白雪，六翮向青云。（刘长卿）

菟园春雪梁王会，
想对金罍咏玉尘。（白居易）

袁江也会遥想当年，那些宋明的梁园诗人们，不可无酒，不可无诗，人生如梦，一樽还酹梁园雪：

竹里茅庵雪覆檐，
炉香蔼蔼着蒲帘。（苏辙）

今对梁园客，独对梁园雪。（李梦阳）

浚郊腊月三丈雪，
压坼梁王百尺台。（王廷相）

授简赋雪月，筑宫延枚邹。（吴国伦）

明代文学家钱棻也有一篇《雪赋》，赏梁园之飞雪，叹造物之雄奇，如此美文，自然会令袁江漫吟不已：

乍因飙而回合，忽排闼以飘零。花明四照，蕊绽千层；竹腰频折，松盖如擎；梅腮傅粉，石骨凝冰；清光千里，鹤唳一声。屋压琉璃之瓦，帘开云母之屏。九天无月而长白，万树非红而皆春。

到了清代前期，还有一个商丘文人刘榛，大约比袁江早三十年，续着前人的《雪赋》，又写了一篇《梁园雪赋》，袁江更是不可能没有读过：

联翩散漫，纷糅逶迤；浮浮洒洒，袅袅离离。乍庄蝶而扑面，忽谢絮以脱枝。轻盈斗夫燕舞，迷漫妒乎梅醾。风回范云之状，花点谢庄之衣。

也是在这一时期，侯方域、贾开宗、徐作肃、徐世琛、徐临唐、宋荦六个商丘的宋梁后人，并称雪苑六子，创办文学社，社名就叫雪苑社。

天下可以无雪，梁园却是永远的雪苑。宋梁就是这么一处奇异之地，万顷同缟，千岩皆白，青树玉叶，雪意泠泠。所以，袁江笔下的梁园，一定是薄雾依微，冷絮成茵，樽前白雪，庭树飞花。

19.

我不知是自己往去了三百年前的那个庚子年，还是袁江往来了三百年后的这个庚子年。像在梦里一样，我们形影相随。我看不清他的模样，也听不到他的声音。我拉不住他的手，但我们相互感觉彼此。

我知他描摹古画，便陪他探看仇英。我告诉他，学仇英的画，要心静如水，仙游飞天。我让他去摹《汉宫秋月图》，不是《汉宫春晓图》。

他知我最倾心五代两宋，就找来许多珍稀名迹。当我第一次看到郭忠恕的《雪霁江行图》时，一下子就被深深吸引住了。从此他便日夜去学郭忠恕，纤纤界笔，一笔不苟，专画那些文人画家们谁都画不了的超绝界画，终于大成。

他又知我在关注赵令穰，就取来一幅赵令穰的《汉宫图》。还没等我展观，他就又拿来另一幅赵伯驹的《汉宫图》，二帧并置，还随手抄下一纸唐代诗人王涣的诗句：

梦里分明入汉宫，
觉来灯背锦屏空。

他不知从何处拾到一幅不知谁人临仿的古画，他似乎知道被仿的古人是谁，但又不明说，让我一人苦苦地猜想。我猜到了郭熙，他不置可否，却付诸一笑，颇有意味。

我知他像书虫一样读过很多古诗，很多古诗我都没有读过。我也读过很多古诗，我读过的很多古诗他却肯定都会读过。我们是画友，更是诗友。

他画梁园，却无人知晓他是不是真的去过梁园。我真的去过梁园，而且是在雪天。我去的时候他就伴在我的身前身后，我们就那样相对地站在雪花深处。

他画飞雪，轻琼为细，冷香若梦，清净自守，独抱孤洁。在他的眼前，雪是水和汽的凝结和静观；在他的上空，雪是云和风的飘舞和灵动；在他的笔下，漫天皆白；在他的心底，天下皆雪。

除了作画，他所做的一切都是虚幻的，而我写他的一切都是真实的。他做的事情我都看见了，而我看到的只是一个画家虚幻而洁白的世界。

总是烟霞伴，深知天地寒。
青灯吾共汝，同向雪中看。

不过，我也略有不解，为什么他偏偏要去画六月雪？明明元代画家王冕说："二月甲子雪，霏花冷作围。"却抬头望见，梁园六月，风飒飒，雪飞霜。

他也不解我为什么要写他，他生前寂寥，身后也不喜欢热闹。其实，我也寂寥，永远也不喜欢热闹。我的写作，不入时趋，不媚时人，我也不相信未来。我是写他，又不是写他。他是写雪，我也是写雪，我们都在写，三百年前的那一场六月雪。

是啊，三百年了，五个庚子，一场热雪。也许，只有他，还有我，才会去写那场雪；也只有他，还有我，才能把那场雪，写得令人遥襟甫畅，逸兴遄飞。而我，就是《梁园飞雪图》上，最后的隐喻一笔，阳开阴合，一抹遥峰……

不恨古人吾不见，
只恨古人不见吾狂耳！

20.

这真是一种奇妙的体验，竟如梁园的那一场飞雪，凭云升降，从风飘零。袁江的几十年，风行水面，自然成文，幽秀之笔，孤标俊格，却是五十八岁时的一幅《梁园飞雪图》，老去江湖，霜髯迎风，画尽岁月千古，映雪人生。

过眼韶华何处也？碧檐丹楹，翠瓦青甍，一摊流水，千壑松风，尽在梁园飞雪中！

袁江，我在唤你：归去来兮！梁园赏雪胡不归？仿佛梦魂归帝所，几回魂梦与君同。风一更，雪一更，相留醉，几时重？

我未能忘却，整整三百年前，也是一个庚子年，也是一个灿烂的夏天，你在梁园，雪下得那么大，那么美，庭列瑶阶，镂冰雕琼，霏雪凌霜，蔚秀涵清。是你说，六月到梁园来看雪……毕竟梁园六月中，风光不与四时同。

我不会忘记,三百年后,还是一个庚子年的夏天。我久久地展观你的《梁园飞雪图》,六月的这个夜晚月光空明。天地真小,山川飘浮着你的风影;世界真静,我似能听到你的脉动。

只见,画里,画外:

梁园暮雪,烟树迷蒙,
远岫寒沙,仙阁高耸,
隐隐遥岑,江天无棱,
一片初白,目送归鸿。

幽林深谷,孤秀寒峰,
萧萧落木,历乱纵横,
花似无形,水若有声,
山景愈妙,玉宇苍穹。

又见,诗里,诗外:

已讶衾枕冷,复见窗户明。
夜深知雪重,时闻折竹声。(白居易)

瓦上松雪落,灯前夜有声。
起持白玉尺,呵手制吴绫。(张宪)

却见,梦里,梦外:

今夕何夕

我
的
世界,
开始下雪;
你
的
世界,
琼宫九重。

辛丑年的夏天

清顺治十七年（1660），庚子年六月，退谷孙承泽作《庚子销夏记》。其时，这位退隐山居的兵部侍郎望郊坛烟树，屏息而坐，纸窗竹屋，风雨萧然。孙承泽于书中精心评骘其所藏所见晋唐以来名人书画二百七十六件，钩玄抉奥，题甲署乙，足见其恬旷之怀、萧闲之致。

三十三年后……

清康熙三十二年（1693），癸酉年六月，江村高士奇作《江村销夏录》。其时，这位辞官回乡的礼部侍郎长夏掩关，澄怀默坐，取古人书画，恬然终日。高士奇以所见法书名画二百余件，详记其位置、行墨、长短、阔隘、题跋、图章，览此者当作烟云过眼观。

又过去了一百四十八年……

四月清明雨乍晴，南山当户转分明。

清道光二十一年（1841），辛丑年四月，石云山人吴荣光作《辛丑销夏记》。其时，这位放归田里的湖南巡抚闭户养疴，长昼无事，因取四十三年来偶有所得书画，或曾观鉴家收藏者，共一百四十余件，详记款识,一一录出,漫为消遣,又闲录诗跋于后,"非敢言真鉴,用附于江村、退谷两公之后云尔"。

尽管吴荣光本人自谦,但因其收藏之真、考订之雅而历来为学界所称颂,甚至近代著名鉴赏家余绍宋认定,该书已在《江村销夏录》之上:

是书体例虽仿自江村,而精审过之,所附跋语考证,至为确当,可谓青出于蓝矣。

再往后六十一年,还有直隶总督端方的《壬寅销夏录》(1902),也是夏日书画笔记。首夏犹清和,芳草亦未歇。原来,夏日竟是古人赏鉴书画的好时节。庚子,癸酉,辛丑,壬寅,古人的销夏记,多是书画的赏鉴录。

去年 2020,庚子年,我撰文《庚子年的夏天》,纪念孙承泽写作《庚子销夏记》六个甲子,三百六十年。今年 2021,辛丑年,请问诸友,谁能再与我同赏吴荣光的《辛丑销夏记》?

日夜无歇,忆君似水,谨以此文,纪念吴荣光写作《辛丑销夏记》三个甲子,一百八十年。

1.

吴荣光(1773—1843),字伯荣,号荷屋、可庵、石云山人。广东南海人,清代嘉道年间官员,曾任湖南布政使、湖南巡抚、湖广总督,又是岭南颇有时名的书画金石鉴藏家和藏书家,晚年返乡著书,设筠清馆。

著有《历代名人年谱》《筠清馆金石录》《筠清馆法帖》《帖镜》《石云山人文集》《吾学录》《绿伽楠馆诗稿》《辛丑销夏记》。

道光十一年（1831），在长沙岳麓书院内，吴荣光创办了湘水校经堂，并亲题门额，专课经史和经世之学。他的老师比他有名，叫阮元，是著名的经学家和金石学家，也做过湖广总督。不过，他有一个学生也比他有名，叫左宗棠，晚清政治家和军事家。

十余年前，在一场拍卖会上，我曾见过吴荣光的一方端砚，石色澄紫，嵌有石眼，砚背镌有砚铭：

洗砚春波临禊帖，调琴夜雨和陶诗。

只恨我那时未知吴荣光，竟与宝砚失之交臂，噫嘻悲哉，徒叹奈何。但从那时起我便开始更多地关注吴荣光，诚如孟浩然诗言："感此怀故人，中宵劳梦想"，吴荣光便成了我的一个神交的故人，隔千里兮共明月。

我几次邂逅过他的书法，他工书，由欧阳询旁涉苏轼，康有为说他"其书为吾粤冠"。我还偶遇过他的绘画，他的山水宗吴镇，花卉得恽寿平妙意。但我却再也没有寻见过他的砚台。我更多的是读他的著述，在文字中窥探他的收藏世界。

这些年，我陆续购藏了其他许多名家的古砚：南宋彭演，明代吴朴、杨涟，清代方亨咸、郑簠、宋荦、余甸、汪士铉、王澍、金农、朱岷、曹秀先、吴骞、黄易、孙尔准、沙馥、邵松年、陆恢、王福厂……可是，吴荣光呢？冠盖满京华，斯人独憔悴。

在前几日的拍卖会上，我又拍得了一方露凝紫玉端砚。既为"露凝紫玉"，砚品自不必说，看点是砚侧镌有四字边款：岳雪楼藏，知是清代书画赏鉴名家孔广陶的旧物。孔广陶和吴荣光同为广东南海乡里，著有《岳雪楼书画录》。虽说这是一方孔广陶的藏砚，然而，对吴荣光的一丝怀想，却倏忽掠过心头。

吴荣光出世早于孔广陶六十年，两相隔代，未有交集。不过，在其身后，吴荣光的筠清馆藏书多归于孔广陶之兄孔广镛，而他所藏金石书画，也散佚殆尽。日夜无隙，而不知其所终。

然而，幸运如我，吴、孔的两方自家宝砚，历经百余年之沧桑，竟俱与我有缘。孔广陶的凝露紫玉砚已置于敝所，而吴荣光的宝砚，也将永远地珍藏在我的文字空间，抚之有声，藉以自适。

我先读过吴荣光的《辛丑销夏记》，后又读孔广陶的《岳雪楼书画录》，居然偶有发现，原来，吴荣光的《辛丑销夏记》中所记载的若干珍藏书画，在他离世后不久，就已被孔广陶所递藏，并著录于《岳雪楼书画录》。其中，便有唐贞观人书《藏经墨迹册》，还有宋苏文忠题《文与可竹卷》。

如此发现，令人欣喜，又不禁唏嘘。有美一人，清扬婉兮，邂逅相遇，适我愿兮，却别梦依稀，相见时难。难怪宋代词人柳永会咏叹《当初聚散》：

当初聚散。便唤作、无由再逢伊面。近日来、不期而会重欢宴。向尊前、闲暇里，敛着眉儿长叹。惹起旧愁无限。

2.

先说为吴荣光与孔广陶先后收藏的第一件宝物——

唐贞观人书《藏经墨迹册》,大麻纸,文百二十行,"如来积四阿僧祇劫百千劫,具足诸波罗蜜,勤苦如是得此妙法。……"这一册唐人写经现已失传,今日不能一睹真容,难得吴荣光当年曾观贞观宝迹,并题一诗:

正是真文印度来,乌丝供奉尽仙才。
一枝青琐婵娟笔,特为君王麻纸开。

嘉庆十五年(1810)二月十九日,成亲王永瑆也在经书卷尾题有一纸跋文:

尝谓人之于物,目既见之,心必染之,楞严所喻急流望若不动者,精深之旨,盖谓有之于目,终不能无之于心也。
吾人生乎,今而望乎古。
若宋苏、米,元鲜、赵,明文、董之书,亦既在心目矣,则指掌之间,安能出其范围?

成亲王所言极是,有之于目,便不能无之于心。吾人既已学苏轼、米芾、鲜于枢、赵孟頫、文徵明、董其昌,法度又怎能超乎其外呢?

成亲王也是我钦慕的一位书画先生。他是乾隆帝的第十一皇子,又是嘉庆帝的兄长，还是大学士傅恒的女婿。他的书法由赵孟𫖯入欧阳询，字体妍媚，遒劲有法，是清中期四大书家之一。

成亲王还是一个收藏大家，因藏有乾隆皇帝赐予的西晋陆机《平复帖》，故以"诒晋"为斋名，并刻有《诒晋斋法书》行诸海内。十分皓色，一帘幽香，千种风情，更与何人说！

吴荣光编《辛丑销夏记》，有一个最大的缺憾，便是未能收录成亲王所藏的《平复帖》。他在《凡例》中说明：

余宦游四十三载，所见名迹甚多，以诒晋斋所藏陆士衡《平复帖》为最，惜过眼匆匆，未及备录。

陆机，字士衡，西晋著名文学家，文章冠世，太康之英。南朝锺嵘《诗品》谓："陆（陆机）才如海，潘（潘岳）才如江。"故而世有"陆海潘江"之称。

陆机的《平复帖》，是中国古代存世最早的名人书法真迹，现藏北京故宫博物院。全书八十四字，字字如金。卷前有宋徽宗泥金笔书"晋陆机平复帖"题签，卷后有董其昌的跋文："右军以前，元常以后，唯此数行，为希代宝。"卷上有历代藏印，成亲王的印鉴便钤于卷尾，可谓长袖染香，雁过留痕。

虽然吴荣光未及备录成亲王之所藏《平复帖》，但他著录在《辛丑销夏记》中的许多书画，都留有成亲王的款识和诒晋斋的印鉴。幽人独往来，缥缈孤鸿影。读《辛丑销夏记》，经常有一种和成亲王相对而视的感觉。

成亲王才情极高，诗书俱佳，他学书遍临晋唐宋元诸家，清代《啸亭杂录》记载他的书法"名重一时"，"重若珍宝"；相比之下，他的画作和诗作不算出名。我曾观过他的若干幅山水古木、竹石花草，他尝用篆隶笔法入画，荒村野趣，风篁成韵；我也曾读过他的《扬州杂咏》：

竹西路径水边楼，邗上春波翠碧流。
二月春风吹不断，梅花如雪到扬州。

只可惜，如此佳句，却鲜为人知。若是唐诗，便是天下名篇了。

成亲王还有一首长诗《过万柳堂》。万柳堂在京城崇文门内，为国朝大学士益都冯溥别业，清初文学家毛奇龄曾作《万柳堂赋》，词人朱彝尊也作有《万柳堂记》。兹录成亲王《过万柳堂》的前四句：

十日春阴五日雨，崇文门外无尘土。
寒草回青趁马蹄，越陌度阡成漫与。

"十日春阴五日雨"，难怪成亲王写有《听雨屋诗集》。不知何处雨，已觉此间凉。我也想，只在一个雨天，边听雨，边赏读他的美篇呢。

不过，还是成亲王在《藏经墨迹册》上的题跋，更有一语，既在我心目间，拂之不去，行云有影，嘤其鸣矣，求其友声：

吾人生乎，今而望乎古……

今夕何夕

3.

吴荣光之后，唐贞观人书《藏经墨迹册》便流出筠清馆，传入孔广陶的岳雪楼，并编录于《岳雪楼书画录》。读过此书可知，孔广陶在经书卷尾又补题了一段跋文，称此藏经前五纸为吴荣光的筠清馆所刻，后九纸为伍元蕙的南雪斋刻之。

伍元蕙，号南雪道人，和吴荣光、孔广陶同是广东南海人。他是道光年间的书画鉴藏大家，其收藏印鉴遍及诸多宋元法书和绘画，并刻有《南雪斋藏真帖》和《澄观阁摹古帖》。

如此，在清代嘉道时期，吴荣光、孔广陶、伍元蕙便可称为南海的书画鉴藏三家了。历史上，南海名人不少，后来，南海又出过另外两个名人，一个是康有为，一个是黄飞鸿，本文按下不表。

观唐贞观人书《藏经墨迹册》，更为值得关注的是，孔广陶在跋中说，这一卷经书绝非专事抄经的经生所书，其结体用笔与钟绍京的《灵飞经》相仿佛。他又设问，若说书者是钟绍京，不知吴荣光尚质疑乎？

已然作古的吴荣光自然是不能作答了，今人也已不可复见这一卷经书，那么，《藏经墨迹册》究竟为何人所书，也许只能是一个长久的谜。

然而，我对此事仍然耿耿于怀，原来，这一卷经书，字墨竟如钟绍京的《灵飞经》，于是，这就有了一种令人惊叹的可能。那么，《藏经墨迹册》会不会就是钟绍京所书呢？

其实,即便是《灵飞经》,原本也仅署"开元廿六年二月",并无名款。直到元代袁桷、明代董其昌才定为钟绍京所书。董其昌甚至在后拖尾上连题三跋,第一跋小楷书,第二跋小行书,第三跋中楷书,又称:

此卷有宋徽宗标题及大观、政和小玺……

如果其时袁桷、董其昌也观到了《藏经墨迹册》呢?董其昌是不是也要连题三跋呢?

钟绍京,唐代的宰相书法家,三国钟繇第十七代世孙,又是江南第一个宰相。书史上有大小二钟,钟繇世称"大钟",钟绍京世称"小钟"。钟绍京一生宦海沉浮,却写得一手高妙的小楷,代表作便是《灵飞经》。董其昌说赵孟頫"一生学钟绍京书,才十得三四耳"。

历代书界对钟绍京极尽称颂,如北宋文学家曾巩《元丰类稿》赞:"绍京字画妍媚,遒劲有法,诚少与为比。"董其昌也说钟绍京笔法精妙,回腕藏锋,得王献之神髓;又说他自己每每抄写经文前,都要先展阅一过《灵飞经》。

我却独赏清代书法家包世臣《艺舟双楫》所云:"钟绍京如新莺矜百啭之声。"能以莺歌的百啭千声来形容钟绍京小楷的曼妙流丽,这也是没谁了。

钟绍京也可算是我的书法启蒙老师。我少时自习书法,最早临的古帖,除了颜真卿的大楷,就是钟绍京的小楷了。我不是书家,但能辨书家的字,即源于此。

君不见，历朝的书画疑案颇多，临风带雪，披烟带雾。虽然无法最终确定《藏经墨迹册》为钟绍京所书，但是，读吴荣光的《辛丑销夏记》与孔广陶的《岳雪楼书画记》，两书相互参证考辨，自会有些许心得和欣喜，即便永远都不会作出终极定论——史上诸多宝迹也莫不如是。

忽而，我眼前似幻化出吴家和孔家的两只白鹭，又记起苏轼有一首《江城子》，词中设问："何处飞来双白鹭"，词尾一句却是：

欲待曲终寻问取，人不见，数峰青。

4.

花台欲暮春辞去，落花起作回风舞。现在，我还要从孔广陶的岳雪楼，再回到吴荣光的筠清馆来。

吴荣光的《辛丑销夏记》共著录了四件唐人遗墨，其中还有《七宝转轮王经墨迹》。此卷共有十八款名家题跋，如元代仇远，明代韩逢禧，清代梁章钜、赵之谦、李文田、吴大澂、张之洞等。

据《辛丑销夏记》所载，可知卷尾有一段重要的跋文：

此为唐相钟绍京手迹书法，悉宗右军《乐毅论》，时兼有欧、虞、褚体，正见其集大成也。纸为硬黄，烂漫七千余言，神采烨然，真世之罕物。相传鲜于困学公珍藏此卷于室中，夜有神光烛人者，非此，其何物耶？长洲韩逢禧识。

这一段跋文居然开门见山，直指《七宝转轮王经墨迹》为钟绍京的手迹，又说钟绍京宗法王羲之，并兼具欧阳询、虞世南、褚遂良各体，集其大成，神采烨然。这自然令我不胜欣羡，想见其妙。世人都说无独有偶，难道，吴荣光藏有两件钟绍京的墨宝？

此卷的题款人韩逢禧，长洲人，明代晚期收藏家，官至侍郎，宦游南北。其父韩世能，更是声名显赫的海内收藏泰斗，董其昌都要拜他为师。苏州现尚存韩衙庄地名，当年即韩世能于桃花坞庄房的读书处。

韩府所藏，均为历朝巨迹，圣手绝艺，宝若昆山之玉，珍比隋侯之珠，不仅锺繇《贺捷表》和陆机《平复帖》即在其里，更有世人尽知的晋唐宋元书画名迹百本，其中有：

晋人《曹娥碑》，王羲之《快雪时晴帖》《行穰帖》，王献之《冠军帖》，王珣《伯远帖》，南朝梁武帝《异趣帖》，唐颜真卿《祭侄稿》《自书吏部尚书诰兄帖》《鹡鸰帖》，怀素《自叙帖》《论书帖》，柳公权《翰林帖》，唐玄宗《鹡鸰颂》……

顾恺之《洛神图》，展子虔《游春图》，阎立本《职贡图》，张萱《明皇夜游图》，王维《辋川图》，李思训《行幸蜀山图》，周昉《对鉴仕女图》，吴道子《天王送子图》，韩干《照夜白马图》，董源《潇湘图》，宋徽宗《高士图》《雪江归棹图》，周文矩《文会图》，李公麟《九歌图》，李成《古木寒泉图》，范宽《长江万里图》，米芾《云山远树图》，马远《踏歌图》，王蒙《听雨楼图》……

不过，这些历代名作，日后却也聚散无定，天各一方了。也许这便是人间的宿命吧。唐人朱景玄的《唐朝名画录》早已有言："开厨而或失，挂壁则飞去。"

这件《七宝转轮王经墨迹》，想必也是韩府旧藏。虽然韩家父子很少题写款识，唯题此款纤芥无遗，尽表其美，更称其为"世之罕物"，还说当年元代书法家鲜于枢在家中珍藏此卷，夜晚还能发出神光呢。

此说，反正我信了。鲜于枢是一个神人，也许真能见到宝物的神光。我倒是读过鲜于枢的一首小诗，说他舟行碧波上，还处处皆是诗画呢，非神而何？也是同理：

碧水一千里，青山十二时。
推篷皆是画，移棹总堪诗。

5.

下面再说吴荣光与孔广陶先后收藏的第二件宝物——宋苏文忠题《文与可竹卷》。吴荣光称此件宝物"书画超妙，有目者当自知矣"。

苏文忠即苏轼，文与可即文同。文同，字与可，元丰初年（1078）赴湖州任职，世人称文湖州。北宋著名画家，以学名世，襟韵洒落，玉堂妙笔，六合无尘。

文同最擅画竹，风霜凌厉，苍翠俨然，苍雪落碧篈，好风来旧枝。他所创立的湖州竹派，影响了元代高克恭、赵孟頫、李衎、柯九思、吴镇，明代王绂，清代郑燮等画竹名家。且看吴镇和郑燮——

吴镇，字仲圭，名列元四家。晚年专写墨竹，师法文同，清人汪之元就说他远接文同衣钵，可谓前无古人。吴镇曾画一幅《竹枝图》（现藏北京故宫博物院），节节叶叶，交加爽朗，翻正偃仰，转侧低昂，并自题一诗：

潇洒琅玕墨色鲜，半含风雨半含烟。
怪来笔底清如许，老子胸中想渭川。

郑燮，号板桥，宗文同，善画"百节长青之竹"，虽驰骋于法度之中，又逍遥于尘垢之外，文采风流，照映一时。代表作有《修竹新篁图》《兰竹芳馨图》等。

在这里，我不得不先采录郑燮的一首小诗，便知他为何独爱画竹，我又为何最爱他的千枝万叶：

一节复一节，千枝攒万叶。
我自不开花，免撩蜂与蝶。

郑燮曾这样说画竹，又这样说文同与他画竹之异同：

胸中之竹，并不是眼中之竹也；手中之竹，又不是胸中之竹也。

文与可画竹，胸有成竹，郑板桥胸无成竹。然有成竹无成竹，其实只是一个道理。

郑燮名列扬州八怪，自然对扬州有十二分感情。他曾言："我梦扬州，便想到扬州梦我。"我也曾想到,既然郑燮以文同为师,而时人又称文同为"文湖州",那么,郑燮是不是也会说:"我梦湖州,便想到湖州梦我?"

可惜,读《辛丑销夏记》并不可梦到《文与可竹卷》,只可借观文同的另一幅《墨竹图》,以为解梦。

《墨竹图》原为圆明园旧物,现藏"台北故宫博物院"。但见垂竹如许,苍龙过雨,一枕清风五月寒,一枝寒玉淡清晖。想必吴荣光所藏《文与可竹卷》亦可大致作如是观。

不过,不同的是,《文与可竹卷》乃是由苏轼题写诗款,文苏合璧,蔚然大观:

若人今已无,此竹宁复有。
那将春蚓笔,画作风中柳。
君看断崖上,瘦节蛟蛇走。
何时此霜竿,复入江湖手。

自然,《文与可竹卷》的艺术价值和文化蕴含,远在《墨竹图》之上。两个艺术巨匠,怡轩玩月,啜茗相赏,谈诗论画,风雅之兴,山际见来烟,竹中窥落日,又能演绎出多少春秋传奇……

元代诗人三宝柱题识曰:

东坡之文,如长江大河;与可之竹,若飞龙舞凤。观此卷,可谓一举两得矣。

苏轼和文同乃是诗画好友,然而,诗也好,画也好,两人从来都是以竹相会。文同提笔画竹,苏轼便吟诗咏竹;苏轼赋诗赞竹,文同便绘竹敷彩。

有时,也说不清,是文同先有画意,还是苏轼先有诗意。一叶舟轻,双桨鸿惊,文同和苏轼的诗画一体,浑然天成。并蒂莲开,玉漏又催朝早。

6.

其实,苏轼更擅画竹,苍苍茫茫,别具一种思致。他仅存于世的四幅画作,除一幅曾著录于《石渠宝笈》的《偃松图卷》外,余则都是竹图。

其一,《雨竹图》,苏轼自题:"元丰三年六月轼为子明秘校。"另有十八家题跋。现藏"台北故宫博物院"。

大诗人秦观曾观《雨竹图》,并作《题苏轼雨竹图》:

叶密雨偏重,枝垂雾不消。
会看晴日后,依旧拂云霄。

其二,《潇湘竹石图》,共有二十六家题跋,例如,叶泥题:"百年翰墨留真迹,应写潇湘雨后枝。"李烨题:"好似湘江烟雨后,令人不厌倚篷看。"月坡道人题:"起来淋漓泼醉墨,写出一幅潇湘烟。"夏邦谟题:"东坡逸迹天下奇，竹石点染潇湘姿。"此图现藏中国美术馆。

其三，《枯木怪石图》，几株幼竹，一棵枯木，一块怪石，如此寥寥几物，便于 2018 年，在香港佳士得拍卖会上拍出 4.636 亿港币，现为私人收藏。

此外，读《岳雪楼书画录》可知，孔广陶当年还藏有苏轼的另一幅《墨竹图》，纸墨精妙，士气逼人，挥毫造化，真可宝也。苏轼初法文同，自信拈一瓣香矣。抑知胸中奇气盘郁，不觉挥洒出之，又与文同不同。

展观《墨竹图》，想到八百年的宝物竟与其有翰墨之缘，终于归入他的南海岳雪楼，孔广陶不禁感慨万千：

今不意八百年后，八千里外，复归南海。

康熙年间，《墨竹图》曾经是吴中大鉴赏家顾复的旧藏。其时，顾复写过一本书画鉴藏名著《平生壮观》，"博观名迹，朝夕玩索，溯其源流，探其肌理。"书中对《墨竹图》有如此描述：

淡剔枝而浓写叶，干云直上者二大竿，不见其稍，洒然墨叶，似含烟带雨于空中；小竿一枝，根稍尽露，叶茂密而深沉……

我喜欢这样的文字：淡剔枝而浓写叶……叶茂密而深沉……顾复浸染于前贤，又沾溉后学，默契神会，悟入真趣，如音栖弦，旧梦如仙，如此，《平生壮观》，是为壮观。

比顾复稍早的鲁得之也是画竹名家，仰慕苏轼久矣。他早已言之，凡古人写竹能事，惟文苏二公。他赞赏苏轼所言："当其下笔风雨快"，便说："画竹须腕中有风雨。"

鲁得之晚年患臂疾，故改以左手写竹，便是左腕风雨，却风韵犹佳。他曾仿苏轼《墨竹图》并题卷：

雄才超绝老坡翁，戏墨多于感慨中。
拂雨垂翎如病鹤，聊伸一足叫秋空。

7.

苏轼且诗且画。文同呢，其实亦如苏轼一般，同是诗画双栖。他不只是大画家，而且是大诗人。我读文同的诗，时见满纸佳句，离披烂漫，停霜映日：

烟开远水双鸥落，日照高林一雉飞。

千里暝阴云杳霭，一川寒影雁参差。

柳色绕堤金粉明，湖光浮岸玉烟轻。

夜深霜月照湖水，须上此桥凭画栏。

无伤池柳风图甚，泣破庭兰雨奈何。

两岸烟云先向日，一林花木暗藏春。

身外流年波渺渺，眼前生事叶纷纷。

君已归寻旧闲味，肯骑肥马入红尘。

不知今夜西楼月，几处飞仙下碧空。

雨后双禽来占竹，秋深一蝶下寻花。

读到这末一句，却知文同看到一对禽鸟落到竹枝上，忽而怀乡，忆起了故园的那一万枝修竹，露气烟光，翠影若云，日暮一笛起，扁舟月明归，便写下了一首思归的竹诗：

故园修竹绕东溪，占水侵沙一万枝。
我走宦途休未得，此君应是怪归迟。

文同咏竹，不仅赋诗修竹，还赋诗篔簹。篔簹是一种高大的竹子，汉代杨孚《异物志》中说："篔簹生水边，长数丈。"昔日扬州有一处长满篔簹的篔簹谷，文同曾在谷中筑披云亭，并赋诗数首《篔簹谷》：

池通一谷波溶溶，竹合两岸烟蒙蒙。
寻幽直去景渐野，宛尔不似在尘中。

又一首：

我昔初来见尔时,秃梢挛叶病褵褷。
遮根护笋今成立,好在清风十万枝。

清风来兮,翠羽如盖,与好友苏轼同游篔筜谷,文同又怎能不再赋诗一首呢?

千舆翠羽盖,万铛绿沈枪。
定有葛陂种,不知何处藏。

苏轼自然依题和之:

汉川修竹贱如蓬,斤斧何曾赦箨龙?
料得清贫馋太守,渭滨千亩在胸中。

夏山风过,疏影横斜,孤灯照雨,湿竹浮烟。两人长此以往,以竹为题,诗画相酬,竹径谈诗,松风握尘。

读苏轼散文名篇《文与可画筼筜谷偃竹记》,知有一次,文同写诗给苏轼打趣:"拟将一段鹅溪绢,扫取寒梢万尺长",苏轼与他逗趣后,又答其诗曰:"世间亦有千寻竹,月落庭空影许长。"

——月落庭空影许长,多么幽致清旷的竹庭夜色啊,那便是银蟾光满,好风如水,垂竹一枝,素月流天。请君侧耳静听,幽篁萧飒,若有人吟:掩柴扉,谢他梅竹伴我冷书斋。

293

8.

谁知，吴荣光所藏苏文忠题《文与可竹卷》，本不只是一卷双珍宝迹，而且犹有若许人间诗话，竹树无声或有声，霏霏漠漠散还凝。由此而始，元明各家又纷纷题跋和钤印其上，月影婆娑，风枝摇曳，终成一道画史大观。

其中，便有李衎、李士行、邓文原、柯九思、龚琇、石民瞻、赵雍、三宝柱、袁子英、文徵明、王世贞、王世懋、陈演等名流大家。

李衎，元代画家，也是画竹名手，和赵孟頫、高克恭并称元初画竹三大家。墨竹初师金代王庭筠，后学文同，一路都是名家秘谛真传。

王庭筠是宋代大书画家米芾的外甥，颇有家学，曾读书黄华山寺，故自号黄华山主。作有《幽竹枯槎图》（现藏日本京都藤井齐成会），并自题识曰："黄华山真隐，一行涉世，便觉俗状可憎，时拈秃笔作幽竹枯槎，以自料理耳。"

他岂止是时拈秃笔作幽竹枯槎，还时拈秃笔赋竹诗呢，仅随录一首：

竹影和诗瘦，梅花入梦香，
可怜今夜月，不肯下西厢。

王庭筠是李衎最初的引路人，最终把李衎引到了文同门前。

从此，李衎写尽了百千竹态，密而不繁，疏而不陋，冲虚简静，妙粹灵通。元人戴表元称他"作竹来自湖州，笔力足以追配"。著有《竹谱详录》，代表作有《双钩竹石图》，现藏北京故宫博物院。

李衎甚至是一个竹学大师，能辨识：筀竹、淡竹、甜竹、猫头竹、白竹、篌竹、水竹、箣竹、窈竹、䓕竹、浮竹、江南竹、双叶竹、凤尾竹、龙须竹、寸金竹、雪竹、葆竹、篁竹、芦竹、广竹，还有苦竹、慈竹、篁竹、桃竹、枝竹、簜竹、刺竹、由衙竹、簹竹、钓丝竹之类是也。

画史上，题写李衎竹图的诗赋不可胜数，撷取一首元末明初诗人蓝智的题诗，如此情境诗句，秋风动，心亦动；吹短笛，月明中：

萧萧晴影动秋风，春老湘江碧玉丛。
夜半酒醒吹短笛，起看栖凤月明中。

李士行，李衎之子，画二代，但当时便有人说他的画超过了其父。传世画作有《山水图》（现藏北京故宫博物院）、《竹石图》（现藏辽宁省博物馆）、《古木丛篁图》（现藏上海博物馆）。他还作过一幅《江乡秋晚卷》（现藏"台北故宫博物院"），我注意到，上面有元代画家萨都剌题写的一首奇诗，令我过目不忘：

村南村北秋天垂，山后山前烟树立。
江风水面吹残莎，打鱼小艇如飞梭。

读元代顾瑛辑《草堂雅集》，又知李士行曾作《春山图》。柯九思无画不

题,自然也要题《春山图》一诗:

江上兰桡倚绿波,江头听唱竹枝歌。
使君多少伤春意,新画青山作髻螺。

不过,李士行还是师法文同,更擅竹石,幼承家学,而妙过之。你见他,半生清节江南梦,萧萧几枝早凉生。许多文友都曾为他的竹图题诗,我选录四首,既可一睹元竹的风影,更可一窥元人的诗心:

筼筜谷口白云生,云里琅玕万玉声。
惊破幽人春枕梦,一窗斜月半梢横。(张雨)

翠色夜寒云靡靡,绿荫昼静日晖晖。
李公父子深埋玉,谁肯淋漓醉墨挥。(释大䜣)

老树槎牙倚半空,苍筠叶叶带秋风。
欲将岁晚论心事,遥忆美人江水东。(黄镇成)

我家江南竹林里,与竹同游同卧起。
一从北向感飞蓬,却爱横梢写生纸。(刘嵩)

看到最后一诗,读到最后一句,我也是,却爱横梢写生纸。不过,我也更爱这些云里琅玕的诗句呢。

9.

吴荣光的笔下，还出现了邓文原的名字。此君别名邓巴西，元代书法家，赵孟頫之"畏友"，与赵孟頫、鲜于枢位列元初三大书法家。元人袁华赞他："观其运笔，若神出海，飞翔自如。"

我见他在《文与可竹卷》上题诗，碧水惊秋，半池萍碎，"制取诗书万卷，来看风霜一枝"。他还忆起昔年在京师时，获观文同另一卷《晚霭横披图》，并有黄庭坚题识其后，故又续题道："我在蓬莱书府，曾看晚霭横披。"

邓文原也是个文学名家，著有《巴西集》。他的书法，神蛇出海，飞翔自如，顾复赞其"天真自然，绰有唐人风致"。他的诗也是写得真好，可惜他不作画，但他赏画，他曾观六朝四大家之一张僧繇的《翠嶂瑶林图》并题一诗：

千林历落人烟密，万里萦回鸟道孤。
几欲临风试题句，恍疑身世在冰壶。

他和大画家高克恭也是好友，曾偕之同游南山并题一诗：

不到南山又二年，离离秋草映寒泉。
东林萧散开莲社，西晋风流棹酒船。

吴荣光又写到了柯九思。柯九思，诗人、画家和书法家，更是一个大才子,"自许才名今独步"。他尤喜画竹,晴雨风雪,横出悬垂;荣枯稚老,各极其妙。他在元代时便吸粉无数,"曾写幽姿上御屏",连宫廷都要请他去画竹呢。

元儒四家之一的虞集说他宗文同,"用文法作竹木";画竹大家王冕甚至称他"力能与文相抗衡";晚明松江画家陈继儒说:画竹以浓墨为面,淡墨为背,此法施于文同,而柯九思全法之。

明代文学家何良俊却说他学苏轼,"槎牙竹石,全师东坡居士"。

柯九思以书法入画,用篆籀法画竹,逸而不逸,是真逸也;神而不神,是真神也。还是画家杜本眼力独绝:"绝爱鉴书柯博士,能将八法写疏篁。"柯九思自己在《竹谱》中则解说得更为清透:

写竹干用篆法,枝用草书法,写叶用八分法,或用鲁公撇笔法,木石用折钗股、屋漏痕之遗意。

在这一卷《文与可竹卷》上,柯九思连题两次。第一次,与杜本同观,柯九思题曰:

石室(文同)先生墨竹之法,与雪堂(苏轼)先生之书,同有钟(繇)王(羲之)妙趣。文画苏书,纸蠹而墨色如新,得一展玩,何其幸哉。

第二次,与倪瓒同观,柯九思再题:

文苏同时,德业相望,湖州之作,多雪堂所题。此卷文画苏题,遂成全美。今复于益清亭中披阅,令人不忍释手。

其实,柯九思题赞文同的画还不止这一卷,我曾见过他在另一卷《文与可画竹》上的题诗:

湖州放笔夺造化,此事世人那得知。
跫然何处见生气?仿佛空庭月落时。

明明是浓荫深院,清风翠微,雨中垂梢,洒落取致,柯九思却说是空庭月落,原来,他是借取苏轼的"月落庭空影许长"句,又见文同的一丛萱草,二三虬枝,几竿修竹,四溪远雪,已渐渐融化在北宋的月色之中了。

10.

从吴荣光到孔广陶,从《辛丑销夏记》到《岳雪楼书画录》,《藏经墨迹册》和《文与可竹卷》世传有绪,彪炳史册。赏心乐事共谁论,花下销魂,月下销魂。

再回首,孙承泽的水流云在之居,也有若干藏宝岁月迢迢传之于吴荣光,著录于《辛丑销夏记》;再传之于孔广陶,著录于《岳雪楼书画录》,诸如元四家之王蒙的《松山书屋图》。

我早日读孙承泽《庚子销夏记》,便注意到王蒙的《松山书屋图》。孙承泽说王蒙的传世之画极少,他所藏也仅此一幅,其难得如此。又由此图说何良俊"极爱元人画,尝言画当自元始"。

何良俊也许是爱之切切，故所言过之。我倒是看董其昌也总是大嘴一张，常作惊世之语，例如他曾称王蒙的《青卞隐居图》是"天下第一"，那么王蒙的《松山书屋图》是天下第几？

后来，我读吴荣光的《辛丑销夏记》，又读孔广陶的《岳雪楼书画录》，一见而再见王蒙的《松山书屋图》。虽然，这一幅画现在已是不知所终，然而，时光自有其神秘的魅力，更有其永不褪色的美丽。

晚明吴门诗人书法家王穉登曾经说，夏日里，暑雨蒸润，坐快雪亭上，观《松山书屋图》：

展阅飒然，如陶家北窗下凉风，此画堪作销暑宝珠矣。

夏日观画，竟如尽享陶渊明北窗下的习习凉风，这便是与孙承泽、吴荣光们的消夏雅嗜同趣了。

王穉登擅诗，而且擅写组诗，他的一组《十六夜孤山看月歌》便是四诗。择录其四，既可自赏，也想着送给王蒙：

千顷寒波看月生，半江微暗半江明。
山僧手种门前树，记得潮痕与树平。

王蒙一生好隐山林，早年便隐居黄鹤山，自号"黄鹤山樵"。此黄鹤山，既非宋武帝刘裕命名的镇江黄鹤山，亦非大诗人李白笔下的武汉黄鹤山，而是余杭临平的黄鹤山。

扫径只缘招野鹤，著书端不负名山。

上面是一副吴荣光的名联，我甚喜欢。然而，此中吴荣光明明是在抒发自己的意绪，却又像是在写王蒙。谁说此中的名山不是王蒙的黄鹤山呢？

王蒙的绘画内容，都和他的隐居生活相关。他的作品除《松山书屋图》外，还有《青卞隐居图》、《春山读书图》（现藏上海博物馆）、《秋山草堂图》（现藏"台北故宫博物院"）、《夏山高隐图》、《西郊草堂图》（现藏北京故宫博物院）等等。

王蒙的绘画风格，也和他的隐居生活相关。他常年在山野林麓间观察千树万叶，草木阴翳，因而他的画风繁密，以繁求胜，远山长，云山乱，晓山青。我最珍享他的这样一句题画诗：

咫尺画图千里思，山青水碧不胜愁。

11.

我曾经不知王蒙也有诗作。

的确，王蒙还是一个诗人，只是，他的诗文流传极少。我读《草堂雅集》，居然看到了他的十七首诗，如获至珍，珍若拱璧，如《有感》：

江南三月暮，花落舞晴丝。
归帆天际来，烟雨渡江迟。
渌波映吴树，双飞锦鹧鸪。

相思极春水，一夕到天涯。

我翻检《全金元词》，还找到了他的唯一词作《忆秦娥》：

花如雪，东风夜扫苏堤月。苏堤月，香销南国，几回圆缺。
钱塘江上潮声歇，江边杨柳谁攀折。谁攀折，西陵渡口，古今离别。

在王蒙名作《竹石图》（现藏苏州博物馆）上，原来也有他自题的七绝四首，兹录其四：

云拥空山万木秋，故宫何在水东流。
高台不称西施意，却向烟波弄钓舟。

此外，我读卞永誉《式古堂书画汇考》，还苦苦寻到了他的另一首题画诗——元至正二十六年（1366）暮春之初，王蒙曾为友人刘性初作《破窗风雨图》并题卷：

纸窗风破雨泠泠，十载山中对短檠。
老矣江湖归未遂，画间如听读书声。

王蒙这一首七言绝句，是写友人，也是写他自己，老矣江湖归未遂呀！他晚年下山出仕，山林已是可望而不可归了。寂寞柴门人不到，空林独与白云期……

不过，我读此诗又是别有想见，他的《松山书屋图》，莫不也是画间如听读书声吗？

董其昌在《松山书屋图》上题有一跋,说王蒙以王维为师,又时时出入于巨然。此言不虚。又说此画与他所藏的王蒙《青卞隐居图》"绝类"。如此说来,便可以把《松山书屋图》视作天下第二了?

虽然《松山书屋图》不可复见,但可以借观与其"绝类"的《青卞隐居图》。青卞所指卞山,卞山亦称弁山,在太湖之南,所谓"山势如冠弁,相看四面同"。弁山峻极,非清秋爽月不见其顶,是王蒙心心念念的隐居地。元至正二十六年(1366),王蒙作《青卞隐居图》(现藏上海博物馆)。

这是一幅水晕墨章的代表作,行笔设色,沉郁高古,神气淋漓,纵横潇洒,沈周最著名的《庐山高图》便是师之其法,清代大师石涛也是受其影响。我想,王蒙的《松山书屋图》,大约也是近乎此。

读《辛丑销夏记》,可知董其昌在《松山书屋图》的题识中称王蒙出入于巨然,另一个题款人王穉登也说此图有巨然遗意。再翻开《庚子销夏记》,孙承泽更是断言:"《松山书屋图》全用巨然法。"

巨然,五代时期僧人画家,擅用长披麻皴。赏其笔墨,厚重,磅礴,细密,清润。有《秋山问道图》(现藏"台北故宫博物院")、《万壑松风图》(现藏上海博物馆)、《秋山图》(现藏"台北故宫博物院")、《层岩丛树图》(现藏"台北故宫博物院")等传世。

若说王蒙在画技上取法巨然可矣,但我以为,在精神层面上,二者却并不相合。巨然是佛家,他的秋山若老僧入定,坐入禅境;王蒙虽隐居大半生,然终未出世,他的夏山充溢着自然的天香和生命的气息。更不用说,他的《松山书屋图》,在松风中,又传来阵阵书香。

松风书香之中，赏读《辛丑销夏记》，便觉得吴荣光为《松山书屋图》的题诗，写得真是妙极：

正是松风得意时，笔花飞舞墨淋漓。
一榻凉风吾欲老，不如归去写云烟。

12.

尽享松风之后，何不再去听雨？成亲王诗吟有听雨屋，王蒙作画有听雨楼。接着读《辛丑销夏记》，便可以去观王蒙的《听雨楼图》。先看看吴荣光在书中怎么说：

图用米法写雨楼一株，余树皮及江岸边远山参以大痴笔意，全用败笔涂抹。楼覆以茅，中有听雨者一人。江干有舟，舟中张盖者一人，摇橹者一人。

吴荣光说王蒙以米芾之法写雨中茅楼，参以黄公望笔意写江岸远山，运笔甚简，神韵翛然。楼中有一人听雨，又见江舟上有二人，一人摇橹，一人撑伞，豆雨声来，中间夹带风声。

听雨楼本为江南名士卢士恒自家的藏书楼，元至正二十五年（1365）四月二十七日，卢士恒邀王蒙和倪瓒同集此楼，一同观赏北宋画家燕文贵的《茂林远岫图》。

赏罢，倪瓒题跋并钤印其上，王蒙则兴酣洒墨，顷刻而成《听雨楼图》：高阁大屋，偏偏只作烟雨茅楼。隔岸之左，十二峰遥矗娟妙。似有一叶江舟,隐于茫茫烟水……

四百多年后,吴荣光是这样观画并解读的:楼中夫子,跂倚后窗,手执麈尾,岂非卢士恒耶?江上扁舟张伞危坐者,莫不是观画之后归而泛舟的倪瓒?山雨甫来,牵绳系橹,行舟之子,披蓑戴笠,其摇橹状,如闻其声,"亦可见山泽闲适之趣耳"。

杨柳半帆春载酒,梅花满砚雨催诗。王蒙哪里知道,他的一幅《听雨楼图》,蜂蝶环舞,鱼翻藻鉴,日后竟惹得如此众多的文人墨客前来听雨,多少闲情闲绪,雨声中。

《听雨楼图》明初归沈成甫,沈成甫珍爱至极,便将自家的一座临水楼阁题名为"听雨楼"。后来沈成甫不知为何又将此图赠予了沈周的祖父沈澄,沈澄也仿沈成甫,更是专门筑造了一座听雨楼,并将此图传至沈周。

再往后,又迭经明清各大藏家项元汴、宋荦、成亲王、吴荣光珍藏传递,数点雨声风约住,朦胧淡月云来去,让王蒙的一蓬烟雨,飘飘洒洒了数百年。

《听雨楼图》画成后,其时就有十八人为《听雨楼图》题咏作跋。文人们在纸上——筑楼听雨,雨散风飘,云收雨过,花雨空坛,演绎成了一场画坛独帜的听雨楼雅集。灯下草虫鸣,霜园红叶多,京华客梦醒,一片江南雨。正睡雨,听淋浪。

以上文中"一片江南雨",得自鲜于枢的《题纸上竹》;这末一句"正睡雨,听淋浪",则撷取了张雨的《木兰花慢》。张雨还在别一首《蝶恋花》中吟道："雨重烟轻，无力萦窗槛。"而眼下这一场听雨楼雅集，也正是由张雨发起的。

其实，在听雨楼雅集之前，春雨已到，张雨便写过这样一诗：

吴侬白头不归去，不如掩卷听春雨。

张雨，字伯雨，元代著名道士，诗人，书法家。王达《听雨楼诸贤记》中说他学道三茅峰，而才名满天下，妙于书，诗则清新高迈，不流于众。张雨有一首《湖州竹枝词》，比柳永、唐寅写得还要好，可作一间紫荆茶舍的广告书：

临湖门外是侬家，郎若闲时来吃茶。
黄土筑墙茅盖屋，门前一树紫荆花。

正念叨他的紫荆茶舍呢，我又读到他的一首《忆秦娥》，更是喜欢得不得了：

兰舟小。一篷也便容身了。容身了。几番烟雨，几番昏晓。
出桥三面青山绕。入城一向红尘扰。红尘扰。绿蓑青笠，让渠多少。

他还有另一首《忆秦娥》，还是写兰舟小，却是渔歌一曲随颠倒：

兰舟小。沿堤傍着裙腰草。裙腰草。年年青翠，几曾枯槁。
渔歌一曲随颠倒。酒壶早是容情了。容情了。肯来清坐，吃茶须好。

不饮酒，只吃茶，原来，张雨的酒壶里装满的不是酒，而是春水渌波，竹烟槐雨。容情了，流水便随春远，行云终与谁同。

13.

张雨的名字里镶有一个"雨"字，对雨想必是独有情怀。他的雨词里又常有"兰舟小"，自然是喜欢雨中泛舟。他观《听雨楼图》，竟如图中之人，依旧是出红尘，穿绿蓑，迷幻烟雾，拂袖逍遥，遂题咏于上：

雨中市井迷烟雾，楼底雨声无著处。
不知雨到耳根来，还是耳根随雨去。
好将此语问风幡，闻见何时得暂闲。
钟动鸡鸣雨还作，依然布被拥春寒。

张雨本就是个"雨人"，他在雨中听雨，雨到耳根，耳根随雨，问语风幡，并无暂闲。张雨其后，便是坐在江舟上张伞的倪瓒步张雨诗韵"以寄意云"了：

虚牖蒙蒙含宿雾，瀑流涧响来何处。
江潮近向枕边鸣，林风又送檐前去。
挟水随云自往还，根尘不染性安闲。
多情一种娇儿女，泪滴天明翠被寒。

宋代词人蒋捷说雨，点滴到天明，倪瓒怎么还泪滴天明呢？他当然是在说别情一种，他自己可是"挟水随云自往还，根尘不染性安闲"呀。还是元翰林编修苏大年萦香雾，乐萧闲，又随之拟张、倪诗韵作诗酬和了：

湘帘蹙浪萦香雾,幽人高卧云深处。
月明丛桂小山空,疏烟白鸟沧江去。
浮沉里社乐萧闲,大隐何妨市井间。
抛却喧啾清洗耳,草楼六月雨声寒。

苏大年是个官人,自然说自己乃市井的大隐,但也要清洗耳中的喧啾,来听草楼的六月雨。接着,元代众多的吴中文人饶介、周伯温、钱惟善、张绅、马玉麟、鲍恂、赵俶、张羽、道衍、高启、王谦、王宥、陶振、韩奕等各家也竞相听雨题图,赋诗唱和,善出奇者,不可胜观。

清道光年间,吴荣光登楼旷寂,参悟妙谛,为《听雨楼图》题写了长长的画跋,又和张、倪韵,为这一场咏诗大会,留下了收官之作,竟如拨断了听雨楼上四百多年前的最后一根雨弦,却余音袅袅,不绝如缕,万籁此都寂,但余千古音:

四百年前活岚雾,供我诗人摇笔处。
根尘欲问倚楼人,山雨无来亦无去。
登楼旷寂无心旛,四野催耕我独闲。
好向行生参妙谛,遥峰十二水云寒。

西风有信,静听山雨,凉叶萧萧散雨声,虚堂渐渐掩霜清。可我并不确知王蒙的墨笔下滴落的是什么季节的雨。张雨说是春雨,苏大年说是夏雨,倒是没见有谁说是冬雨,然而,却都说是一场寒雨。

只见诗人们都在写一个"处"字:张雨写"楼底雨声无著处",倪瓒写"瀑流涧响来何处",苏大年写"幽人高卧云深处",最后吴荣光写"供我诗人摇笔处",处处都是听雨摇笔的佳处。

又见诗人们皆落笔一个"去"字:张雨说"还是耳根随雨去",倪瓒说"林风又送檐前去",苏大年说"疏烟白鸟沧江去",最后吴荣光说"山雨无来亦无去",各尽"去"字之妙解。

不过,明明是在观雨又听雨,黑云翻墨,白雨跳珠,空翠湿衣,滴碎荷声,吴荣光却说"山雨无来亦无去",其实最是妙绝,或是取意于苏轼的《定风波》:

谁怕?一蓑烟雨任平生。
归去,也无风雨也无晴。

14.

山下暮云长,听尽江南雨;香袖看啼红,再赏江南春。

继元代的听雨楼雅集之后,明嘉靖年间,吴中的文人们又掀起了一场声势更为盛大的江南春雅集,吴荣光在《辛丑销夏记》中是以记之。

《江南春》本是一个著名的绘画母题,远溯自唐代画家顾况,到了宋代,大画家赵令穰和诗僧惠崇也都作有《江南春图》。明代画家文徵明、唐寅、居节、文嘉、钱谷、赵左,清代画家王翚,民国画家金城都曾先后绘过《江南春图》。

《江南春》还是一个著名的诗歌母题,唐代诗人白居易、杜牧、李约和宋代诗人徐积等各家都作过《江南春》诗。兹录白居易和徐积二诗：

青门柳枝软无力，东风吹作黄金色。
街东酒薄醉易醒，满眼春愁销不得。（白居易）

芳草春深更有情，直共江山到洞庭。
落花流水从武陵，湖中有山春更青。（徐积）

《江南春》又是北宋宰相寇准创制的一个词牌，取自南朝梁柳恽《江南曲》中之"日暖江南春"一句，三十字，平韵。从此孤踪独响，传唱今古：

波渺渺，柳依依。孤村芳草远，斜日杏花飞。江南春尽离肠断，蘋满汀洲人未归。

三百年后，在一个汀洲听雨的夜晚，倪瓒也作了一首《江南春词》，却把寇准原版的三十字短调，改装为五十七字长调。改则改矣，然依旧是音旨清妙，春风大雅。

只是，倪高士可没有想到，他的柳花入水，竟兴起了怎样的风波翻滚，春风颠，春雨急，在吴中滥觞了一场春和骀荡的江南春雅集：

汀洲夜雨生芦笋，日出曈昽帘幕静。惊禽蹴破杏花烟，陌上东风吹鬓影。
远江摇曙剑光冷，辘轳水咽青苔井。落花飞燕触衣巾，沉香火微萦绿尘。
春风颠，春雨急，清泪泓泓江竹湿。落花辞枝悔何及，丝桐哀鸣乱朱碧。
嗟我胡为去乡邑，相如家徒四壁立。柳花入水化绿萍，风波浩荡心怔营。

画家倪瓒本也是个诗词大家，顾复说他："如有一注冰雪之韵，沁入人心肺间。"明代吴门宗师文徵明尤好他的日出瞳眬，落花飞燕。嘉靖十一年（1498）冬闰月，文徵明在许国用家初观倪瓒《江南春词》原迹，沉吟齐章，次韵追和：

象床凝寒照蓝笋，碧幌兰温瑶鸭静。东风吹梦晓无踪，起来自觅惊鸿影。彤帘霏霏宿余冷，日出莺花春万井。莫怪啼痕栖素巾，明朝红嫣鏖作尘。
春日迟，春波急，晓红啼春香雾湿。青华一失不再及，飞丝萦空眼花碧。楼前柳色迷城邑，柳外东风马嘶立。水中荇带牵柔萍，人生多情亦多营。

此后五十多年间，文徵明尽取倪瓒词意，共六绘《江南春图》，又引得吴中的数十胜流如沈周、祝枝山、徐祯卿、唐寅、蔡羽、王宠等纷纷唱和《江南春词》，鸿阵翩翩，和韵成卷，一时竟为江南盛事。春阴春雨复春风，重叠山光湿翠蒙。

15.

对长亭晚，骤雨初歇，却又兰舟催发。嘉靖十六年（1537）十二月三日，应倪瓒后人倪师原邀约，吴门画家文嘉再摹倪瓒笔意，复作《江南春图》，又题《江南春词》，而此新卷正是日后为吴荣光所藏，并见诸《辛丑销夏记》中的《江南春图》副卷。

文嘉，文徵明仲子，善画山水，颇近倪瓒。展观文嘉之《江南春图》副卷，卷首乃由其父隶书题额"江南春"三字，子画父题，便成合卷。须知，文氏父子的合卷并不多见，且不论及其他，本卷便殊可宝之。

不过，文嘉也还作过另一卷《山静日长图》，卷首是其兄文彭所题四字"山静日长"，卷后有文徵明所书诗文，如此一父二子的诗书画合卷，更是举世罕见并尤为珍贵。只是，文嘉所作的《江南春图》，其亮点又远不只是因为父子二人的相合之作，还在于吴中文人的集体出镜和歌咏合唱！

虽然此图已佚，卷中的江南春景也不可复见，但是，文嘉自题的《江南春词》已为《辛丑销夏记》所著录，便可知文嘉载将春色过江南，底是春心如许长：

三月江南荐樱笋，鸂鶒鸂鶒回塘静。蛛丝萦空网落花，云母屏寒浸娇影。帘外沉沉春雾冷，绿萝欲覆花间井。泥金小扇障纱巾，画桥紫陌踏香尘。花开迟，水流急，江鸭对眠莎草湿。吴姬如花花不及，摘花笑映溪流碧。杨柳烟笼万家邑，柳下王孙为谁立。幽渚泥香生绿萍，闲看梁燕垒经营。

作为《江南春图》的副卷，并不仅仅有文徵明题写的卷首和文嘉自家的题诗，卷尾还仿录了明代十八家的《江南春词》和章，再现了这一卷的江南百花胜景。幽渚泥香生绿萍，闲看梁燕垒经营，吴中人士的文采风流，俱于此矣。诚如吴荣光在《辛丑销夏记》中所述：

高士原唱，深情逸韵，超出一切。诸君子和章流连春色，伤古吊今，用韵愈出愈奇，亦极一时兴会，洵可念也。

吴荣光说倪瓒的《江南春词》原唱深情逸韵，又说各家的和章流连春色。其实，回到北宋，寇准的《江南春词》原版才最是深情逸韵，著手成春。

没想到，一个古代的铁面政治家，竟也是如此柔肠寸断，泪湿春罗。不知吴荣光读没读过寇准的另一首《江南春》绝句，更是香散白蘋，春水柔情：

烟波渺渺一千里，白蘋香散东风起。
日暮汀洲一望时，柔情不断如春水。

若要柔情不断如春水，还要再往下读《辛丑销夏记》。且看明代吴中诸君子，如何纸上唱和江南春。

16.

这是一场以江南春命题的神仙诗会，元明时期吴中地区的众多文人高士或述宴游，或标风壤，或抒己志，或赋闺情，迭奏金声，积盈缃素。

在诗会上，如果说，倪瓒是原唱，那么，沈周便是首和。而且是数次应和。文徵明说他骋奇抉异，韵盖穷而思益奇，"时年已八十余，而才情不衰"。接着便是诸家春云出谷，各开生面。

岂止是沈周一人之才情，仅列举各家《江南春词》落笔的一个"影"字，此中的无限才情便可成文。前面已见倪瓒出题"陌上东风吹鬓影"，又见文徵明答题"起来自觅惊鸿影"，现在再来看沈周的诗中三影——两个花影，一个秋千影：

暖风夹路吹酒香，白日连歌踏花影。……
水边楼上多丽人，半揭朱帘露花影。……

墙东笑语不见人,花枝自颤秋千影。……

诗人袁褧曾过手文嘉《江南春图》,自然对此卷独有所好,他居然在卷尾连题五首和诗,拈了五个"影"字,前尘影事,汲汲顾影:

翩翩蛱蝶戏晴空,琐窗半卷流苏影。……
东风才转柳梢柔,啼鸟换声花弄影。……
新晴惊见杏枝斜,乳燕双双隔帘影。……
绯桃红杏夹岸开,万顷琉璃荡波影。……
风流人去锦帆枯,越来溪上旌旗影。……

然后,再来看看吴中四才子和明代各家和诗中的那个"影"字,或花影缭乱,或影影绰绰,是谁在说,"今夜月明还在地,任渠明灭影中人"?原是明人王问。

文徵明、祝允明、唐寅、徐祯卿并称"吴中四才子"。

沈周之后,文徵明又附丽两首和诗,其中也有二影,一是花影,一是帆影:

去年双燕不归来,寂寞栏干度花影。……
绿油画舫杂歌声,杨柳新波乱帆影。……

祝允明,号枝山,明中期重要的书法家。一直有一个流行的说法:"唐伯虎的画,祝枝山的字",其实,唐、祝二人的诗也同属妙品,况且,唐寅的字又堪称神品,文徵明和唐寅都可算是诗书画俱佳,倒是没见祝允明作过什么画。

弘治二年（1489），祝允明赋词追和倪瓒《江南春词》。我奇怪，他那么高的才情，能写出来满地的碎花影，却为什么不去作画《江南春图》？是啊，幽窗花影，丽日真珠，想想也是醉了：

不堪丽日入房栊，真珠一铺碎花影。

17.

唐寅更是一个风流才子，才雄气逸，花吐云飞，雅资疏朗，任逸不羁，也没见他少写赏花诗、落花诗。不过，我倒是极赞祝允明对他的独赏：

语终璀璨，佳音多与古合。

唐寅的花间诗和山水诗中也常见一个"影"字，如"风动花枝探月影"，"月笼花外影交枝"，"长空影动花迎月"，"隔花窥月无多影"，"月临花径影交加"，"黄叶关河雁影来"，"落日沈沙罾有影"，"松阴竹影度窗前"……

他作诗和倪瓒《江南春词》，自然也少不了一个"影"字：

残春鞋袜试东郊，绿池横浸红桥影。

千里莺啼绿映红，从此，这一座绿池红桥，便映在我的心目之中了。

除了文、祝、唐三位,徐祯卿也是吴中四才子之一,只是,别说他不擅作画了,书法他也寂寂无名。然而,他的诗,却是名满士林,他只是单挑诗名。

他有一句诗,最为出名:

文章江左家家玉,烟月扬州树树花。

我少时读沈德潜《明诗别裁集》,寻四才子诗,祝允明诗和唐寅诗均未入选,文徵明诗也仅录了两首,徐祯卿诗倒是有二十三首辑录在册。《明史》称徐祯卿为"吴中诗人之冠",可见他不是浪得虚名。

徐祯卿咏春,却多是伤春,请读:

春风吹堕胭脂泪,散作妖花一树丹。
可奈五更清梦短,杜鹃声歇雨丝寒。

还读:

深山曲路见桃花,马上匆匆日欲斜。
可奈玉鞭留不住,又衔春恨到天涯。

再读:

渺渺春江空落晖,旅人相顾欲沾衣。
楚王宫外千条柳,不遣飞花送客归。

胭脂泪，衔春恨，空落晖，待到为倪瓒《江南春词》作和诗，徐祯卿简直就要泣春了，梨花着雨，春泪阑干，却又在诗脚处留下一对幽幽燕影：

梨花着雨娇泣春，小燕无言双对影。

在这一场春天诗会上，继吴中四才子之后，又有王宠作"绿杨深锁五陵门，黄鹂声破秋千影"，陈沂作"海棠枝上试轻红，晴光乱飐游丝影"，皇甫涍作"朱丝乍歇候綦音，林鸟无声落岩影"，文伯仁作"荇带牵丝水面长，轻帆遮断青山影"，陆师道作"暗黄着柳舞轻烟，柔条历乱秋千影"，沈大谟作"少年分日赏芳菲，不卷湘帘看花影"……

此情此景，好不喧闹，可惜，早此二百年的倪瓒却是看不到了。但谁知道呢？旧家应在，闲身空老，倪瓒曾作一首《人月圆令》，偏偏惊回一枕当年梦，仿佛他身后也能观到江南春雅集，还无限销魂呢：

惊回一枕当年梦，渔唱起南津。画屏云嶂，池塘春草，无限销魂。旧家应在，梧桐覆井，杨柳藏门。闲身空老，孤篷听雨，灯火江村。

18.

岂止一个"影"字，江南春雅集里诸家和诗，又更有一个"急"字。倪瓒的原诗是："春风颠，春雨急"，吴中文人们便依次唱和：

春来迟，春去急。（沈周）

今夕何夕

春日迟,春波急。(文徵明)

花开迟,水流急。(文嘉)

羽觞催,丝管急。(袁褏)

日月长,时序急。(杨循吉)

春日迟,春风急。(祝允明)

落花深,水流急。(陈沂)

人命促,光阴急。(唐寅)

候虫悲,飞花急。(徐祯卿)

酒卮频,歌声急。(王谷祥)

舟行迟,马行急。(文伯仁)

夕阳迟,晚风急。(陆师道)

燕来迟,花落急。(沈大谟)

莺啼迟,鹃语急。(孙尔准)

花开迟,花谢急。(黄姬水)

花信催,风雨急。(钱叔宝)

…………

这一阵又一阵的声声"急",真若笙歌四起,寒月悲笳,无非是感叹迟日催花,流水销魂,光阴易逝,无计留春。春去也,桃花净尽杏花空,飞红万点愁如海。

文人墨客自古多是伤春又悲秋,清末大学者俞樾曾说,愁是春人,悲是秋人,所以冬夏就成了另外两个雅宜的季节。冬日最宜禅修,明末文人张潮就说:"读经宜冬,其神专也"。再请读白居易《负冬日》:

杲杲冬日出,照我屋南隅。
负暄闭目坐,和气生肌肤。
初似饮醇醪,又如蛰者苏。
外融百骸畅,中适一念无。
旷然忘所在,心与虚空俱。

而夏日呢?

唐代诗人高骈长吟唐代的夏日:

绿树阴浓夏日长,楼台倒影入池塘。
水晶帘动微风起,满架蔷薇一院香。

宋代诗人苏舜钦梦吟宋代的夏日：

别院深深夏席清，石榴开遍透帘明。
树阴满地日当午，梦觉流莺时一声。

元代诗人杨基讴吟元代的夏日：

南风徐来生晚凉，衣裳飒然荷染香。
世间万事若流水，呼吸湖光醉一舫。

明代诗人刘崧清吟明代的夏日：

丛竹娟娟露叶翻，高情长是忆王孙。
喜从石上看书法，不独墙阴见雨痕。

清代诗人陈子龙悄吟清代的夏日：

朱栏清影下帘时，泠泠修竹低。
满园空翠拂人衣，流莺无限啼。

如此诗笔下的夏日，便自然是古人赏画作画、读书写书的悠悠佳期。看过孙承泽、高士奇、吴荣光、端方的书画销夏录，再读纪昀、俞樾的读书销夏录，夏日里，原来大学问家们都是花香满座客对酒，灯影隔帘人读书。

乾隆年间，《四库全书》总纂官纪昀到滦阳编排秘籍，闲览杂书，遂编成《滦阳销夏录》，后又扩充而成著名的《阅微草堂笔记》。

光绪十八年（1892），俞樾也写了一本学术笔记《九九销夏录》：

壬辰夏日，余在吴下，杜门不出，惟以书籍自娱，渔猎所得，则录之；意有所触，亦录之……

吴荣光曾书一联，写的也是自己的夏日时光，半读半闲，亦花亦竹，让我好生羡慕，始信吴荣光真乃天下名士也：

半日读书半日静坐，五亩种竹五亩栽花。

19.

不知为何，却始终不见吴荣光为《江南春词》作和诗。想想也是，他如若和了，也无非"春色好，春光急"一类，惜花叹春，多情伤别。既然再没有更多佳句，不和倒也罢了。何况，他一定读过北宋词人晏殊的那一首《浣溪沙》：

落花风雨更伤春，不如怜取眼前人。

也许，吴荣光本不会伤春。他不是不写春光，但他的春光是这样入笔的：

金石千声云霞万色，楼台先曙莺花早春。

吴荣光才不要在春日里声声"急"呢，他独爱在筠清馆的夏日竹荫下，一蓑苍烟，缓缓踱步。他要像他所追慕的孙承泽和高士奇那样，去慢慢地读画销夏。

于是，辛丑年的夏天，夏水微绿，风摇翠竹，莺声呖呖，疏林欲下斜阳色，一抹青山入望来，吴荣光终于写完了长篇夏日之作《辛丑销夏记》。

本来，他的情思，他的诗笔，最该去填词《声声慢》，这个词牌的名字本就适合他。其实，他的《辛丑销夏记》，博学渊雅，琢字炼文，日夕气清，悠然其怀，分明就是一部长空万里、云水漫卷的书画记，更令吾人一词一句，细细赏读，字字慢，声声慢。

《声声慢》本是慢曲长调词牌，拖音袅娜，曼声缠绵，北宋名家晁补之始创，另有别名《人在楼上》，源自南宋词人吴文英名句："帘半卷，带黄花，人在小楼。"

人在小楼，自然有风情，有故事。那些翠竹掩映的艺文华章，莫不是小楼的云淡雨潇，暮暮朝朝。你看，陈寿的万卷楼，薛涛的吟诗楼，卢士恒的听雨楼，王世贞的尔雅楼，钱谦益的绛云楼，吴骞的拜经楼，孔广陶的岳雪楼，顾文彬的过云楼……文人的楼馆，从来都是风致高逸的人文风景。

吴荣光曾写有一副名联，不知当年是否挂在筠清馆门前的廊柱上：

淡著云山轻著雨，竹边台榭水边亭。

吴荣光的楼馆，取名"筠清馆"，也是一座遗世独立的清竹小楼，又名"赐书楼"。筠是竹管，竹箭，竹风，竹韵；清是清音，清气，清光，清影，筠清馆自然便是一座遗世独立的清竹小楼。小楼的一层，闲居，会友，品茗，赏竹；小楼的二层，玩物，静读，临风，望远。远水天净，斜月幽篁，鸟向檐上飞，云从窗里出。

在小楼里，吴荣光读书万卷，庶几心会，又把自己的文字写满整个夏日的星空。筠清馆前的竹枝扶摇着，摇落了多少个寂寞的日子，也摇落了多少个流连觞咏的文字星辰，那些文字便一颗颗，一粒粒，映写在《辛丑销夏记》的书卷上。

吴荣光从初夏写到暮夏，又从夏天写到了秋天。直到中秋日，他才写完了全书的最后一笔。天上秋期近，人间月影清；西风两三日，庭树已秋声。

辛丑之夏，我读《辛丑销夏记》，竟仿佛与吴荣光尽享同一个夏天。书页在夏风中簌簌作响，我瞬时便穿越了三个甲子，看一个六十九岁老人，春光已逝，聊度夏暑，慵倦而闲逸，萧散而安适。两处春光同日尽，梦入江南烟水路；风吹古木晴天雨，月照平沙夏夜霜。

20.

夏夜霜，中天月色好谁看！我不禁又忆起那一方吴荣光的端砚，筛冰为雾，屑玉成尘，寒池蕉雪，鱼沉雁渺，真若是披上了一层闪闪烁烁的夏夜霜。

我又看到，吴荣光在筠清馆，斜月幽窗，泠水凝碧，濡毫吮墨，有古必参，掠几缕夜风，把竹影吹过砚池去。

吴荣光的筠清馆本是一处幽栖之地，吴荣光便自称："筠清小筑，颇称幽栖。"吴荣光早年曾藏有一幅明代书画家项圣谟的《竹林书屋图》，"写老屋数间，藏书满榻。左右皆植修竹，清风飒飒，万个琅玕，与插架之牙签相映"，竹林中的老屋竟如吴荣光的书楼一般，故此吴荣光便命其书楼为筠清馆。

吴荣光在筠清馆曾书一联，可知其恢宏思致，风雅胸襟；又见其笔精墨妙，曲尽玄微：

直干千寻澄波万顷，清风有颂绿竹闻诗。

筠清馆还另有一斋名：观象砚斋。吴荣光喜藏砚，又以砚名斋号。他便在如此书香墨香的砚斋里，赏鉴佳砚，以砚为田，但有画癖，又染书淫，更写下了一部又一部金石翰墨之作，自然也包括《辛丑销夏记》——在那个风月无边的辛丑年，在那个辛丑年的夏天。

这就是我在一个夏天里读到的另一个夏天的故事，故事就像那个夏天一样岁时缱绻而葳蕤生香。我不能清晰地记住故事的每一个瞬间，但是我却记住了这个故事的名字。这个故事的名字就是"记住"，这个故事所讲述的内容也是"记住"——

因为一方砚而记住了一个人，
因为一个人而记住了一本书，
因为一本书而记住了一座书楼，
因为一座书楼而记住了一榻竹影。

又因为一榻竹影而记住了一个遥远且漫长的夏天。

辛丑年的夏天

这是一个怎样的夏天呀!

海角芳菲,交柯云蔚,
独掩西窗,影带沉晖,
放鹤空山,乌鹊南飞,
流连尽日,以梦为归。

鸟无声兮山寂寂,夜正长兮风淅淅,终于,在夏日将尽之时,我慢慢地读完了《辛丑销夏记》。独坐对明月,遥遥千古情。合上书页,竟如要告别一个长日相守的友人。

白云空翠,一川风静,幽帘清寂,听彻吹笙,我吟哦着吴荣光赠给友人的一首离别诗,川路长兮,临风叹兮,那似乎也是我与他在这本书中的深情告别:

雨色寒侵袂,笳声晚倚楼。
白云五千里,不敢苦相留。

二〇二一,夏山晚意,
辛丑之年,得所归矣。

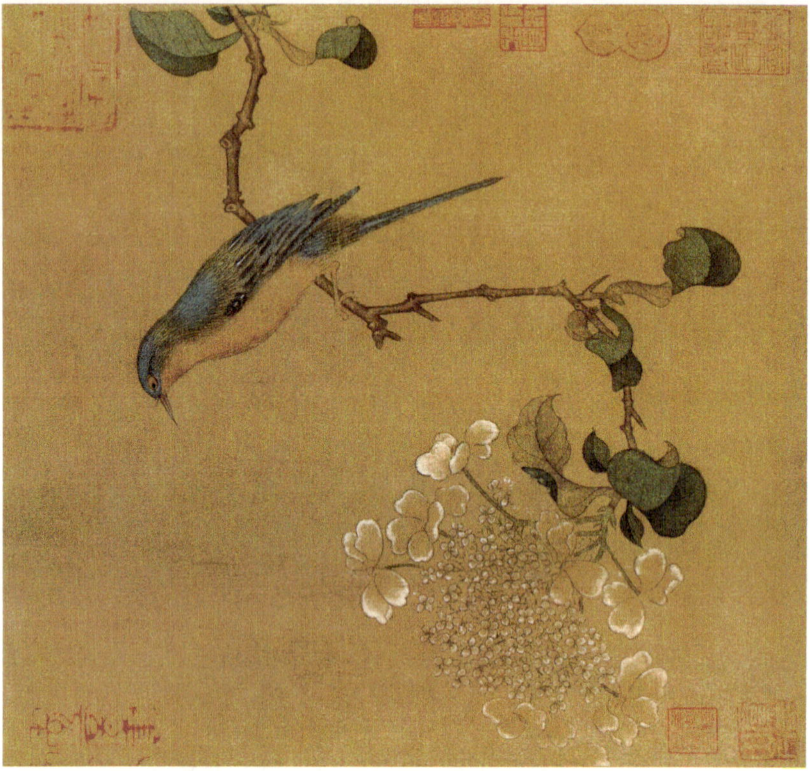

云中君

一位砚神
借用了《诗经》中
一个男神的名字
云中君

1.

初见云中君,觉得他就是那么一个隽逸而散淡的人。一袭白色的衣衫,随风飘裹,像一朵白色的云。

他的面容,气定神闲,是超世的;他的笑语,和悦真诚,又是近世的。

开车时,别人别了他的车,他不气不恼,从容腾挪,仿佛是推了一手太极;停车时,他招呼着看车的大伯,随性地多给了几张钱,又像是一个济世的施主。

但他其实是一个艺术家,准确地说,是一个歙砚的雕刻家;更准确地说,他就是一个艺术家,但却是一个纯粹的艺术家。

所谓纯粹，就是心性。

2.

云中君，生于皖南一个叫岩源的大山深处，16岁时孤身一人来到歙县的县城学习砚雕。

16岁，也正是明代大画家仇英出门学艺的年龄，正德十二年（1517），16岁的仇英独自从太仓的乡下徙居到了繁华的苏州城。

我知道云中君的一些陈年往事，也见过若干他早年制作的歙砚，他吃苦，他勤奋，他聪慧，他御风而行。

但是直到现在，凌晨时他却还常常在睡梦中惊醒，听到自己少年时从大山中走出来的脚步的声音。那时啊，他多么希望这条漫长的山路永远也走不完，山外的天地，他茫然无知，可怜的孩子无所适从。

这么多年过去了，云中君已经卓然而立，成为一代征风招雨的砚雕大师，但他其实还是那一朵从大山里缓缓飘出的白云，归去还是少年。

云中君嗜雕砚云，云朵是他的艺术符号。我不知道云中君雕出第一朵云是在什么时候，也许是在他刚刚学艺之初；我不知道云中君最初雕出的云朵是个什么样子，其实我现在也很难形容云大师雕出的云朵的模样；我不知道云中君已经雕出了多少朵云朵，只知道他雕呀，雕呀，开心的时候要去雕砚，不开心的时候也要去雕砚，他的悲喜都在他雕出的云朵上，他只是要雕遍天上所有的云朵。

云纹简单，似易入手，寥寥数刀，遂可成形。然而云朵本无定形，云与气的贯通，云与水的交融，云与光的映照，云与山的缠绕，便形成了各种形色的云朵，有积云、流云、卧云、卷云、层云、排云，还有飞云、抹云、孤云、残云，也有彩云、素云，更有云雾、云海、云瀑、云气……

云朵里所包容的哲学内涵是最丰富的，大方无隅，大象无形，大道无道，大盈若冲；云朵里所展现的美学意境也是最瑰丽的，在天即为云蒸霞蔚，在水则淌满池秋霜。

所以明代绘画宗师文徵明把自己的画馆拟名为"停云馆"，让这流布的云朵停留在他的画卷上；所以云中君把自己的砚房拟名为"劓云阁"，他竟要以石为云，劓云制砚！

3.

斫石劓云，谁知清人也有诗云："知有持盈玉叶冠，劓云裁月照人寒。"

自古以来，砚人们都是与石砥砺，断金凿石。云中君所做的，却不过是化坚为柔，顺其自然，如云朵变幻，如云朵舒卷，如云朵与山石相合，如云朵成其天然。

云朵是飘忽的，云中君的刻刀是游离的，若隐若现，似有似无，以云为法，以法劓云，臻真而虚境，太极而无极。

云中君的刻刀是随石形而变化的，是随石纹而变化的，是随石意而变化的，是随石性而变化的，更为难得的，是随石变而变化的。云动，心亦动；云是随形的，他的刻刀亦随心而动。

云中君幼年时看到的云中山石和山中云朵一定是令他深深眷恋的，山石和云朵是他人生之初最为混沌的原始记忆，以至当他走出大山之后，就注定要把山石和云朵作为他的艺术世界的精神内核。山石是他的情怀，而云朵则是他的图腾。

云中君此去山外的二十多年，云朵给了他源源不竭而又汹涌澎湃的精神动能，又持续不绝地在他的刻刀下呈现出来，翻卷滚动。舒展时，静若秋水；激荡时，似龙非龙。

你看他的云朵，千回百转，层云迭出。是浓聚的，又是流散的；是缱绻的，又是逶迤的；是雍容的，又是纤巧的；是迷蒙的，又是清悠的。

自然的云，艺术的云，哲学的云，宗教的云，云朵在云中君的刻刀下，不仅仅是外在的，更是内在的；不仅仅是具象的，更是抽象的；不仅仅是图像的，更是意象的；不仅仅是形而下的，更是形而上的。

云中君的案台上有一方制好的素砚，方方正正，没有任何雕饰，既无刀来破，亦无云来渡。他让我摸。摸了，砚制得极好，非常规整，砚面平展。静下心来，再摸，平展的砚面似有起伏，又消失于无。进入冥想，再抚砚面，我方能感受到砚石下面的云流涌动。有与无，沉与涌，止与动，瞬间与永恒，那都是他的平静与激情。

4.

我不知道云中君是从什么时候开始以古人为师的，但无疑他从古代的绘画中领悟和借鉴了许许多多。

看云中君的砚雕，有时会觉得他是一个古人，他的许多砚作像极了古人的画作，却是以刀为笔，以石为纸，又以自家的云朵来表现古人的心性。

古人画云，或为勾云，以浅淡的墨线勾出云纹，表现云朵的流动感、幻化感、飘浮感、透明感；或为挤云，以留白的技法渲染云形，进入到无有之境。

你看敦煌壁画、永乐宫壁画，
你看隋代展子虔的《游春图》，
你看唐代李昭道的《明皇幸蜀图》，
你看宋代巨然的《万壑松风图》、惠崇的《沙汀丛树图》、郭熙的《早春图》、王诜的《烟江叠嶂图》，
你看明代文徵明的《仿米氏云山图》、仇英的《仙山楼阁图》、唐寅的《落霞孤鹜图》、谢时臣的《蜀道图》……
粉图黄卷，都是写尽古云的绝世之作。

古时的云朵早已聚散无影，流逝不见，却沉落于千百年来古人的画幅上，风华永在。

但是，当你走进了云中君的翦云阁，看见一方方制好的砚石，却知那都是他翦缀的古时的云朵，石已化云，云已成砚。

其实，面对后人，他也是古人；而面对古人，他才是来者。

云朵飘出山外，竟已今古不辨。

5.

我读过许多描写云朵的唐诗宋词，如唐代诗僧皎然的名句"有形不累物，无迹去随风"，真是绝妙的云朵之诗。

读云中君的砚，不只是在观一幅幅的古画，竟也是在读一首首的唯美诗句，原来他的古意，尽在诗中。

如此，读一方平板砚，又当如何？云中君有一方《空色缠云》平板砚，砚面空阔，却无一物，只在砚石的边角和破损处雕有几许缠连的残云，一种万物皆空、荒寒寂寥的伤悲之感油然而生。

我知，那一定是云中君的孤独落寞之作，却正合了南宋词人陈人杰的诗意："便回首旧游云水空。有连天秋草，寒烟借碧，满城霜叶，落照争红。"只是，繁华落尽，一切都已隐去，便只有，云水空……

于是，砚中便又有了南唐冯延巳的诗意"魂梦万重云水"；便又有了宋人关注的诗意"一笑尘埃外，云水远相忘"；便又有了宋人晁端礼的诗意"不如归去，无限云水好生涯"……

云中君还有一方眉子坑石的《雁影清虚》砚，天作的刀痕已全然隐于砚石原本的雁湖眉纹之中，云波、水浪、雁影都已融入虚渺的清空，砚背的水面上可见一条潜行的云龙，和砚面连缀成一张满幅的雁影云水图。

此情此景，又如何能不引出唐代诗人李商隐的诗句："潭暮随龙起，河秋压雁声！"

旧日读南宋文学家周紫芝的《水调歌头》："落日在烟树，云水两空蒙"，觉得这是一种何等凄美的情境呵，却不知去何处找寻。

待访到云中君的《日落松风》砚，见云树苍古，云日落照，云烟悠悠，云水茫茫，始信北海虽赊，扶摇可接，云中君的心路竟通古人。

你看他的烟树，乃仿唐人韦偃的古松，轮囷尽偃盖之形，宛转极蟠龙之状，真是难得的拟古作品。

云中君的砚面多有云朵，哪怕只是在砚堂的池边挂一缕云丝。但他的一方《清光风吟》抄手砚端庄古穆，完全是宋砚样式，却无丝毫云纹雕饰，又如何可作"风吟"？令我颇为诧异。

不过当我掀过砚身，才见砚背雕有一片云朵似在风中翻转低吟。这隐于砚背的云朵，原来竟是《清光风吟》砚名的谜底。

这分明是砚人要在风中吟咏唐人郑准的诗句："飘零尽日不归去，点破清光万里天"，诗中不着一个"云"字，却把云朵写在了诗句的背面。

读尽多少云中君的云砚，便可读出多少唐宋的诗篇，那也都是他霸下的古时的云朵，渐渐已聚入砚。

6.

当云朵落下了山川，云雾弥漫了平野，云水淋漓了林木，大地便充盈了宇宙的精气。而当精气蒸腾，上升而为云朵，便在天地间开始了递次的转换和轮回。

瞬间的转换，永远的轮回，云朵啊，经天亘地，倏忽来去，自然的律动一如云中君的精神气象。

在云中君的砚石上，天地相接，云水相依。也分不清楚哪里是天际，哪里是水面；也分不清楚哪片是云朵，哪片是水花。云朵亦如水花，涟漪若似云霞。天高地阔，云水辽远，云中君的砚石乃是天地之石，云水之石。

观云中君砚，
我常常被感动，
被他飘逸而超然的云朵感动，
被他思辨而诗意的艺术感动。

云氏其人，与其说他是性情之人，不如说他是性灵之人。他之所以不能没有云朵，因为云朵就是他的性灵。云中君在他的砚石上独抒性灵，而明代文坛的公安派在四百多年前就已明言："出自性灵者为真诗。"

我被感动，还是因为那个当年正从大山里走出来的 16 岁的少年，因为他的青涩，因为他的惶惑，因为他的无知无有，因为命运推着他一步步向前行走，走到了艺术的人生初始的时候！

云水无涯，浮世清欢，岁月不居，时节如流，却不曾忘却那个少年彼时的目光。他抬头凝望朵朵白云，云朵在他的前方引行，云朵在他的身后送行，从那时起，少年的云，便是云中君永生永世——飘散不尽的云朵。

致歙砚

却愁说到无言处，不信人间有古今。

——南宋·朱熹（别称：沧洲病叟。堂号：沧洲精舍。婺源人。封爵：徽国公）

1.

程亮是我在歙县认识的一个雕砚小友，待人真诚，做事聪敏。他雕制的一方龙尾山青皮眉纹籽石歙砚，景状幽美，琢出上下天光，岸芷汀兰，九只鸬鹚或卧或立，或欹或侧，或左右顾盼，或曲项天歌。箫韶九成，却只见江面上又归来一羽，静影沉璧。砚石呈色寒碧，郁郁青青；缕缕眉纹，恰如云水茫茫，横无际涯……

此时，我信手写下若干迤逦的赏砚文辞，实乃拈取自北宋文豪范仲淹的文赋。案边抚砚，砚边观止，竟不免要借镜范文正公的烟水文字来处处点染了。

只是，一方美若天工的云水歙砚，却何以如此附丽于宋人的语汇？莫非是因为我感怀砚人的宋之情愫？抑或是意会砚艺的宋之韵味？难道是由于我偏好砚工的宋之制式，或许是独爱砚雕的宋之风尚？也许，还是因为纯粹的歙石之美？

我隐隐觉得，素净坚致的歙石与风骨清奇的宋人之间原本就有着诸多天然的关联，一方古老的歙石，一定隐藏着宋人的某种久远的历史源代码。

2.

程亮的砚坊，门外挂着"砚林阁"的匾额，店里到处都摆放着各种坑口的歙砚和石料，有柴林石，桥头石，学堂背石，樟树背石，芙蓉溪籽石……

程亮每日黎明即起，除去到山涧寻石，偶尔还要去参加歙砚协会组织的培训，其余时间都是在店里雕砚。我喜欢在程亮的砚坊里闲坐，讨教歙砚的专业知识，感受一个年轻砚人的生活气息。

歙县就是一座歙砚之城，而这一片砚林之地统称"歙砚城"。歙砚城一侧依山，一侧傍水，道路两旁尽是林林总总的各家砚店。进每家店里都看一看，聊一聊，喝喝茶，赏赏砚，沉浸其间，不知不觉，自己仿佛也是一个砚人了。

歙砚城里更多的是普通砚人的生活，一家人经营着一个门店，平日里无非是柴米油盐酱醋茶砚。但坐落其间的那些高门大户里也聚合着几个制砚大师，蓝天白云，竟是一片艺术的天空。

今夕何夕

这一天，我访了凌家宏老先生的砚楼，凌老先生原是歙县制砚厂的副厂长，经历了一个国营砚厂从建厂到撤厂的三十多个春秋。在宁静的楼阁上，我品着下午茶，聆听一个老人讲述陈年砚事，摩挲他的兰庭砚作。

那一天，我访了程礼辉大师的一石砚斋，我欣赏大师万物归于一石的情怀和诗书画的才艺，我诧异他如何成为一个可以在砚石上尽情穿梭古今的摆渡人。

又一天，我访了方学斌大师的工作室。方学斌和周晖两位伉俪大师，所琢山水砚雕如天工神作，臻于化境，天作之合竟成天合之作。

再一天，我访了江宝忠大师的工作室。但见江大师的一方方龟甲砚石，澄碧玉底，净若朗空；龟甲石纹，隐约迷离，真似南宋官窑的金丝铁线，令人心神怡然。

我还访过徐政通老师，他的薄意砚雕如诗如画；访过张长城老师，他的平板砚作幽雅空灵；访过张泽球老师，他的书艺、石艺和儒雅的谈吐令我敬重有加；访过许泉老师，他的砚雕力透石背，而他款款的夫子之风，让我觉得他宛若是从宋朝走来。

我还与胡永胜老师长久地攀谈，他所制的龙溪砚石在致密度、纯净度、色泽和砚磨方面均为上佳，竟令我一时难以与老坑砚石相辨。况而，他的走刀，曼妙灵动，仿佛天启；他的磨石，冥心物表，竟若禅修。

昔日，米芾拜石，亦为拜师；今日，我之访师，实为访石。

石不能言谁与论，诗文却在砚堂中。

3.

走出歙砚城，眼前便是蜿蜒而过的江水。

游走在跨越江面的太平桥上，却只见江风吹拂，江水如练，江岸青翠，江鸟悠游，忽而想道，面前的这一幅风光莫不就是程亮那方砚石上的江水画图？江水缓缓地流向远处的渔梁古坝，仿佛流向历史深处，那分明是一片宋时的风景。

翻检《歙县志》始知，宋代绍定四年，渔梁古坝筑成。三年后的端平元年，宋人又建成了太平古桥。古坝和古桥，曾让这流经的江水，演绎了多少宋人的故事。歙县，便又是一座宋人的故事之城。

宋代的古塔钟声浩荡，宋代的书院风铎悠扬，而这座故事之城里，流传最多的，还是歙砚的故事。

歙县古属歙州，宋宣和三年（1121）时，歙州改称徽州。古徽州一府六县，治所即在歙县。

以婺源龙尾山为代表所产的歙石与古端州的端石均始采于唐，鼎立于宋，同为天下至尊的名砚。只是，到了元明之际，歙石突然绝产，其中的缘由，谁又能说得明白。又有谁知，一些歙石名品，竟从此消弭于无形，空余若干花名如坠英在风中翻飞，散落缤纷。

我沿着江水向远山行走，不为孤赏清悠的江景，只为捡拾风中的坠花；不为吟哦绮丽的词赋，只为寻找宋代的遗石。宋代词人辛弃疾曾叹曰："往事如寻去鸟，清愁难解连环"，我却偏要尽享清愁。

4.

何处是远山？苍茫云海间。

史志记载：歙之为邑，东有昱岭之固，西有黄牢之塞，南有陔口之险，北有箬岭之扼。歙州古域群山环绕，山峰连绵，尤以婺源的龙尾山最为险峻陡峭，却又因"砚山"而声名远扬。

宋人沈辽有诗为证："龙尾山盘八十里，龙尾有潭下无底。秋月亭亭潭气黑，其中有石色如墨。"

北宋时黄庭坚奉旨跋山涉水到龙尾山取砚，曾写下著名的长诗《砚山行》。漫漫长诗，写尽砚山之险、砚人之艰和砚石之美，我却只记下了诗中一句："遂令天下文章翁，走吏迢迢来涧底。"可叹多少文人雅士，走峰奔岳，步步穿云，朝夕不暇，竞相拜石。

龙尾山是一座歙石之山。赏石观砚，人们争说金星、罗纹、眉纹、水波纹，更有雁湖眉、金龙眼、银星、玉带、彩星、龙鳞、金甲龟背、水波银晕……各种石品，斑斓琳琅，数不胜数，也写不尽写。写到无言处，始知天地有大美而不言。

歙石大美，为我所爱。然而，我本山外之人，总免不了山外看山；我习文经年，也少不了文人偏嗜。也许，懵懵懂懂，我会去玩赏山涧一块普通的砾石；冥冥之中，我又会格外在意那些昔时传说中的秘石。

5.

歙石尽墨。宋时偏偏有一种极为珍奇的黑龙尾石。初识其名我便颇为不解：端砚素以乌黑为稀，故稀见的黑色端石才有黑端之说，龙尾石既多为苍黑之石，又何以要名之以黑呢？

原来，黑龙尾产自金星坑，是一种质地极纯、墨色更甚的黑石，在歙石中黑度值最高，仿佛是涂覆了一层刚刚研好的浓墨，至黑至纯，玄净无纹，其色也郁郁，似夜幕笼垂，暮霭沉沉，阴翳深渺；其光也幽幽，若一泓夜池，微熹初露，鳞波明灭。

观石竟如观夜，万物俱隐，万籁俱寂，唯有缕缕梦丝在夜晚的黑暗中漫延。

如此说来，黑龙尾是黑得无以复加、莫过其黑了，相形之下，其他的歙石都不足以称其为黑了，故有此名。

黑龙尾，其色相极具复合品格，最为内敛又最为扩张，最为沉稳又最为明亮。何为内敛？黑龙尾的黑最为深沉而聚合，最具内力。何为扩张？黑龙尾的黑最为浓烈而强势，最具外力。何为沉稳？沉稳是父亲对黑龙尾的一语简评，黑龙尾底板非常干净，石质极其细腻，能让心灵沉稳而安宁。又何为明亮？黑龙尾黑得特别透彻，因有很高的折光度，故而又黑得清亮，是为明亮矣——明亮如睛！

只是黑龙尾，只闻其名，我却不知去何处找寻。茫茫砚田，偶见程亮琢有一方玲珑精巧的小琴式砚，取自龙尾山上的柴林石，是宋人开采并堆置于柴林中的古遗石，程亮说，这应该就是黑龙尾！

屏息凝睇，纯黑的色彩，是宋人千百度的回眸；盈盈在手，冰冽的感觉，那也是千百年前的宋人消逝的温度和气息呵！

殊尤之处更在于，抚摩琴砚，尤有丝竹之音；敲金击石，乃是铿锵之声！始知其质地极其坚致细润，真乃宋世之歙石名品也！

6.

如果说，黑龙尾的名字简明且质感，那么，青琅玕的名字，便是颇有诗意了。

青琅玕出自龙尾山的眉子坑，石色缟素，苍灰泛青，青中闪紫，烟云凝碧，是宋歙中的极品。

青琅玕本指青竹或是形容竹之青翠，宋代词人梅尧臣曾赋诗云："闻种琅玕向新第，翠光秋影上屏来"，于是，那样的琅玕歙石便有了一个青色的诗名。

歙石的本相乃是黑衣寒士，却素以青碧之色为贵。虽然古语明明是说青出于蓝，但青琅玕实在是青出于黑，是由黑而青，寓青于黑，既青既黑，似青还黑，有些类于新疆的青黑碧玉——其名塔青。

我曾在日本砚家楠文夫著的《砚台》画册上，看到一方青琅玕宋砚；也曾专程去黄山市的徽墨文房博物馆，访过一方青琅玕明砚；我还曾去拜望我极敬重的朱岱大师，讨教他手制的一方青琅玕美砚。

宋砚博雅、明砚朴拙而朱砚简素，
宋砚雍穆、明砚苍古而朱砚清玄。

朱岱大师的美学范式含蓄，平适，小雅，静观，他的先世一定是个宋代的青衣砚人，故而他之所制如此幽致的青琅玕本应属他。

青琅玕砚，美则美矣，秘则秘矣，但石之为砚，当在其用。尤其是，发墨如油，才不至于书写洇晕，故此古人摹写小楷法书，一定会视发墨之用为重。据说，青琅玕和黑龙尾，都是歙石中下墨、养墨、发墨极佳的砚石，因而自古都是极其难得的砚之上品。

只是，青琅玕比黑龙尾更为珍稀，能够寻见已是幸事了！若能从朱岱大师的砚房讨借一日，一日当为一世，便是心中所期了。

7.

青琅玕其实是青可青，非常青；庙前青才实在是一抹纯纯的青莹。青琅玕原本是一种有灰度的青，灰青苍绿；庙前青才真正是一种有态度的青，展现出了芊芊之青的本色。

相传，庙前青是龙尾山上一座古庙前的砚坑所出，宋景祐时曾有人在此取石数块，却又迷失其处。岁月流逝，古坑久已湮没，古庙早无踪影，也未见宋朝的庙前青传于今世，就是宋人当时的说法也多语焉不详。

据宋本《辨歙砚说》隐约记载，宋代的砚者唐询曾见一砚，方四五寸许，其色淡青如秋雨新霁，远望暮天，表里莹洁，都无纹理，盖所谓砚之美者也……

这或许就是传说中的庙前青了，但结语竟是"今不复有"，原来此种美砚在当时就已不可见了！宋代尚且如此，遑论而今？如此，庙前青便只是一个久远的传说。

与庙前青同出一坑的，还有庙前红，石色绛红匀净，石质细腻莹润，与庙前青或为一体，相向而生。

去安徽博物院观展，见有一砚，注明为清代的庙前青，虽非宋砚，却也激动不已。再一细看，庙前青乎？却不过只是一方鱼籽石，顿感大失所望，又问了几个朋友，也都不以为然。后来又在一场拍卖会上，见到另一方所谓庙前青的青砚，也是徒有其名之物。

庙前青，庙前青，何日见许兮，慰我徬徨……

朝斯夕斯，念兹在兹。竟未料到，事情似乎并不如我想象得那么困顿，不期然，我便在一个藏友处偶遇了一方碧莹的青砚，朋友曰，此庙前青是也。诚可信。后来，又有几方庙前青渐次现出，如青岚浮幻。

其中一方庙前青方砚，砚面是庙前青，砚背却是庙前红，一石二色，犹如手心手背，情趣横生；又若阴阳相合，古意盎然。

细观此青红之砚——

青者为丛林之阴，红者为石崖之阳；
青者为碧江春水，红者为古原秋晖；
青者为花间竹影，红者为山庙遗韵；
青者浓绮沉郁，苍翠如盖；红者深浑厚积，丹赭华滋。

如此砚之美者，如是我闻，难怪一定要在青史上留名千年。

但是，一个古老的传说便是如此轻轻地揭去了谜纸，我却是心有不甘，怅然若失。后来，我又听到另有一个说法，庙前青和庙前红并不产于龙尾山，而是产在歙县上丰乡庙前村的山涧。究竟如何，终于令我无所适从。

各位，既然至今对庙前青的产地还没有确凿的认知，也尚未有宋人的庙前青砚石作为实物佐证，又如何能证明眼前的青砚就是所谓的庙前青呢？在我们最终找到庙前宋坑或是寻到一方庙前青宋砚之前，也许，传说永远只是传说……

8.

龙尾山上的歙石品种极多，此外，在古徽州的多处山地，也都产有歙石。

且说歙县。歙县远郊有一古村落，四山围合如瓮，称大谷瓮，后称大谷运，所产龙潭歙砚和滴水香绿茶，最为有名。

还有一个岩源村，产有歙青和歙红，类于庙前青和庙前红，也是难得一见的妙品。

据史志记载，在岩山山涧，曾出过一种歙黄，其色如蜜，其质可比龙尾，只是这种石料早已失传了。

歙县岔口镇周口村还产有一种紫云石，紫色浓郁，发墨极佳，竟不禁让我想起远方的端溪，端溪的紫云……

甚或还能想起宋人张九成吟咏端砚的诗句：

端溪石砚天下奇，紫光夜半吐虹霓。
不同凡石追时好，要与日月争光辉。

我看歙石，有时候会不由自主地以端石为镜来观照歙石，这也许是一种先入为主的习性吧！其实，歙石和端石是不可以完全比照的，产地不同，砚种不同，石品不同，历史的渊源不同，文化内涵和美学法度也不尽相同。

歙石终有自己的独特魅力和审美意象，这也就是南宋诗人杨万里所吟的"别样红"了："毕竟西湖六月中，风光不与四时同。接天莲叶无穷碧，映日荷花别样红"……

9.

前面说过，端砚虽然和歙砚一样肇端于唐，兴盛于宋，但在明代却是独领风骚,而歙石到了宋末之后却已绝产,据说,其中的缘故,是元明时期禁采歙石。

只是,一坑可禁,一山可禁,元明之际数百年间,数百里方圆的古徽州全境禁采歙石,我偏不解。其中,必有更为深层次的历史文化以及社会心理原因。

宋代大儒朱熹有一首《咏红白莲》,恰可取来借喻端歙二砚在宋世的风流:"红白莲花共一塘,两般颜色一股香。宫娥梳洗争先后,半是浓妆半淡妆。"只是到了明代,宫娥竟不爱淡妆爱浓妆了。

端砚——华贵、富丽、温润、典雅,深合了明代文人的审美旨趣和玩古心态,是明人的心性之移情,如此,端砚方能从唐宋一直延续到明季,从而成为名砚之首。

而歙砚——寒峻、玄青、凝古、守素,高度契合和印证了宋代文人的内心取向和艺术范式,是宋人的精神之物化,却只是归附于宋人之雅格,终竟只是宋代文人的遗世之物和精神象征。

回望宋朝,君不见,那是一个精神的天朝!遥想宋朝,殊不知,那是一个艺术的王朝!哲学和宗教,书法和绘画,诗词和文赋,瓷器和玉器,纸墨和笔砚,共同描绘和构成了宋朝的人文风景和生活图像——舞雩千载事,历历在今朝。

宋代的高士诵月钓雪,啸吟江天,煮茶试墨,饮古洗砚,写下了一首首清越的诗篇。且读一读朱熹的《鹧鸪天》吧:

今夕何夕

青鸟外，白鸥前。
几生香火旧因缘。
酒阑山月移雕槛，
歌罢江风拂玳筵。

酒阑歌罢，余音未了；山月江风，今犹昨日。如此的天香，如此的时光，朱子的赋诗已是千古的绝响！如此的词章，如此的传唱，宋人的哲学和诗语在岁月中经久地回荡！

噫吁嚱！如今，这个岁月的年轮，却已尽沉隐于歙砚的纤纤石纹之中。

10.

回到砚林阁，天色已暗，程亮还在灯下细琢又一方老坑眉纹籽石云水砚。

籽石实乃山川赋形，日月精蕴，故而天地之道，尽在其里。

程亮嗜雕籽石，心悟石性，刀随石形，以砚为道，砚以载道。

此时啊，长物无声，凝眉处，却见砚额上精镌两个汉隶小字："沧洲"。

一花一世界，一砚一沧洲。观沧洲之砚，石色青碧，石质坚润，砚池雕琢云纹，砚边淌流水纹，砚堂空旷无涯，唯现两缕阔长的宋眉横贯其间——

竟似江风呼啸,掠过水面;江水泱泱,充耳可闻;江月高悬,白露横江;江面泠然,水天一色。如此长天秋水,真若沧洲胜境。如是朱子在也,想必是要喟然长叹:"吾道付沧洲!"

少焉,似有一宋人在秋夜的月下低徊,却把朱熹的沧洲之诗漫吟不已:

春昼五湖烟浪,秋夜一天云月,此外尽悠悠。永弃人间事,吾道付沧洲。

绿田黄之谜

1166年旧历三月三日,南宋诗人杨万里踏青禊饮,忽逢雨作,寻花不见,归去觅诗:

村落寻花特地无,有花亦自只愁予。
不如卧听春山雨,一阵繁声一阵疏。

古时的光影洒落在我的案头,斑驳陆离其上下。收好戴熙的绿田黄印章,我便也要去卧听春山雨了。

1.

若干年前,我曾在嘉德拍卖预展上初识一方戴熙的寿山田黄石名章,印文:"醇士。"

戴熙,字醇士,清中晚期声名显赫的大书画家。我欣赏戴熙的诗画才情。他的画,精微淡雅,笔墨清润,《忆松图》《云岚烟翠图》堪称山水宝鉴;他的诗,风度闲适,文辞超逸,"远水平如席,远山高于枕",可谓清诗佳句。

人以物为雅，物以人为贵。戴熙的印章自然是一件宝物了，且所镌"醇士"二字与戴熙存世书画的印款丝毫不差，更不必说这是一方素有石帝之称的寿山田黄石印章！

然而，让人不可思议的是，这竟是一方绿色的田黄，满满的秋葵绿意，微微泛黄，明若烟水。印章呈规整的扁平长方形，荷塘清趣纹薄意浅雕，石质凝腻，包浆滋润，光色莹莹，韵致悠悠，不禁令我爱嗜其石，不能释手。

但我当时确实不解，这明明是一方绿印石啊，怎么能是田黄呢？难道田黄也有绿色的吗？我满腹狐疑，却只能怪自己见识太少。

虽然心存疑虑，但我偏偏就是喜欢这一方绿印石，是不是田黄似乎已不重要，恰如杜甫之诗："不问绿李与黄梅。"是田黄当然更好，不是田黄也没关系，我原本看上的就是这一抹纯质的秋葵绿色，更何况还是大名家戴熙的名章！

拍卖时刻，所幸拍卖师的落槌很快，价格没有被抬得太高，戴熙的田黄印章幸运地落入我的囊中！

可是，我还是想知道究竟，这一方田黄印章怎么是绿色的呢？难道田黄也有绿田黄吗？嘉德的专家对田黄石的认定有什么根据吗？戴熙当年有没有说起过这一方绿田黄呢？……从那时起，绿田黄之谜就一直困惑着我。

2.

田黄原本就是黄色的田石，有橘皮黄、黄金黄、枇杷黄、桂花黄、鸡油黄、熟栗黄等不同的色泽。

田黄乃无根之璞，产自福州北郊寿山乡溪涧旁的水田，天赐之宝，十分珍贵。

但水田里的田石不都是黄色的，还有非常少见的白色的白田，红色的红田，灰色的灰田，黑色的黑田，只是这些田石都自内而外透出一股黄气，散发一种田味，所以人们就把这一片水田里所产的田石都叫作了田黄。

如此五色绚烂的田黄，可就从未听说过绿色的绿田，如果真有绿田，那一定更是珍稀之物。

为此，我专门去翻阅了清人高兆的《观石录》、毛奇龄的《后观石录》和戴熙的《习苦斋集》，仍不得其解；又特意去讨教了寿山乡的石农，石农说，他们捡了一辈子田黄，从来没见过绿色的。不过，他们也曾听有人说起过绿田黄，但那已是很久远的事情了，后来再没有人谈起。

无奈，我自然颇感沮丧。既然古书上都没有记载绿田黄，既然石农都没有见过绿田黄，哪里还会有什么绿田黄呢？如果世间并无绿田黄，那么，戴熙的这方印章到底是什么呢？抑或是另一种足以类比田黄的雅石？亦未可知。

困顿中，只读得戴熙的闲诗一首：

盘盘苍藤挂，瑟瑟寒篝舞。
翡翠鸣啁啾，蛱蝶见三五。

3.

既然绿田黄一时说不清，那就先说说田黄及其他吧！

我玩赏田黄，缘自父亲。父亲一生富藏，尤嗜田黄。他藏有许多非常好的田黄老印章，又是极品黄色，又是冻石方章，又是明清旧物，又是名家制钮，每一方都是天之尤物，如抟酥割肪，膏方内凝，腻已外达，还曾在北京艺术博物馆办过展览，出版过收藏画册。

早年父亲常去逛京城东琉璃厂的萃文阁。萃文阁是一家专营印章篆刻的老字号，创始人魏长青和两个徒弟徐柏涛、李文新都与父亲熟稔。值得一提的是，1955年11月，魏长青和徐柏涛参与了人民英雄纪念碑的碑文篆刻。徐柏涛也曾为父亲的一方田黄扁方章制过印钮，李文新与父亲更有一段田黄逸事。

一天，父亲把一方田黄冻石方章拿给李先生看。因为这方田黄的橘皮黄色实在太浓艳了，李先生恐其有假，二话不说，上来就把粪翁（邓散木，别号粪翁）刻的印文磨去了。当看到其表里如一的黄澄澄的田色时，才验明了这方田黄的正身。但这么名贵的田黄竟被磨去了一代名家邓散木的印文，令父亲扼腕不已。

80年代初，父亲还曾在西便门一带偶遇李文新先生。刚刚结束的"文革"浩劫，父亲被抄走了不少旧藏文物，所幸所藏田黄大都还是保住了。劫后重逢，两人话语无多，李先生只问了父亲一句："东西都还在吗？"父亲回道："还在，还在！"李先生应道："那好，那好！"然后珍重道别。

我小时就随父亲一起把玩田黄，对田黄便似乎有一种与生俱来的情缘，近些年也渐渐新添了若干方新老田黄印章，这才有了这一方绿田黄的故事。

虽然我钟情田黄，但也同样喜欢绿色的印石，这也同我从小受到父亲的影响有关。刚记事时起，我印象最深的是父亲的一方青田封门青自用印，石色与戴熙的这一方绿田黄印章有些接近，这大概也是我对绿色印石的一个最早的心相。

都说天下印石贵黄，其实那是清代乾隆以后的事了。元明以前，人们最喜好的却是绿色的印石，如青绿色的青田封门青。而排在各类印石之首的，便是寿山石中的千年名石艾叶绿。

已不知艾叶绿出自何时，只知幽绿的艾叶时常呈现在历代文人的美篇中。我读元代画家王冕的《素梅》，便见有这样的诗句：

疏篱潇洒绿烟寒，老树鳞皴艾叶攒。
昨夜天空明月白，一枝疏影隔窗看。

4.

艾叶绿，色若老艾之叶的古老印石，绿中含黄，娇嫩美艳，隐约可见类似田黄中的红筋格。

艾叶绿产于古时寿山的五花石坑，极其稀少，无脉可寻，南宋丞相梁克家当时就感叹"惟艾绿者难得"，到明代末年艾叶绿就已绝迹，留存于世的只有百年难现的零星遗石，还有印人们孤寂的回眸和藏家们美丽的玄想。艾叶绿印石与歙砚中的庙前青一样，已经成了一个神秘的存在和久远的传说。

寿山石有上百个品种石，石脉复杂，坑口繁多，琳琳琅琅，难以尽识。我一直以为收藏寿山石者难以称谓专家，最好的老师就是古书和寿山乡当地的石农。

都说寿山石缺蓝少绿，是说蓝寿山和绿寿山比较少见，但绿色的寿山品种石仍可再细分为翠绿、青绿、黄绿、碧绿、褐绿、墨绿等各种呈色，真可谓绿盖叠翠，绿彩斑斓。

我藏有一方寿山绿善伯大方章，青碧沉郁，遥岑浮黛，似有几分艾叶绿的姿色，又有若许艾叶绿的风雅，隐隐约约，影影绰绰，那就是艾叶绿的倩影。

我还有一方碧绿的寿山二号矿晶石，也叫"党洋绿""鸭雄绿"，通灵清莹，宛若春水，美则美矣，却不似艾叶绿的名门古雅。

我还曾收过一方黄绿色的寿山芙蓉石，玉质温润，莹洁无类，名曰绿若通，真是美若绿仙子，妖媚又傲娇，让我时时漫想心头的那一点俏丽的艾叶之绿。

更有芙蓉青、老岭青,也是寿山绿石中的名品,却好似艾叶绿旁又几丛萋萋芳草,兀自扶摇。

寿山的月尾山上还产有一种月尾绿,与艾叶绿极为相似,难辨真假,以至近人每以月尾绿充作艾叶绿,不过,这也许正应了白居易诗中所言:"假色迷人犹若是,真色迷人应过此",月尾绿仍是不及传说中的艾叶绿。

此外,市肆上也有不少外省的绿色印石的品种,除了足以和寿山石媲美的青田封门青,还有丹东绿、广东绿、西安绿、莱阳绿、雅安绿、浙江龙蛋绿,真如宋诗里所描写的:"数枝淡竹翠生光,一点无尘自有香",都有各自的撩人迷情,却并无寿山石那般旧日风影下的暗香浮动。

更有一种产自印尼的皮蛋绿,若似洋人绿女,令人侧目,但缺少中国传统印石文化所独具的人文内涵,对这种舶来的外石,情感上难免隔膜。

5.

艾叶绿与田黄、白芙蓉,一并被称为"寿山三宝"。我曾读过应野平先生的《吟寿山石》,其中一句便是:"田黄艾绿芙蓉白,高格由来重艺林。"

白芙蓉也是我的至爱! 80年代曾在琉璃厂海王邨见到过一方数百年前的老将军洞白芙蓉印章,色若凝脂,方正古穆,至今不能忘怀……我后来收了不少白芙蓉,虽然多为上品,但在我心中的位置均无出其右。这么多年过去了,这一方白芙蓉早已不知没于何处,唯愿还能重现于世,与我共度静雅时光。

这些年来，我更是四处遍访艾叶绿，却也只见过若干疑似的艾叶绿，真觉得艾叶绿比田黄和白芙蓉更加难寻。艾叶绿存世罕见，真似绿野仙踪，忽隐忽现，若有若无。远看山有色，近听水无声。多少次似乎离艾叶绿已是咫尺之遥了，却又消弭于无形。

直到不久前，我寻进了一家寿山石馆，馆主拿出一方长方形素章，艾草有色，绿韵无极，馆主告诉我，这就是一方镇馆之印——艾叶绿！此时啊，真如王国维在《垂杨深院》中所叹："拚取一生肠断，消他几度回眸"，我一身的精气，瞬间就被吸附到这方印石上了！

这样的美石，如果用春色来形容的话，便可以是：春水微碧，春云欲雨，春山明丽，春木华滋……如果寻春天的诗句来借以抒怀的话，便可以想起大宋宰相寇准的《江南春》：

杳杳烟波隔千里，白蘋香散东风起。
日落汀洲一望时，柔情不断如春水。

还可以有北宋词人秦观的《春日》：

一夕轻雷落万丝，霁光浮瓦碧参差。
有情芍药含春泪，无力蔷薇卧晓枝。

柔情已如春水了，芍药也含着春泪了，春天的诗吟过了，再来细看这一方美丽的绿印石。

这确是一方艾叶绿吗？确是那一方传说中的艾叶绿，诗文中的艾叶绿，

古洞中的艾叶绿,夜梦中的艾叶绿吗?此时,我头脑中一切的知识、灵感、直觉、体验,似乎都在告诉我:

这真的就是一方艾叶绿,只能是一方艾叶绿!如果这还不是艾叶绿的话,那么,世间再无艾叶绿,我也再不去寻艾叶绿,然后就像李太白那样,停杯投箸不能食,拔剑四顾心茫然。

6.

我痴痴地爱抚着这方艾叶绿,如入化境,恍惚中,却不由自主地想到了那一方戴熙的绿田黄印章——都是那么相似的丽质,都是近乎相同的石色!摩挲间,在我的脑际,两方印章的影像似乎渐渐重叠起来了,竟然合二为一,化为一体了。

我猛然大悟,那一方戴熙的印章,莫不也是艾叶绿吗?

对呀,那也是艾叶绿呀!我怎么就没有想到过那就是艾叶绿呢!艾叶绿呀,你虽然远在天边,居然近在眼前,这就是宋诗里所说的"不知夜月落阶前"啊!

我又悟出,有时一些显而易见的问题,可能因为先入为主的认知障碍,竟会花费了很长的时间都不能想清楚。荀子说:"吾尝终日而思矣,不如须臾之所学也!"直至今日,我在这一家寿山石馆的"须臾之所学",才帮我解开了绿田黄之谜,我才意识到,那方绿田黄实非绿田黄,原是一方艾叶绿!

也许，我因此失去了一方绿田黄，但我却得到了一方艾叶绿，这实在是一件让我既有些失落，又有些幸运，却最终让我开心的事情！不管怎样，我想，我毕竟解开了绿田黄之谜！

这一刻，我觉得我读懂了南宋诗人翁卷的《野望》：

一天秋色冷晴湾，无数峰峦远近间。
闲上山来看野水，忽于水底见青山。

7.

那天，当我兴奋地把自己这个重要的发现和唐突的想法讲给父亲时，没想到他却仍然坚持认为这是一方绿田黄，并且还肯定地告诉我：谁说没有绿田黄？萃文阁的魏长青就跟他说过，田黄也有绿色的！

父亲让我再认真比较一下：艾叶绿是坑料，绿田黄是田料，手头不同；艾叶绿偏绿，而绿田黄透黄，绿意不同。

果不其然，确是如此！

我忆起了宋朝诗人葛长庚，他曾写过一首《水调歌头》："苦苦谁知苦，难难也是难。寻思访道，不知行过几重山……"哎呀，寻思访道，我才行过寿山的一重山，就这么难！

为了解开绿田黄之谜，我似乎已经走过了遥远，仿佛爬过了一座山峰，刚刚找到了艾叶绿，父亲的话突然又让我跌落下了山涧！

不过，山涧之下，清风徐来，我终于找到了绿石头的答案：田黄也有绿色的，世间本有绿田黄，戴熙的印章不是艾叶绿，堪比艾叶绿的最美的石头就是绿田黄……这反过来又是一件让我既有些失落，又有些幸运，却最终让我开心的事情！现在，我能够解开绿田黄之谜了吗？

早有一种说法，认定绿田黄就是艾叶绿，故而把世间两种最神秘的石头变成了同一个谜底。不过，我还是更愿意相信，绿田黄是绿田黄，艾叶绿是艾叶绿；绿田黄是一个美丽的传说，而艾叶绿却是一个更加古老的神话。

只是，我现在才意识到，艾叶绿，那个古老的神话，古老，但并不只是神话；同样地，绿田黄，那个美丽的传说，美丽，但并不只是传说。

对呀，想想也就明白了！萃文阁的大老板魏长青，一直在琉璃厂从艺，可以说是阅宝无数。魏长青认可绿田黄的存在，说明过去他一定是见过遗落世间的绿田黄旧物，他的见识绝非今人可比。

而现在的寿山乡的水田里，多少年就已经寻不到什么像样的田黄了，更不要说绿色的田黄了，如同艾叶绿早在二百年前就已经没有了踪影。

昔人已乘黄鹤去，此地空余黄鹤楼。这些年的石农没有见过绿色的田黄，并不能说明寿山溪旁从来就没有出产过绿田黄，也不能否认绿田黄的恒久时光，只能说绿田黄原本就极其罕有，近世早已采拾殆尽，飘落天外了！

8.

那么，戴熙的这一方印章，到底是不是绿田黄呢？莫非真的就是一方天外飘落的绿田黄吗？

夜读《诗经·小雅》："夜如何其？夜未央，庭燎之光。"静夜无眠，花影阑干。我似乎已是心如止水，又似乎还是空水漫漫；似乎心有所期，又似乎终无所解。夜光下，却只把《小雅》的诗句字字译写：夜色如何？夜未尽，只见庭前烛火之光亮……

我想，人间有两本大书，一本是自然之书，一本是历史之书；人间有两条大路，一条是自然之路，一条是历史之路。其实，绿田黄的答案，就在这两本书里；绿田黄的谜底，就在这两条路上。

偏偏记得宋代词人晁端礼有一首《虞美人》，岁月流金，千古吟唱：

不知何物最多情。惟有南山不改、旧时青。

因为这一方绿田黄的神奇和奥秘，戴熙也就为我所格外关注了。后来，我不仅在拍卖会上又陆续拍下了他的若干幅书画，而且搜集了有关他的许多相关资料。难得的是，近日，我又购藏了戴熙的原本《习苦斋诗集》八卷。

今夕何夕，见此粲者。我把戴熙的诗卷轻轻地放置于书案，然后，在书册的配页上，仔细地钤上了戴熙的这一方绿田黄名章："醇士。"

观台赋

1.

沿磁州窑观台遗址东行两公里，便是曹操当年的观兵台，至今依旧草木凋敝，凄风凌厉，金鼓之声，不绝于耳。然既有观兵台，又何来观台？不知观台为何而得名，只知观台因磁州窑而知名。

也许观台应是曹操的一个观景台吧，谁想八百年后却成了宋元之际磁州窑的一个主窑场，时至今日，人们竟只识宋元而不识曹魏，只知其一而不知其二了。

呜呼，身在曹营心茫然，魏武挥鞭都不见。

观台位于太行山东麓的一片丘陵台地之上，俯而近瞰，仰而远望，天地万象，叹为观止。

观云——朵云堆叠，幻化无端，仿佛随时能变身出各种白釉瓷珍来；

观鸟——山鸟如梭，远近飞渡，好似瓷衣上掠着风影的点点褐彩；

观水——千古名川，漳河之水，盘桓山野，逶迤天边，宛若青瓷釉面，凝结光滟；

观地——沟壑交错，窑迹斑斑，瓷片厚积，犹如礁岩，层层**叠叠**，**裸露**可辨。

夏日之晨登临观台之地，日升，草长，风起，雾淡。只见一牛，一犁，一农妇，一草鞭。

一是无限，一乃大观。

日复一日去日苦多，观台一日竟似永年。

正可谓：一一相生，万物归一；生而为动，归而为静；欲静还动，动而愈静；世间法相，古今皆然。

眼前观台的夏日风物，如剪影，如雕版，如宋画小品，更如磁州千年古窑的几笔草淡写意，散发着哲学光泽、艺术韵致、田园风情和民生气息。

2.

经过一夜豪雨冲刷，地表上又露出了许多的古瓷碎片，隐约可见，触手可及，如白果遗落在林园，若彩贝镶嵌于滩涂。在我看来，这便是一地珠玑，满目史章了。

今夕何夕

磁州窑最早的窑场是北朝时期的北贾壁窑和临水窑，那是一个乐府传唱的年代，又是一个古水泛漾的岁月。

鎏金的漳河水厚德载物，风华千秋，静静地流经北贾壁窑的台地；碎玉的滏阳水断崖涌泉，徜徉丘东，奔突地漫过临水窑的堤岸。

二水堪为经天流地，双秀竞扬，含精蕴华，泾渭分张，共同浇澈了古磁州最初的窑火之花，令古窑中飞升的凤鸟浴火永生。

那闪幻着幽菁光色的北朝青瓷，分明蕴藉着天火的神秀，古水的精灵。而那天火，乃是神灵之火，圣源之火。

君不见，临水窑之神火千载不熄，北贾壁窑之圣火百世相传。

自北朝历经隋唐宋，又元明清，临水窑竟一直燃烧至今，成为中国古瓷史上烧造期最长的窑场。窑烟缭转，今古不辨，人影朣朦，风月无边。

而当天际传来悠远的晚唐钟声，北贾壁窑的那一团圣火便沿漳河水向南，再向南，一路传到观台，终于在这曹操的观瞻之地驻留，冉冉升腾。观台从此远近颂扬，古今闻名。

而今，在曹操的帝迹之上，观台又已成为一处天然的古窑遗址博物馆。这文明堆叠的奇特景象，让人崇仰，思如泉涌；又令人唏嘘，不禁忘言。

3.

当我注视着地面，见脚边一白釉瓷片似有纹饰，拾起细看，釉面上游走着一只小鱼，刻画流利，鱼纹灵动，隔世经年，只在汪洋。

刻画花是磁州窑的一种基本技法，借鉴了当时耀州窑、定窑等名窑的刀工而又别具一格。

而尤值一提的，是磁州窑使用的化妆土技法。磁州窑的胎土是当地产的一种大青土，土质黏结适于制瓷，却不够洁白细腻。施用化妆土后，就如同打了白粉底子，做了美人坯子，变得冰肌玉肤，细白柔丽。

造白之后，可刻花，可画花，可剔花，可绘彩，真可谓：另辟蹊径而别有洞天，自有风韵又独步天下，足以和任何一种古瓷相媲美。

于是，人在观台不免有一种探宝的冲动，且看我，竟像一个排雷的工兵，弓身弯腰，低头搜寻，螳螂般地洞观而迅疾，不时将一些瓷片掘出土层，拣入囊中。

我拣起一件瓷片，擦去泥水，见上面绘有一笔褐彩，似是一件画作的残笔，虽然主要部分均已缺失，但一笔之间依然保留了生命的痕迹与文明的信息，令我陷入沉思。

古磁州人擅长在刷白的瓷胎上作画，将山水、人物、虫鸟、花卉以民间的写意笔法绘出，掀开了中国瓷器史的彩绘之篇，前引了青花和五彩瓷

365

之滥觞。

4.

在一段沟渠的护坡处，我意外发现了一处瓷片集中的沉积区，慢慢从土层里刨出些许的宋碗残件和窑具，令我如获至宝，贪婪忘情。

在这里我竟还发现了一个较为完整的白釉行炉，器型朴华古拙，釉色润白婉丽，既可擎于手中照明夜路，又可置于案台奉为神供。天赐之物，足以悦目，更可赏心。

不久，我又掘出了一件黑釉的行炉残器，行炉釉色漆黑晶亮，映照天象，如一泓黑潭静谧神明，深不可测，虽已残损，却足以令天下之黑器无以比及。

更为难得的是，我还拾取了一片酱釉瓷片，瓷片胎质致密轻薄，釉色沉郁匀净，却闪耀着一层水晶般亮丽的奇炫光华，真是一件地宫之灵宝，可谓千载观台之秘藏。

酱釉本是黑釉的衍生物，最初窑工烧造黑釉，烧过了火，就出现了酱釉，从此酱釉便成为一代名品，令窑工们刻意为之，令官家们趋之若鹜。如此宝瓷，埋于腐泥之下千年，竟丝毫不染污垢，不减风采，而愈加纯净美艳，莹光漫射，世之奇幻，令人惊叹！

再往下挖，蓦然，一片带有异光的黑色魅影眼前一闪：竟是油滴！我赶紧拣出，怎么会是油滴！油滴是黑釉在烧制过程中，由于火候的变化，而生成的一种特殊的结晶釉。点点滴滴的结晶体，大小排列，分布有序，就像是一颗颗、一行行、一排排、一片片的油滴，晶莹剔透，玲珑亮丽。

过去我只知油滴产于江西吉州窑和福建建阳窑，油滴碗乃宋代风尚一时的斗茶所用之名碗，竟不知南北相隔，天各一方，远在河北的磁州窑竟也能烧制油滴！

虽然尚不及考辨油滴之源流，但眼前这一片瓷片却证明了，中国古代窑口之诸技法的融流交汇，精彩纷呈。这融流，竟令我是这般惊叹；这精彩，却让我是如此震撼！

这一片油滴瓷片，原本也应是一只油滴碗，可能也是用于斗茶。殊不知，唐代的北方，人们就已时兴斗茶了。却不知，此地斗茶的名碗，是否也有兔毫碗和鹧鸪斑？

5.

一般而言，唐宋的名瓷，论碗当数建窑，论壶当数长沙窑，论瓶当数定窑，论炉当数钧窑，而磁州窑的碗、壶、瓶、炉，均在可论之列。但磁州窑的瓷枕，却真正是天下第一。

长方形的，八方形的，银锭形的，椭圆形的，花叶形的，束腰形的，鸡心形的，云头形的，豆形的；

还有狮枕，虎枕，孩儿枕，仕女枕；

白釉剔花的，画花的，珍珠地的，墨彩的；

绘画的，诗词装饰的；

应有尽有，却皆不足以尽取也。

我很想能挖出一方瓷枕，听赶牛的农妇讲，半个月前，这里还有人刨出过一方完整的瓷枕。我还到一农家看了一方花叶形白釉剔花残枕，虽是残器，主人仍然惜售。

我曾经见过白地黑花鹭鸶纹八角形枕，题《朝天子》词长方形枕，白地黑花篦划水波纹豆形枕，白地黑花与黑地白花折枝花如意头形枕，绿釉篦划花牡丹纹叶形枕……

在一方瓷枕上，我注意到这样两句诗语："有客问浮世，无言指落花。"充满了伤郁的情愫和虚静的意味，那古代乡民的道心之境，令人感怀。

在另一方瓷枕上，却草书两句田园诗："细草烟深暮雨收，牧童归去倒骑牛。"完全是一幅牧歌般的乡园画面，恬静安谧，纯美自然。

君不见，古瓷万千，唯有瓷枕才是一类纯粹的民俗之物；只是在瓷枕上，才能集中地展现宋辽金元时期的乡园文化和古风世象。

作为北方的第一民窑，磁州窑的瓷枕自然是民情浓郁，民韵悠长，民彩艳丽，民风清亮。

我直想广罗天下最精美的磁州窑瓷枕,开办一家世上最大的瓷枕博物馆。在博物馆的前厅,我会端放一尊原邯郸市文保所张子英所长的塑像。

张先生一生中写下了多篇开窑之作,是磁州窑瓷枕研究第一人,我仰望久矣。本想今年前去探访,才知先生不久前已驾鹤西去。先生之女张莉平是磁州窑博物馆的副馆长,听她用心灵的语言讲述磁州窑,不禁对张家父女肃然起敬。

更有陈万里先生,冯先铭先生,叶喆民先生,叶广成先生,李辉柄先生,马忠理先生,秦大树先生,刘志国先生,赵学峰先生,在那些晨昏的光霭里,投下了他们登临观台的背影;在那些岁月的尘埃中,留下了他们行色匆匆的风声。

6.

风声,好似一位天然的乡音大师,吹过河面,奏出乡水曲;掠过田野,弹起乡土谣。

是啊!磁州窑,本就是一首乡间咏怀的风月长诗——冬夜望雪,夏日观莲;绵延不尽,歌吟无边。观台啊,难道你筑台就是以观天下之诗?观台啊,莫非你就是观诗之台?

从秦皇到曹操,自魏晋至唐宋,千年一觉,风花如梦。是谁在观台抚琴拨弦,古乐悠扬;鼓瑟吹笙,诗心幽然?又是谁在观台演绎着一首首天地音诗,渲染出一幅幅乡村诗画?

明明如月，何时可掇？忧从中来，不可断绝。

听千古绝唱，余音回响；观旷世华章，荡气回肠。

月明星稀，乌鹊南飞；绕树三匝，何枝可依？

此诗此景，此词此情，不禁化作磁州窑那无尽的画意，终竟汇入观台那绝美的画屏。

古人真是在观台之地撒落了太多的诗句，俯拾是瓷，仰看成诗；风之掠过，诗思漫卷。

金木水火土是古瓷的五行，但磁州窑却是要六行兼备，在五行之外再加上一个风轮——那就是远世之风，那就是诗之古风！

无风何以入诗篇？无诗如何登观台？

磁州窑呀，你满窑画卷，又满窑诗卷，你就是一个火之飞升的乡村画窑！你就是一个风之飘逸的千古诗窑！

日月之行，若出其中；星汉灿烂，若出其里。

苍天之下，我若一个古老的声音，吟哦着这篇永恒的诗章；观台之上，我像一个先世的乡民，擎举起那只黑釉的行炉。

忽然我看到，漫天的古诗残片在风中飘飘摇摇，在雨中扬扬洒洒，瞬间，地面上竟覆满了一层层浸润诗华的瓷片，捡不胜捡，吟之不尽。

——远水碧千里，夕阳红半楼；
——风作夜来时，山公醉不知；
——月照池中月，人观镜内人；
——风吹前园竹，雨洒后亭花；
——怨滴芭蕉雨，愁吟蟋蟀风；
——翠竹千古秀，独占百花魁；
——惜花春起早，爱月夜眠迟；
——无情玉蝴蝶，春尽一梦飞。

然，诗人已去，短歌犹存；古瓷无语，岁月无痕。唯见那观台的一片片残瓷，一篇篇诗叶，尚斑驳着日月之光影，更陆离着星辰之流形。

大美不言，万世以观；观而筑台，故曰观台……

永乐的水，宣德的沙

1.

明天啊，我就要重返西沙群岛访古了。

西沙群岛由南海中部的两片岛礁群组成。西南海域的岛礁群又叫永乐群岛，东北海域的岛礁群则叫宣德群岛。永乐与宣德，明早期由朱棣和朱瞻基开创伟业的王朝，虽已远逝，却又把镌有自己名字的天珠，遗落在这一片片璀璨曼丽的玉宇琼岛之上。

自永乐三年（1405），郑和率天朝之师六下西洋；宣德五年（1430），郑和又第七次张帆远航，经占城、渤尼、暹罗、爪哇、苏门答腊、古里等地，终抵非洲东海岸。在前后二十多年的时间里，郑和庞大的远洋船队，一定是一次又一次途经了永乐群岛和宣德群岛的海域，让大明林立的旗幡，在碧蓝色的海天之间猎猎飘扬！

其实，中国的先民们，早就在这一片岛礁上生息和劳作了。在西沙群岛的主要岛屿上，都曾发现中国古庙的遗存。仅赵述岛、永兴岛、琛航岛、广金岛、甘泉岛、南岛、北岛、东岛，就有古庙十四座。甚至在琛航岛的一座古庙里，至今还供奉着一尊明代永宣时期龙泉窑的观音瓷像——这真的是一尊南海观音啊！

在著名的甘泉岛上，还曾出土有唐代的青釉双耳罐和卷沿罐，宋代的青白釉瓶、四系小罐、青釉碗、画花大碗、莲枝纹大碗、突唇碗、粉盒等各种古瓷。

历史上，至迟在唐宋时期，南海诸岛就已在中国政府的主权管辖之下了。而到了明成祖朱棣和明宣宗朱瞻基的大明，当郑和船队那漫无边际的帆影掠过茫茫南海时，中国的西沙群岛，更是进入了永乐的年号和宣德的纪元！

2.

永乐朝时间不算太长，总共二十二年；宣德朝时间更短，经世仅仅十年。区区三十多年，除了其间断续二十多年的郑和七下西洋之外，还发生了一些什么大事呢？

永乐元年（1403）七月，明成祖下诏始修《永乐大典》，并于永乐五年（1407）十一月编修完成，终成中国历史上规模最大的一部类书。

永乐五年（1407），明成祖又下诏始建北京皇宫，直至永乐十八年建成，并于永乐十九年（1421）正月初一迁都北京。

永乐七年（1409），动工修建长陵，永乐十一年（1413）完工。

永乐十七年（1419）六月十五日，大败倭寇。

宣德三年（1428）六月，在大学士杨士奇、杨荣的辅佐下，明宣宗惩治贪吏，扫除腐败，实施仁政。

宣德五年（1430），朝廷派工部右侍郎周忱巡抚江南，实施改革，减轻税负。

宣德九年（1434），明宣宗驱僧逐道。

永乐和宣德，真是发生了许多惊天动地甚至影响历史的大事，以至人们根本不会记起有两个小官吏，更不会知道他们在当时做了些什么。

此二人，一个是永乐朝的工部使祈鹏，一个是宣德朝的中官张善，都曾被派到景德镇御器厂督造宫廷用瓷。他们的名声，虽远不及二三百年之后清廷的督陶官郎廷极和唐英的名重一时，却也理应和当朝七下西洋的郑和、《永乐大典》的总编纂解缙、天安门和三大殿的设计师蒯祥、长陵的总监工勋臣、大败倭寇的辽东总兵十军左都督刘荣以及朝廷重臣杨士奇、杨荣、周忱等人一道，青史留名！正是这两个人，奠立了大明王朝的瓷都宏业，开启了中国瓷器史上一个伟大的永宣时期！

3.

在祈鹏的躬亲下，永乐朝的御器厂宏大规整，设作坊二十三个，有专做大碗的大碗作，还有碟作、杯作、盘作、瓶作、罐作……其中，杯作生产的一种青花压手杯，竟是中国历史上的一世名物。仅烧造这么一只把玩于股掌之中的精制小杯，就要经过七十二道工序。如此精工细作，只能令后世任一仿品都难望其项背。

前些年北京故宫曾定制了二百只高仿永乐青花压手杯，虽已是最顶级的摹制，却至多也不过是东施效颦！

永乐压手杯的外壁是八朵精巧柔媚的缠枝莲花，釉色沉郁浓艳，泅晕流散，其内底有三种纹饰，分别是双狮纹、鸳鸯纹和团花纹，均环裹着"永乐年制"的篆书四字款，其中团花纹甚为珍罕，鸳鸯纹更为珍罕，双狮纹至为珍罕。人生一世，金玉散尽，只求三杯！可乎？

正是因为永乐朝的御器厂打下了一个非常好的基础，所以，才有了后来"大明宣德年制"的辉煌。宣德青花与永乐青花难辨雄雌，遑论伯仲，以至史上一直有"永宣不分"的说法。

张善在宣德朝的御器厂同样是兢兢业业，恭谨从事，让瓷器的生产在永乐朝的基础上又有了新的发展，以至史上统称之为"永宣时期"。宣德八年，仅一次为宫廷烧造各式用膳的餐具就达四十四万余件。

宣德瓷器，是历史上的一个旗标。如果历史可以以十年为一个单元的话，那么，宣德的煌煌十年，则是中国瓷器史上登峰造极而又无与伦比的一个单元！

几年前我曾遇到过一只宣德青花缠枝莲纹大钵，品貌精尚，气韵超然，却几欲求之而终不可得。虽然这只青花大钵早已离我远去，但其缠枝莲纹的逸笔在我的脑海中却是拂之不去，常忆常新。

然，一杯，一钵，又何以能尽现永宣之瓷华？当郑和的船队浩浩荡荡地驶经永乐群岛和宣德群岛时，云蒸霞蔚，海鸟翻飞，却也正是千里之外永宣御器厂的开窑时分，火气升腾，窑烟漫卷。几个时辰之后，烟气散尽，窑工们便钻进一个个瓷窑里，捧出数不清的各式瓷珍来，釉彩琳琅，熠熠闪亮，真如那美丽的南海——洁白的礁贝，宝石蓝的海水，晨暮的红日，金色的海岸，还有那绮丽多彩的虹影，美兮盼兮。

4.

永乐瓷中最有代表性的是白瓷。永乐白瓷既不同于宋代的定窑白瓷，也不同于元代的枢府白瓷，既不是那种微微泛黄的秋之白华，也不是那种稍稍闪青的冬之白露，却是纯之又纯、净而又净的这般白色，只可放到南海之水蓝天青中方能显现其白之纯美。

但见风涌碧波，浪拍银岸，佛天梵海，天珠撒落。那永乐一朝的白瓷啊，真若千里白沙净雅无尽，唯有万年珠贝不染尘埃。然而，面对着这般白若糖色的纯净之美，明人却是用一声极简的慨叹直抒胸臆："真甜啊！"由此人们便把永乐白瓷称为"甜白釉"。

在史上所有的窑口中，唯甜白釉佳器的瓷土淘洗得最为澄净，其所使用的高岭土含铁量最低而富含三氧化二铝，使瓷胎洁白凝腻。又敷以糖汁般的透明釉，烧制出的白瓷至精至纯，朗润如玉，甚至能薄如蝉翼，映透光影，史称"玲珑瓷"，堪为明清白瓷帝师。其后虽成化、弘治、嘉靖、万历等各朝白瓷都曾着意效仿，然均不得其妙而无门以入，以至甜白釉终成天下孤赏——空谷幽兰，花期不再；旷世稀音，化为绝响。

如此的永乐名物当然要梦寐以求！我虽然败絮自拥，却也藏有一件永乐甜白釉暗刻龙凤纹大盏，历经岁月，不见沧桑，但只见釉面已全然玉化，仙灵之物，宝光蕴藉，只待盛装琼浆玉液，便胜似昆仑瑶池。

宣德白瓷依然是好，永乐白瓷通常无款而宣德白瓷通常有款，其胎体也略微厚重些，因而其器型更加庄典。虽名气略逊于永乐甜白釉，唯因其一脉相沿且更加稀见，故愈加珍贵。

5.

在大自然的法界中，如果说，与白相生的一定是蓝色，那么，与永乐白瓷和宣德白瓷相映的自然是永乐蓝瓷和宣德蓝瓷。以海景喻之，如果说，永宣白瓷就是那西沙海岛的白沙滩涂，那么，永宣蓝瓷便是那南海莹澈的湛蓝。

我所藏的永乐蓝瓷中，最珍视的当数一只蓝釉十棱水洗。标准的橘皮釉，典型的糯米底，棱线苍古，釉光沉郁，庄朴曼丽，风雅无边。只因偏好文房佳器，水洗一直是我古瓷收藏中的专项，各个窑口、各种胎釉的水洗几可摆满茶台书案，琳琅杂陈。但这只水洗却不一般，只因其永乐，只因其蓝釉，只因其独有的丰神，只因其几可演绎出爵士风的蓝色迷情……

但宣德蓝釉的盛名，又要超过永乐。宣德之蓝虽出于永乐之蓝，却更加明丽浓艳，滋润醇厚，故世人称之为"宝石蓝"，堪为历代蓝釉之冠。

君不见，置于我的书室柜顶上的那只宣德蓝釉六棱辅首大罐，便浸满了我于宣德蓝釉的多少痴爱！我屏息叩击着其密致坚挺的瓷骨，又不禁忘情地抚摩着那闪烁着熠熠釉光的蓝色瓷衣。这极致的蓝色之美呀，投射出古代瓷人的身影，又勾摄着今世藏家的心魂；似精灵般飘逸，又如海水般荡漾；让绵绵的思绪伴着化不开的浓郁之蓝蔓延开来，幻化为一片辽远无际的海平线，又在这海面上张开千杆桅帆，与先人一起乘槎浮于海……

6.

然而，海之红，终会从海水之蓝中翻滚涌动，喷薄而出。曾几何时，那是升挂在海天之间的永乐初日之红。待沧海红遍，那又是悬浮在云水之际的宣德落日之红。自不必言，在三十多年的瓷釉时光里，永宣之红才是最为玮烨的。

永乐的红釉已是最好。元代的红釉近乎赭色，明初洪武的红釉依然发暗发淡。只是到了永乐年间，红釉才突然艳丽起来，鲜亮起来，如红日之刹那间跃出海面，晨光万丈，红霞漫天。

宣德的红釉却是更好。宣红更红，红得澄澈，红得浓烈，红得超迈，红得壮阔。那是一种潮汐之上的余晖之美，更是一种暮云之下的海天大美。宣德之后，各朝红釉竟再也无法与永宣之红媲美。

宣德的红釉与永乐的红釉都是宝石红，如出一炉，同钟神秀。但天地造化，和而不同。

永乐烂漫而宣德沉郁，永乐飘逸而宣德蕴藉，永乐妩媚而宣德古穆，永乐鲜活而宣德厚朴。

永乐是平而宣德是仄，永乐是扬而宣德是抑，永乐是远水而宣德是近山，永乐是朝霞而宣德是暮云。

永乐是红釉映在光华里，宣德是光华掩在红釉里。永乐的红釉是掠过水面的风声，风生水起；宣德的红釉是飘过水面的乐声，波澜不惊。

如此美瓷，竟奈若何！"余情悦其淑美兮，心振荡而不怡"！

我藏有一只宣德仰钟式红釉碗，那器形恰似一只仰翻的古钟，碗底施有白釉，却并无宣德瓷常见的青花款识。然侧光细细辨识，竟能隐约窥见"大明宣德年制"六字暗刻楷书款。碗的内壁外壁均敷满红釉，唯碗边因垂釉而留有一圈青白色的口沿，或谓之"灯草口"。那融融的红釉，莹润而沉郁，灵动而凝结，又遍布橘皮纹，似乎是附丽了世间的风雅与沧桑。碗中虽空无一物，却贮藏了多少已经逝去的旖旎时光。

只是，花非花，物非物，这只静置了六百余年的宣德红釉碗呀，大音稀声，白水脱尘，清夐高古，无关花事，却已全然是我心相的观照。

7.

都说嘉靖的黄釉已是最好，殊不知永宣的黄釉才是最早，只是永宣的黄釉已极稀见。我在"台北故宫博物院"曾访得三件宣德黄釉美瓷，一件是黄釉仰钟式碗，一件是黄釉碟，一件是青花黄釉栀子花纹大盘，见其釉色澄净而柔美，釉质温润而娇嫩，始知黄釉器中，永宣之黄不仅最早，且是最好。

都说永宣的五彩已是最早，君不见永宣的五彩还是最好。从明中期至明晚期，成化五彩和嘉靖、万历五彩名震一时，到清康熙时五彩器更是至臻至美。而早在宣德之年，五彩器就已花落瀛寰。明《博物要览》中就已有记载："宣窑五彩，深厚堆垛。"

十个甲子，风水轮转，海桑陵谷，世事变幻，君知否，唯有两只宣德青花五彩莲池鸳鸯纹碗，一直静静地供奉在西藏萨伽寺的佛台上，只参佛事，不染凡尘。这是目前已知仅存于世的宣德五彩美瓷，永宣遗珍，莫过于此！

若论永宣两朝的古瓷美器孰为最佳？说永宣的青花已经足矣，道永宣的白釉已是足矣，品永宣的蓝釉已然足矣，赏永宣的红釉已尽足矣。更不必说还有永宣黄釉，又遑论永宣五彩？永宣美器，尽是天下珍赏！

只是，寻永宣瓷珍，难于上青天！有一位藏家曾凄凄然与我有言，曰：我收藏了一生的古瓷，为何竟不可得一件永宣真品？我至今都能记得他当时的黯然神伤。有美人兮，见之不忘，一日不见兮，思之如狂！其实，许多藏家也都有着相同的喟叹。只是因为，永宣最少，可遇不可求；而永宣最好，更是可遇不可得！这也正应了《汉书》中之所言："求之，荡荡如系风捕景，终不可得。"

8.

其实，世间万物，皆是空相。一切的古瓷佳器，一切的奇世珍宝，终会失色，终会湮没，能够超越时空、化度众生者，唯有琛航岛古庙里，那一尊永宣时期的龙泉南海观音！

佛陀世界，那是一个无常、幻化、空性、自在的世界。永乐群岛、宣德群岛，原本竟是一片慈航普度的佛法之地。

静夜已深，来日已近。青灯黄卷，梵音缭绕。

人生天地间，忽如远行客。天色启明后，我就要远行了……再上美丽西沙，再回永宣前朝。

我直想汲一瓶永乐群岛的泉水，再掬一捧宣德群岛的白沙。

待我访古归来兮！

我要把永乐的水注满那只永乐蓝釉十棱水洗，观水中乾坤；我要把宣德的沙覆满那只宣德红釉仰钟式碗，看沙里道场。

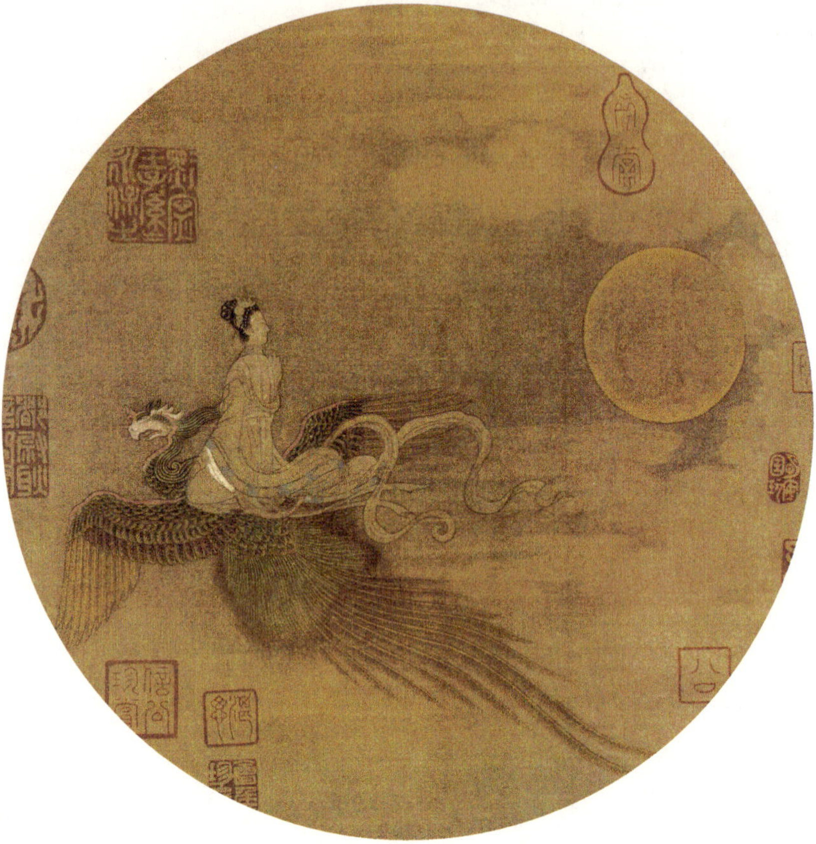

康熙红和康熙窑

1.

那一日,在一间已被淘过无数遍的店铺里,又无意中发现了一个郎窑红的烛台。郎窑乃康熙朝的督陶官郎廷极所烧之窑,以其红釉器最为名贵,人称"郎窑红"。

明代永乐、宣德年间曾烧出史上最好的红釉器,红极一时,红光万丈。但自明中期之后,红釉器却日暮江河,以至沉落。只是到了康熙仿烧宣红,恢复了已失传两百多年的高温铜红釉技术,才终于烧出了一代名品郎窑红。

郎窑红的口沿因红釉垂流而形成白边,俗称"灯草边";又由于修胎工艺超绝,到了底足却再无垂流,令人称奇,俗称"郎不流"。

郎窑红与宣红其实类而不同,其最明显的呈相并非幽玄的橘皮釉,而是鲜沥的牛毛纹,故法国人称之为"牛血红"。又见在釉面上散射出一片亮丽的玻璃光,银华闪烁,云霞浮动,风影扶摇,奇幻迷离。

今夕何夕

清人有一首赞美诗："雨过天晴红琢玉，贡之廊庙光鸿钧。"诗中所吟的美若彩虹的"贡之廊庙"的御器，就是贡奉朝廷的郎窑红。

郎窑红的典型器是观音尊、荸荠瓶、天球瓶、双耳瓶，但郎窑红的烛台我却是初见，真可谓人之红运，心之佳缘，素手相接，永庆奇珍（康熙瓷常用的吉语）。那支在时光中燃烧了数百年的红烛啊，原来竟藏心魂深处，分明就在今日眼前。

然而，我知郎窑，不只郎窑红，尚有郎窑绿。本来，红釉和绿釉都是含氧化铜的石灰釉，只是，在瓷窑的还原气氛中，烧成的是红釉；而在氧化气氛中，烧成的则是绿釉。形象地说，氧化是呼气，那么还原就是吸气。因此，在瓷器上，绿釉和红釉之变便只在一呼一吸之间了。

这样，利用气氛的变化，郎窑就不仅成功地烧出了郎窑红，而且成功地烧出了郎窑绿。因为郎窑绿是郎窑红的极变，所以郎窑绿反而比郎窑红更加珍稀而名贵，这也正如黑定之于白定，红耀之于绿耀，白端之于紫端，田白之于田黄一般。

郎窑绿也叫苹果绿，真个如枝头上的幽幽青苹，或浅涂淡抹，或明翠光华。我曾访过多件郎窑绿，心中总是怀有一种特殊的情愫，这也许是因为太过喜爱郎窑红而由此及彼、爱屋及乌吧；又总是想到郎窑的呼吸之道，感念自然之律的辩证法则。

郎窑红也好，郎窑绿也罢，其实郎窑还更有甚者。

还有一种"反郎窑"，器里是红釉，器外是绿釉；里面看是郎窑红，外面看是郎窑绿；里面在吸气，外面在呼气；反红而绿，反绿而红，因而更是郎窑中的稀世绝品。

不仅如此，郎窑的秘事还远远没有讲完。

我知郎窑，还有郎窑蓝。郎窑蓝之最华美者有三品：一是天蓝釉，似天青釉的化身，如晴之天，如天之蓝，幽菁淡雅，温润明丽；二是宝石蓝，晶莹纯净，浓郁澄澈，深沉静穆，宝光蕴藉；三是洒蓝。

洒蓝系用吹管把蓝釉吹到瓷胎上，烧成后釉面蓝白相间，如雪花飘洒，故又叫"雪花蓝"，为郎窑仿烧宣德洒蓝之器。看雪花漫天飞舞，恍若迷幻世界；赏蓝彩随意挥洒，真如混沌天地。

郎窑红，郎窑绿，郎窑蓝，还有郎窑青花，郎窑五彩，郎窑描金……郎窑之名品不胜枚举。于是，一个皇廷官吏郎廷极，曾做过江西巡抚、漕运总督，虽是个好官，但只是因为那些精美的郎窑御器，才让历史一遍遍书写了他的名字。

2.

其实，与郎窑同时期，尚有一个由督陶官熊氏督烧的熊窑；而在郎廷极之前二十年间，便已有多位朝廷官员奉康熙的旨命督烧官窑，其中臧应选的臧窑堪与郎窑齐名。

臧窑独具的纯美釉色有蛇皮绿、鳝鱼黄、吉翠、黄斑点，还有浇黄、浇紫、浇绿，又有吹红、吹青……直可令人眼花缭乱，美不胜收。这些年来，我一直惦记着，想把臧窑的名品一一收全。但其中的黄斑点一品，虽见于清史记载，却据说从未传世，故而只是引发着我无尽的怀想。

几年前我出差去一江城，曾访见一玉壶春瓶，滋润的器身上遍布细密的黄色圈痕，斑斑点点，极为风雅亮丽，曼妙潇逸，真如一清幽美人，婀娜玉立，虽暗香萦绕，心荡神迷，却又不知究为何物，老板也说无人能识。纠结中，只收下另一件开门的枢府瓷梅瓶返京。

然回望江城，难以释怀，坐想三日，依依别情，冥冥之中，茅塞顿开：那玉壶春瓶莫不就是世人遍寻不得的臧窑名器黄斑点吗……？于是赶紧披衣起身，再下江城，重踏断魂路，抱得美人归。

郎窑之一品是郎窑红，臧窑之一品则是臧窑红。臧窑红乃是另一种独特的红釉佳器，也叫豇豆红，就是在浅淡的红色釉面上夹裹着浅淡的点点绿苔，红绿相间，浅淡相宜，清雅柔丽，天成自然，恰合了乾隆进士洪亮吉的诗意："绿如春水初生日，红似朝霞欲上时。"

因为当时臧窑烧制红釉的技术还不十分成熟，若红釉没有烧透，便会出现一种红绿夹生的豇豆红品相，却反而形成了一种红绿映衬的独特美感，以至臧应选据此烧制出太白尊、柳叶尊、菊瓣瓶等美器而成为一代名物，并位居臧窑之首。

郎窑和臧窑，是康熙年间先后而设的两大名窑，在其背后，是一个绵延六十余载的伟大皇朝；郎窑红和臧窑红，是大清皇朝最先映射皇天的两束红艳瓷光，那仿佛就是这个皇朝的瑞霭祥云。

我赞叹郎窑和臧窑，我品赏郎窑红和臧窑红，我更感怀那个在中国历史上盘桓最为长久的皇朝，我也钦敬那个精通皇权又颇具艺术鉴藏力的康熙大帝。

明清之际，自明代的宣德十年之后，唯康熙一朝的瓷珍最为出新出彩，至尊至贵。其实，郎窑红，臧窑红，都本该有一个共同的名字——康熙红；郎窑和臧窑，也都该有一个共同的名字——康熙窑。

3.

君不见，在康熙红这个类项下面，还有霁红、胭脂红、抹红、矾红……；在康熙窑这个类项下面，还有五彩、珐琅彩、粉彩、青花……

霁红，或称"祭红"，是康熙朝后期创烧成功的高温铜红釉，色如雨后红霞，沉澈鲜亮，釉汁凝厚，盛行于康、雍、乾三朝，尤以有"大清康熙年制"官窑款者最为珍贵。

我藏有两只乾隆款的霁红瓶，一只是莱菔瓶，一只是柳叶瓶，都是绝代佳丽，迷人魂魄，只遗憾我尚无一只康熙款的霁红。虽然还未寻到康熙红颜，但我已在心室中留有一方静雅之地……

胭脂红，因似女人化妆之胭脂色而得名，俗称"洋红""洋金红""西洋红"，色深者称"胭脂紫"，色浅者称"胭脂水"，更浅者称"淡粉红"，最艳丽者称"美人醉"，西方人又称之为"蔷薇红""玫瑰红"，是一种以微量金为着色剂的低温红釉，创烧于康熙二十一年（1682）。同样遗憾，我也只有雍正的红胭脂而无康熙的胭脂红。

抹红,珊瑚红色,低温铁红釉,创于明代,但康熙时期烧到最好。抹红乃以刷抹上釉,故釉面可见刷痕,色泽明丽清雅,幽致温润。抹红一般是以红釉打底,而以留白作画。

我与抹红似乎是有个约定,这些年来,我已收有十余只抹红瓶罐,或精巧纤秀,或古朴庄典,均是花鸟人物纹,不似拍卖会上层出不穷的抹红碗,只是竹纹。

尤可一书的是,我还藏有一只抹红花鸟竹石纹观音瓶,留白处却敷以青花,世间珍华,十分稀见,并有"大清康熙年制"的底款,是康熙宫廷的御器。

后来,我还收有一对抹红人物纹大将军罐,然留白处却是遍施粉彩,美艳无比,令人叹为观止,不过那已是清晚期的器物了。然虽非康窑所出,却是康窑遗韵!

矾红,即"铁红",是一种以氧化铁为着色剂的低温红釉,现于宋代,到康熙时矾红釉的技术已臻极致,色如红橙,美艳凝丽。我曾从嘉德拍卖会上拍回一只径长23厘米的矾红曲口大碗,胎体坚薄,釉色秀雅,是康熙矾红器中的登顶之作,也是康熙红中的稀贵之瓷,令我视为珍物,奉若拱璧。

五彩,在大明时曾炫彩一世,到康熙年间又更上层楼,以新创烧的釉上蓝彩取代釉下青花,又使用了金彩和黑彩,使得五彩极尽绚美。四妃十六子青花五彩将军罐和青花五彩十二花神杯就是康熙五彩中的经典之作。惜康熙之后,五彩最终走上不归的末路,成为这个皇朝一朵凋落的昙花。

几年前，我曾从一人家中买出一件康熙款五彩刀马人纹棒槌瓶，但不出百步，却又被卖家追出，讨回宝瓶，至今引以为憾。空余满袖彩瓷芬芳，不知名花终落谁家！

珐琅彩，仿制于西方的铜胎珐琅。康熙二十六年（1687）的八月，法国传教士汤若望觐见康熙帝，呈上利摩日的珐琅艺术品。康熙帝喜爱不已，便授意在紫禁城养心殿西侧房烧制珐琅彩瓷。

康熙晚期的珐琅技术已十分高超，因可调制各种金属氧化物而呈现出不同的釉彩，有白色、月白色、黄色、松黄色、淡松黄绿色、浅绿色、深绿色、浅蓝色、深蓝色、亮青色、秋香色、藕荷色、胭脂红色、深葡萄紫色、青铜色、黑色等几十种，以荷花、牡丹、梅花等花卉图案为主，釉料厚而堆起，釉质纯净凝丽，釉色鲜艳透闪，画笔工致精细，均为清宫御器，在皇廷瓷珍中品级最高。民国时期曾大量仿烧珐琅彩，今人不易辨识。

粉彩，康熙晚期在五彩的基础上创烧，也叫"软彩"，以对应于五彩的"硬彩"。因施用一种玻璃白的彩料而产生乳浊效果，有矾红、胭脂紫、大绿、湖绿、墨绿、白色、黄色、蓝色、赭石色、黑色等颜色，华彩丰艳，粉润明丽，在彩绘上改变了五彩那种单线平涂的生硬色调，充分表现了中国绘画的唯美风格，在清中晚期二百年间流光溢彩，风光旖旎，是大清唯一可和青花分庭抗礼的釉彩。要知当今世上最昂贵的瓷器，已不是一亿多元的珐琅彩和两亿多元的元青花，而是一只五亿多元的乾隆粉彩！

青花，浸染各朝各代之菁英风华，沁润山川江河之朝珠晚露，到了康熙时期，更加花姿绰约，秀色招展。康熙窑的胎釉极其超绝，胎质坚致，紧皮亮釉，又采用珠明料作为新的青花色料，以渲染的技法，一色钴蓝，墨分五彩，头浓影淡，色阶美艳，鲜亮青翠，清朗明净。瓷画风格又受到清初四王等画派的影响，山水人物，禽鸟花石，画意隽永，设色幽致。

在欧洲市场上，康熙青花很长一段时间都是最为昂贵的中国瓷器。

康熙青花多用托古款，仿写永乐、宣德、成化、嘉靖、隆庆、万历等年款，甚至就是简单的"大明年造"。还有各式各样的斋堂款，如慎德堂制、永和堂制；吉语款，如奇石宝鼎之珍、青玉宝鼎之珍；画押纹款，如树叶纹、梅花纹、海螺纹、双鱼纹、荷花纹、如意纹，等等。如此，为了赏鉴康熙窑之全豹，我也在尽藏各种款识的康熙青花，珠玑琳琅，光彩华堂。

康熙窑还有着更多的创新，仅绿釉就有秋葵绿、苹果绿、鹦哥绿、蛇皮绿、水绿、葱绿、瓜皮绿……；仅黄釉就有淡黄、柠檬黄、蜜蜡黄、蛋黄、鳝鱼黄……；康熙窑初创的瓷珍还有乌金釉、金酱釉、釉上蓝彩、墨彩、釉下三彩……

仅以釉下三彩为例。釉下三彩乃置釉下青花、釉里红和豆青于一器，一次烧制而成，其工艺难度极大。这是康熙窑的绝代佳作，康熙之后就失传于世了。

康熙窑虽承袭了明代的尚红之风，却也发展了明代那仅有黄绿紫而了无红彩的素三彩，有白地三彩、黄地三彩、紫地三彩、黑地三彩……让红日沉落后的苍茫暮色，也能化作天际的一片璀璨斑斓。

在中国瓷器史上，康熙窑既是最重要的集大成者，更是最具创新魅力的一世瓷家。

4.

2005年的一天，在福建平潭的古航道上，"碗礁一号"被整体打捞出水。

君知否，这艘清代的沉船，竟然满载了康熙窑的佳器！有青花、青花釉里红、青花酱釉，有五彩，有仿哥釉……流苏华灿，蒙垢弥彰，昔日余晖，宛若新光——那是一个朝代的记忆与映象，那是一个瓷窑的荣耀与辉煌。

勿乃忘，在历史深处，岁月漫漫，苍水茫茫，曾经有一个最明睿的皇帝叫康熙帝，曾经有一代最昌盛的皇朝叫康熙朝，曾经有一种最美艳的红色叫康熙红，曾经有一座最璀璨的瓷窑叫康熙窑。

滚滚长江东逝水，浪花淘尽英雄。是非成败转头空，青山依旧在，几度康窑红。

1643年，福临第三子玄烨降生在紫禁城的景仁宫。八年之后，康熙皇帝即位。从此开始了一个皇朝的昌盛，那是整整一个甲子的升腾；也开启了一个土与火的新瓷器时代，那是一个永世辉煌的艺术天朝。

在景仁宫里，我忆起清人叶梦珠在《阅世编》中所言："……至康熙初，窑器忽然清美。……"

香炉生紫烟，花开六十年。大清康熙窑，竟是万年船。

康熙窑用一抹红釉和千般釉彩，还原了生命和自然的纯色，创造了一个大清帝国的华彩世界，再现天恒，今古观止。

在历史上，从来没有哪一个皇朝能像康熙朝那样，把自然的生机和盛世的昌运表现得如此淋漓尽致，把生命的律动和艺术的创造结合得如此完美和谐。这绝对是一个值得纪念的皇朝！在这个皇朝里，一个皇帝用他珍赏的天地缤纷，为后世的我们，装点着一扇瓷质的记忆之门。

当这扇记忆之门徐徐打开，我分明看见，有一座郎窑红的烛台，花间摇曳，风中明灭，长乐未央，光轮如月……

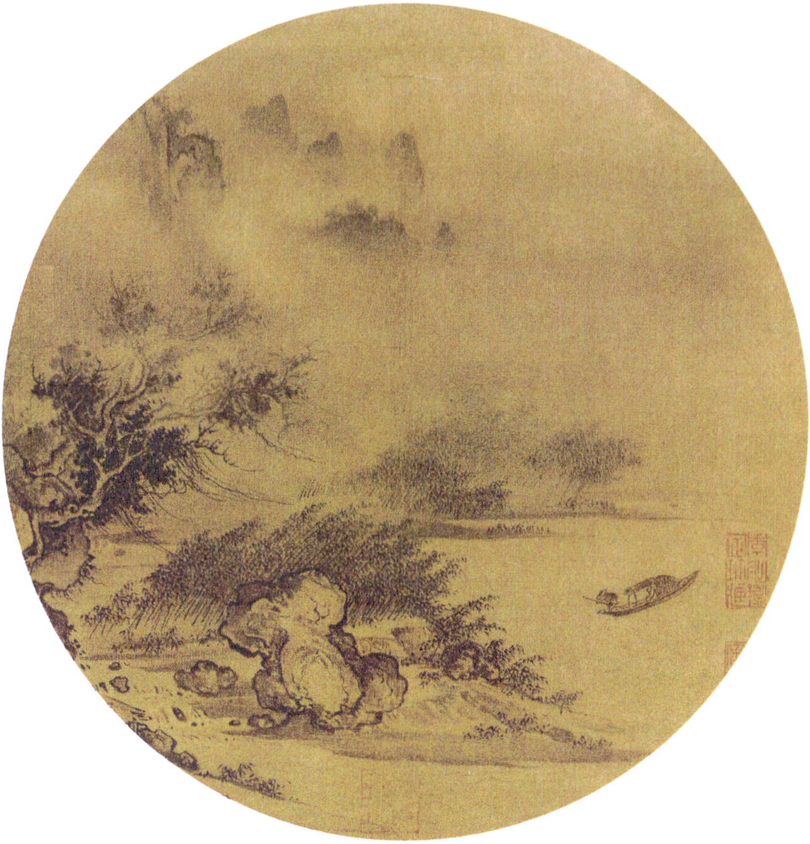

后记

电影演完了,灯光亮了,观众们纷纷往外走,交头接耳,和伴侣交流着观感。我却还呆坐在座椅上,仍旧沉浸在剧情里,没有缓过神来。

一本书就是一场电影,书完稿了,我却还在回味。

十多年前,临近高考,女儿每晚都要在学校补习。我负责接送,就把汽车停在学校门口,等她下课。无事可做,天气又冷,便只好躲进车里,在暗色中,摆弄手机。

车里很静,我开始用手机漫写古瓷。那时哪有什么智能手机,也没有微信,我就用老款的诺基亚 6500 把文章写成短信。一封短信只能容纳几百字,一篇文章自然就要写出很多封短信。

写了几百个字后,就给朋友发出一封短信,再写,再发,如此往复,直到全部完成,然后再请朋友把这些短信传到电脑上,连缀成篇,一篇又一篇的文章就这样写好了。

当时也没觉得有多麻烦,比纸笔还要方便些,在那么昏暗阴冷的车里都可以写作,真是不负时光。而且朋友们还能够在第一时间看到我的文字的生成，共同亲历一篇篇文章的诞生。

当然，后来用智能手机写作就更加便捷了。

虽然便捷了，但是心不清静了，反倒是写不出了。说实话，写作这事可怪了，条件越好越没有写作的欲望和激情，清苦一些也许才能有好文笔。作家本该都是犬儒主义，苦行僧。

躺在卧室的席梦思上睡不着，靠在破吉普车上一颠睡得可香了。在花梨木书桌前正襟危坐写不成，奔波中，忙碌中，孤寂中，抑郁中，反而灵思泉涌。

智能手机就是个玩意儿，大多数的时候拿它就是玩，但不知什么时候却能闪出灵光。写作的时候觉得手机真是个宝贝，写不出的时候就怪手机太耽误事儿。

有时是莫名其妙，有时是稀里糊涂，我的许多文字，就是这样用手机写出来的。有一次是在台北，走着走着突然不走了，就站在街头写了起来；还有一次是在黄山的客栈，山门都没进，昏天黑地就这么写着，山无棱，天地合……

每次到洛阳，我都要去新安县访张钫的千唐志斋，觉得一切都是那么熟悉，花草生情。那一天，我独自站在园中，夕阳照在后背，拉长了我的身影，恍惚间，我拿出了手机，用尽一丝长长的气息，写下了《花间词》。

在我的人生中，除了吃饭睡觉，有四件事情最重要：读书，旅行，玩古，写作。没有排序，都最重要。

只是，若讲因果的话，写作乃是诸事之果。只有做了前三件事，写作才有可能。若前三件事都做好了，写作或许就能信马由缰，随手拈来。

记住我的一生忠告——

读书多好，在精神的世界里神游；
旅行多好，在自然的世界里神游；
玩古多好，在岁月的世界里神游；
写作多好，在文字的世界里神游。

西晋文学家左思神游了十年，笔下无多，只是区区一篇《三都赋》，却是洛阳纸贵。

我呢，神游了十余年，也才有了这本书。

一本《今夕何夕》，一场拖拖拉拉演了十余年的电影。书编完了，电影也散场了。观众渐渐都走空了，我也起身离座吧。记着，拿好手机。

外面，天色真好。

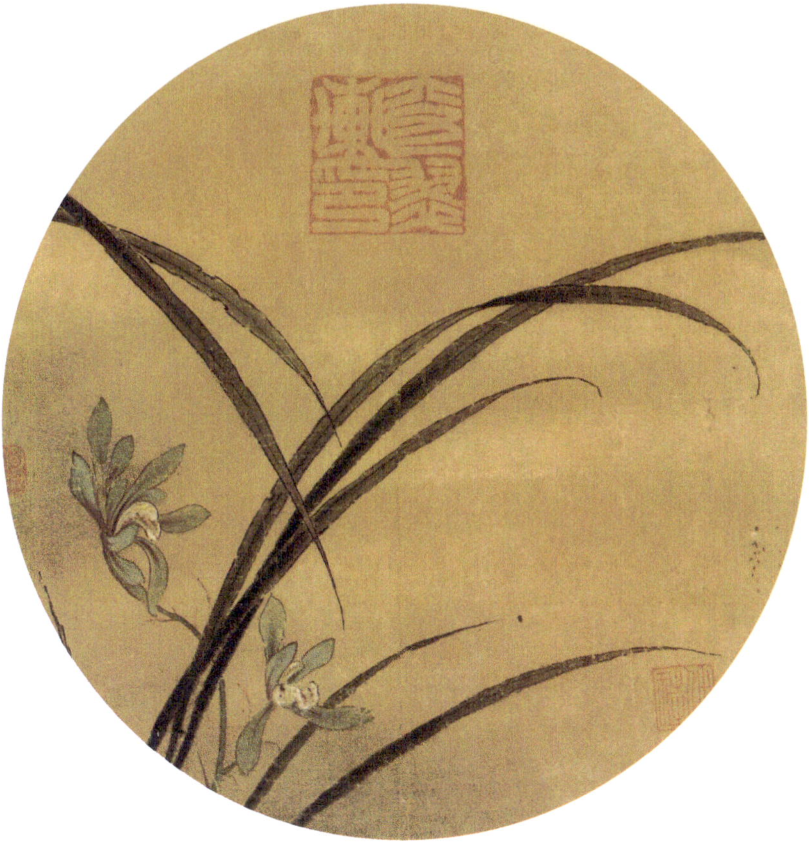

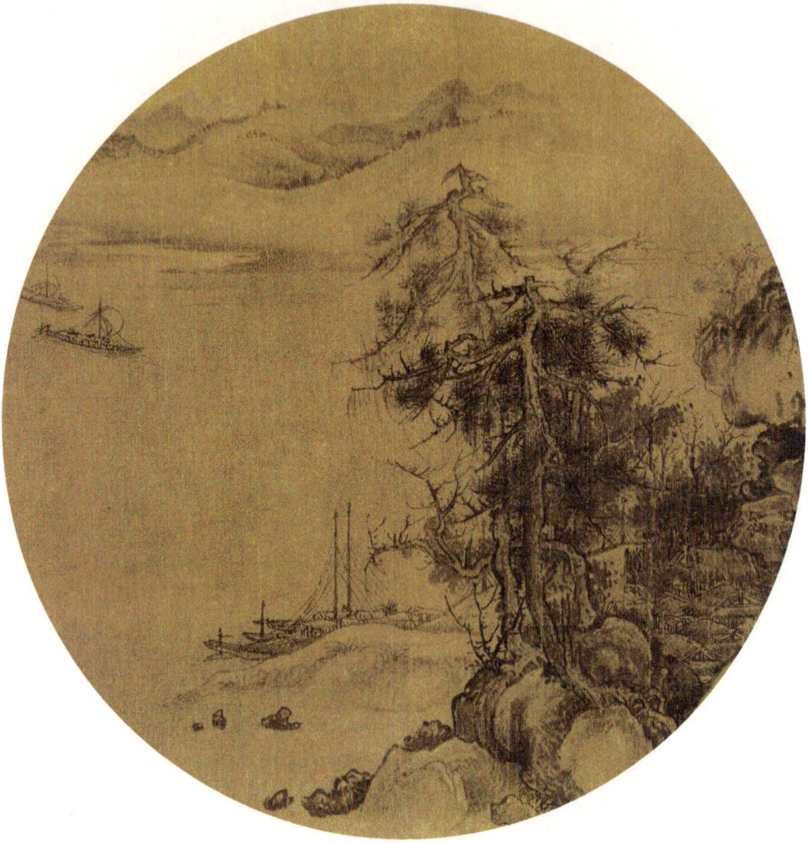